KB177295

우험한 장난감

박상민 장편소설

위험한 장난감

박상민 장편소설

MONGSIL BOOKS

일러두기

이 소설에 등장하는 단체나 병원 등은 모두 허구임을 밝힙니다.

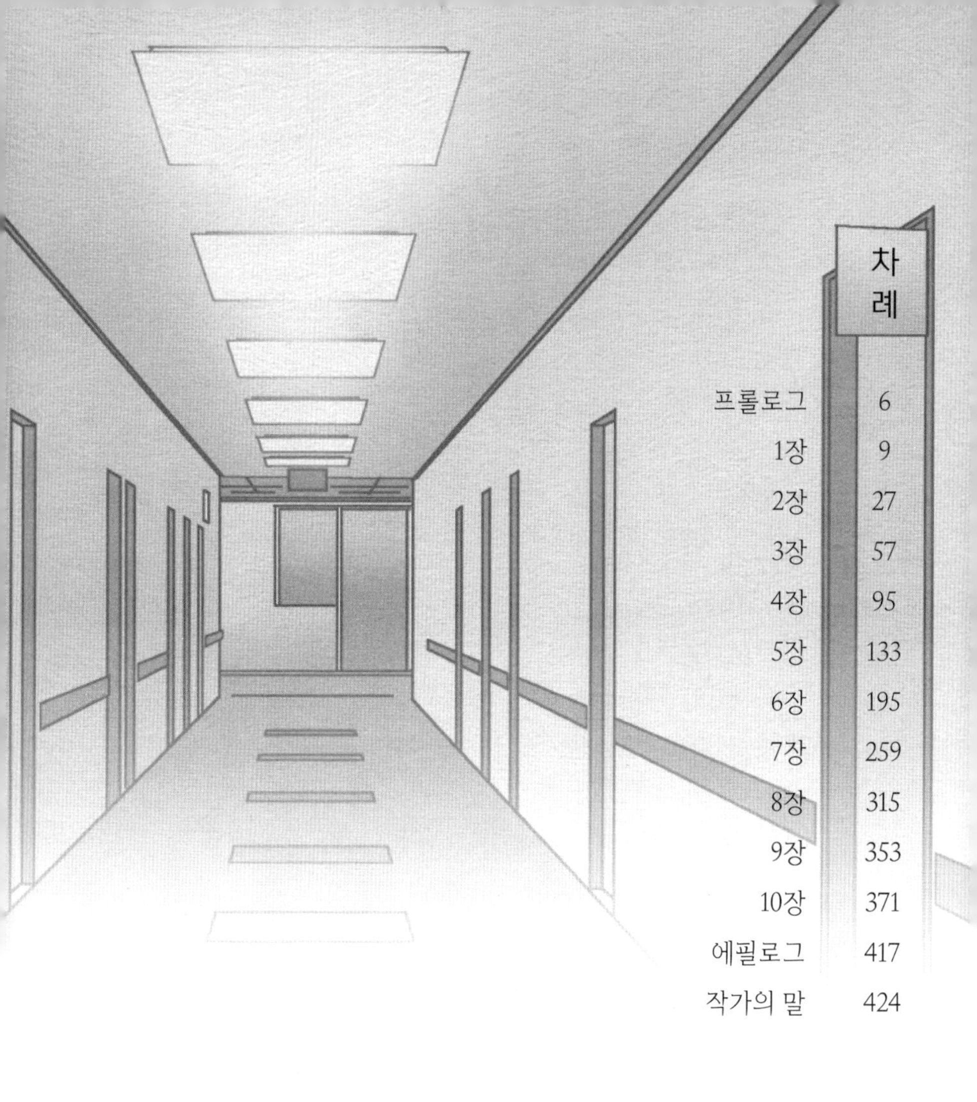

차례

프롤로그

'이건 무슨 장난감이지?'

소녀는 눈앞의 모형을 바라보며 고개를 갸웃거렸다. 방에 들어왔을 때부터 그 정체 모를 물건에 호기심이 일었지만, 이렇게 가까이에서 보는 건 처음이었다.

한 손을 테이블에 얹은 소녀가 회전목마의 말처럼 주위를 맴돌았다.

테이블 위의 장난감은 얼핏 보면 사촌오빠의 집에서 본 레고 모형 같았다. 하지만 아무리 기억을 더듬어 봐도 그것에 비하면 다섯 배는 컸다. 온통 하얗게 칠해진 모형의 벽면에는 네모난 창문이 벌집처럼 다닥다닥 붙어 있었다. 유심히 들여다보던 소녀는 문득 이 모형이 낯설지 않다고 생각했다.

'어디서 봤더라….'

소녀의 머릿속에 하나의 이미지가 비집고 들어왔다. 며칠 전 횡단보도 너머로 마주한 커다란 건물이었다. 할아버지의 까칠한 손을 잡고 그 건물을 올려다봤을 때 할아버지는 분명히 이렇게 말했었다.

— 저렇게 큰 병원 본 적 있니?

소녀는 비로소 모형이 병원을 축소해놓은 거라는 걸 알고 기쁜 마음에 손뼉을 마주쳤다. 선생님이 봤다면 손등에 참 잘했어요 도장을 찍어줬을 텐데. 소녀는 지금의 놀라운 발견을 유치원 선생님이 보지 못한 게 아쉬웠다.

잠에서 깨어난 뒤 마땅한 놀이가 없어 심심하던 차에 잘됐다는 생각이 들었다. 모형을 자세히 보기 위해 소녀는 의자를 밟고 올라섰다. 위에서 내려다보니 아래에 있을 때는 보이지 않던 것들이 한눈에 들어왔다. 병원 뒤쪽에 조성된 초록 빛깔의 숲, 농구장, 그리고 분수대. 수염이 긴 마법사가 요술 지팡이로 병원을 조그맣게 바꿔놓은 것 같았다.

소녀의 시선을 붙든 것은 모형의 층마다 있는 작고 누런 막대기였다. 1층부터 3층까지는 안 보이던 막대기가 4층부터 꼭대기인 13층까지는 층마다 한두 개씩, 많은 데는 다섯 개씩 배치되어 있었다.

'요건 과자인가?'

할아버지가 몰래 먹으려고 숨겨뒀다고 생각하자 배시시 웃음이 새어 나왔다.

'그럼 먹어볼까나?'

소녀는 6층에 외롭게 서 있는 과자 막대를 집어 들고 입안으로 가져갔으나 곧바로 착각했다는 걸 알아차렸다. 과자라기에 딱딱한 그것은… 나무로 만들어진 것 같았다. 이제 보니 위쪽에 검은색 점이 두 개 찍혀 있고 가운데에는 기다란 선이 그려진 것이 솜씨는 어설프지만, 사람의 얼굴을 본뜬 듯했다.

속았다는 생각에 기분이 상한 소녀는 들고 있던 막대를 힘껏 던졌다. 그것은 툭, 하는 둔탁한 소리를 내며 바닥으로 추락했다.

1장

– 코드블루, 코드블루. 6병동, 6병동. 코드블루, 코드블루. 6병동, 6병동.

긴박하게 울려 퍼지는 소리에 석호는 몸을 일으켰다. 방금 들은 게 환청이 아니라는 것을 강조하듯 코드블루, 네 글자가 귓속을 날카롭게 후벼 팠다.

"잠 좀 자자, 제발."

석호는 베개로 썼던 수술복 뭉치를 바닥에 냅다 던졌다. 당직 근무가 끝나는 오전 여섯 시가 되자마자 소파에 누운 그였다. 눕자마자 응급 상황이 터지는 것만큼 불행한 일이 어디 있을까. 마음 같아서는 가운 주머니에 있는 귀마개를 끼고 잠을 청하고 싶었지만, 석호는 자신에게 그럴 배짱이 없다는 걸 잘 알았다. 고작해야 인턴에 불과한 그에게 이 순간 선택지는 하나뿐이었다.

"돌아버리겠네."

죽을 듯이 인상을 쓰면서도 석호는 어둠 속에서 발을 움직여 크록스를 찾는 데 성공했다. 몸의 균형을 잡고 문틈으로 새어 나오는 빛줄기를 나침반 삼아 걸어가는데 뒤에서 잠꼬대가 들려왔다. 새벽에 탈의실을 수면실로 사용하는 멤버는 몇 없기에 목소리만 듣고도 누군지 짐작이 갔다. 성형외과 인턴 김대현. 한밤의 수술을 마치고 지쳐 나가떨어진 모양이었다. 석호는 그에게 방해가 되지 않도록 조심스럽게 복도로 빠져나왔다.

젖 먹던 힘을 다해서 달린 탓에 6층에 도착했을 때는 심장이 마구 벌렁거렸다. 석호는 문고리에 손을 얹고 거친 숨을 몰아쉬었다. 인턴을 시작한 뒤로 헬스장에 가지 않아 체력이 예전만 못한 건 느꼈지만, 이 정도일 줄은 몰랐다. 문을 열려는데 위층에서 다급한 발소리가 들려왔다.

"야, 뭐하냐. 빨리 뛰어라."

날이 잔뜩 선 목소리에 석호는 몸이 저절로 움츠러들었다. 하필이면 이 상황에 맞닥뜨린 사람이 내과 치프 박형석이라는 사실이 그러잖아도 제멋대로 뛰는 심장에 불을 지폈다.

"넵, 죄송합니다."

가볍게 묵례한 뒤 석호는 서둘러 복도를 가로질렀다. 간호스테이션에 몰려든 환자와 간호사들이 시야에 들어왔다. 마음속에 보랏빛 불안감이 스며들었다. 어쩌면 달려가는 사이에 상황이 종료됐을지도 모른다. 그러나 처치실에 발을 들여놓은 순간 그것이 비겁한 소망에 불과하다는 걸 깨달았다.

내과 레지던트 1년 차 도민희가 심폐소생술의 속도를 지시하는 메트로놈 소리를 배경으로 흉부를 압박했다. 2년 차 최규민은 환자의 머리맡에서 기도 삽관을 시도하는 중이었다. 머리숱이 없는 환자는 충격적인 장면을 목격한 듯 눈을 치켜뜬 채 입을 벌리고 있었다. 코가 찡그려지는 고약한 악취가 사방에 진동했다.

석호는 모니터에 떠오른 심전도 리듬을 주시했다. 명칭을 붙이기 어려운 난해한 곡선이 폭풍이 이는 해수면처럼 출렁였다. 혈압과 심박수, 호흡수, 산소포화도 수치는 환자를 실은 침대가 언제 영안실로 내려가도 이상하지 않다고 알려줬다. 청진기를 귀에 꽂은 규민이 삽관이 제대로 되었는지 확인했다. 석호를 발견한 그가 미간을 찌푸렸다.

"인턴 선생, 거기서 멍때리지 말고 손 바꿀 준비 해요."

"네, 알겠습니다."

석호는 드레싱 카트에 담긴 글러브 중에서 사이즈가 맞는 것을 낀 뒤 민희 옆에 나란히 섰다. 환자의 머리맡에 놓인 스톱워치에는 3분 10초라는 시간이 떠 있었다. 그 시간 동안 혼자 했는지 그녀의 이마에는 벌써 땀방울이 송골송골 맺혀 있었다.

"규민아, 이 환자 이종분 님인가?"

뒤이어 들어온 형석이 글러브를 끼며 말했다.

"네, 형님. 장호영 교수님 환자인데 스테미[1]로 한 달 전에 피씨아이[2] 받았다고 합니다."

"저번 달에 나 씨씨유[3] 근무할 때 계셨던 분이거든. 어떻게 된 거냐?"

"보호자 말로는 환자가 숨을 안 쉬는 것 같아서 호출 벨을 눌렀다고 합니다."

"그게 언젠데?"

"5분 전이었습니다. 보호자가 자다 일어나서 본 거라 정확히 언제 어레스트가 발생했는지는 모르겠습니다."

형석이 곁에서 대기하던 간호사에게 거칠게 말했다.

"대체 모니터링을 어떻게 하는 거예요?"

"선생님, 말씀이 심하네요. 저희가 종일 그 환자만 보는 것도 아니고 놓칠 수도 있죠. 뭐, 그 시간에 저희가 군것질이라도 한 줄 알아요?"

형석이 그녀를 매섭게 노려보더니 고개를 홱 돌렸다.

---

1) STEMI(ST elevation myocardial infarction, ST분절이 상승한 심근경색)

2) PCI(Percutaneous coronary intervention, 경피적 관상동맥 중재술)

3) CCU(Coronary care unit, 심혈관계 중환자실)

"시간 잘 체크하고 있지?"
"3분 50초입니다."
"에피는 준비돼 있죠?"
"당연하죠."
화가 풀리지 않았는지 간호사가 딱딱하게 말했다. 이윽고 스톱워치의 시간이 4분이 된 순간 형석이 말했다.
"리듬 체크. 둘이 알아서 교대하고."
"에피 들어가요."
간호사가 정맥 라인으로 에피네프린을 주입하고 뒤로 물러섰다. 석호는 민희가 내려오기를 기다렸다가 발판 위로 올라갔다. 그가 양손에 깍지를 낀 채 준비 자세를 취했다. 심전도 모니터에는 아까와 달리 일직선이 그려졌다. 혈압 역시 측정되지 않다시피 했다. 지금까지 출렁이던 리듬은 심폐소생술로 인한 착시 현상인 듯했다.
"컴프레션 계속."
그 말을 신호로 석호가 압박을 시작했다. 인턴으로 근무하면서 습득한 노하우대로 한쪽 무릎을 침대에 올린 채 체중의 절반만 실어 흉부를 압박했다. 힘을 아끼지 않고 전력 질주를 하면 다섯 번의 사이클이 끝나기도 전에 허리와 양팔에 무리가 온다는 것을 뼈저리게 경험한 탓이다. 규민이 앰부백을 짜며 형석에게 물었다.

"형, 펄스 잡혀요?"

오른쪽 다리의 대퇴동맥 부근에 손가락을 짚은 형석이 고개를 저었다.

"인턴 선생, 다른 인턴들은 뭐 하고 있어요?"

규민이 못마땅하다는 얼굴로 그를 노려봤다.

"아무래도 시간이 시간이다 보니 방송을 못 들은 것 같습니다."

"이번 달 인턴들 안 되겠네. 여섯 시 넘어서 방송한 거로 기억하는데."

"죄송합니다."

오전 여섯 시가 살짝 넘은 애매한 시간이었다. 전날 당직이었던 그를 제외한 내과 인턴들은 몇 분 뒤에 출근했더라도 방송을 놓치고 오지 않을 가능성이 컸다. 석호의 가슴속에 후회가 치밀었다. 이럴 줄 알았으면 출근하는 대로 6층으로 오라고 문자를 남길 걸 그랬다. 많은 코드블루를 겪어왔지만, 이번처럼 출근 시간에 절묘하게 걸친 것은 처음이었다.

어떠한 생명의 그림자도 보이지 않는 환자의 얼굴은 푸른빛을 띠었다. 규민이 양손으로 있는 힘껏 앰부백을 짰으나 산소포화도는 올라갈 기미가 없었다. 극단적으로 불규칙한 리듬 역시 절망적이었다. 형석의 손은 기적의 증거를 찾듯 사타구니를 더듬었지만, 표정이 어두웠다. 맥박이 느껴지지 않는 모양이었다.

어레스트의 원인에 대한 열띤 토론이 이루어졌다. 석호에게 있어 그것은 잠결에 스쳐 지나가는 쓸모없는 말에 불과했다. 그의 관심사는 오로지 스톱워치에 떠 있는 시간이었다. 환자가 어떤 원인으로 사망하든, 동맥혈가스분석 결과가 어떻게 나오든 빨리 이곳을 벗어나서 탈의실 소파에 몸을 던지고 싶었다.

다섯 번의 사이클이 지나갔다. 석호는 자신의 체력이 점차 한계에 가까워지고 있다는 것을 인지했다. 손을 바꿔줄 사람이라고는 고작해야 민희 한 명이었기에 평소보다 차례가 빨리 다가왔다. 다른 인턴들은 이곳에서 어레스트가 발생한 것을 모르는지, 아니면 알면서도 모르는 척하는지 코빼기도 비치지 않았다.

구세주가 나타난 건 그 순간이었다.

"이제 그만하셔도 돼요."

모두의 시선이 문으로 쏠렸다. 내과 1년 차 이승원이 한 손에 서류 한 장을 쥐고 백 점 맞은 시험지처럼 펄럭였다.

"보호자한테서 디엔알[4] 동의서 받았어요."

석호의 팔에서 힘이 서서히 빠져나갔다. 깍지 낀 두 손을 푼 그의 입에서 안도의 한숨이 새어 나왔다. 환자에게는 미

---

4) DNR(Do not resuscitate, 심폐소생술을 하지 말 것)

안한 일이지만 다행이라는 생각이 머릿속을 맴돌았다. 천천히 발판에서 물러나던 그때 석호는 방 안의 분위기가 심상치 않음을 깨닫고 멈춰 섰다.

“이승원 이 자식, 또 이런 식이네.”

승원을 노려보는 형석의 눈에 경멸의 빛이 담겨 있었다.

“네? 제가 무슨 잘못이라도….”

아무런 거리낌이 없다는 듯 승원이 맞받아쳤다.

“살려볼 생각은 안 하고 디엔알부터 받는 게 그럼 잘한 짓이냐?”

“형도 디엔알 동의서 많이 받아보셨을 거 아니에요. 소생 가능성이 없는 환자에게 무리한 연명 치료가 환자뿐 아니라 가족에게 어떤 악영향을 미치는지 저보단 형이 더 잘 아실 거 같은데….”

“소생 가능성이 없는지 네가 어떻게 아는데?”

“제가 이종분 님 주치의니까요. 삼 년 전에 뇌졸중 와서 그동안 의사 표현도 제대로 못 하실 만큼 상태 안 좋은 분이셨고, 한 달 전에는 심근경색까지 겹치는 바람에 스텐트 시술받았어요. 그 이후로 씨씨유에서 어레스트 한 번 났었고, 그때는 씨피알해서 억지로 알오에스씨[5] 됐었기 때문에 가까운 시일 내에 오늘 같은 날이 올 거라고 보호자도 진작부터

5) ROSC(Return of spontaneous circulation, 자발순환회복)

마음의 준비 단단히 하고 계셨습니다."

"주치의가 환자 상태 파악하지도 않고 동의서 출력해서 보호자 설득하는 모양새가 영 좋게 보이진 않는데?"

"불필요하고 무의미한 노력을 조기에 중단하려고 했을 뿐이에요. 저 아니었으면 가장 바쁜 아침 시간에 여기 발목 잡혀서 회진 준비도 제대로 못 하고 교수님한테 박살나고, 스케줄 꼬일 수 있다는 거…. 형도 잘 아시잖아요."

"내 말은, 적어도 환자를 살리려고 하는 최소한의 정성이 너한테서 안 보였단 거야, 인마."

"…."

승원은 도무지 이해가 안 된다는 표정으로 그를 쳐다봤다. 형석 역시 황당하다는 얼굴로 승원을 바라봤다. 심전도 모니터에 떠올라 있던 곡선은 평평한 직선 형태로 바뀐 상태였다. 그런데도 처치실 안의 레지던트 누구 하나 환자에게 주의를 기울이지 않았다.

가슴을 계속 압박하고 에피네프린을 몇 차례 주입하면 기적처럼 환자가 살아날지도 모른다. 그것을 마음속으로는 알았지만, 석호 역시 두 손을 놓는 것 외에 별다른 방법이 없었다. 디엔알 동의받고도 심폐소생술을 계속하는 건 병원에 갓 입사한 새싹들이나 하는 짓이었다.

"야, 빨리 죄송하다고 하고 보호자한테 가봐."

보다 못한 규민이 둘 사이에 끼어들었다. 멀뚱멀뚱 서 있는 승원의 어깨를 토닥이며 그만하라는 눈치를 줬다. 형석은 독기 어린 눈으로 승원을 뚫어져라 봤다.

"죄송합니다."

고개만 까딱 숙이고 돌아서는 승원의 뒷모습에서 진심으로 반성하는 기색은 찾아볼 수 없었다. 그가 처치실을 나가자마자 형석이 글러브를 벗고는 찰싹 소리가 날 정도로 바닥에 세차게 내동댕이쳤다. 후배의 반항적인 태도에 분이 풀리지 않은 듯 형석은 모두가 지켜보는 가운데서 욕설을 중얼거렸다. 그가 터덜터덜 걸음을 옮겨 밖으로 나갈 때까지 다들 찍소리도 내지 않았다. 멀어져가는 그의 뒷모습을 보며 규민이 비아냥거렸다.

"누가 치프 아니랄까 봐 장난 아닌데?"

"그러게요. 원래 저런 캐릭터는 아니셨는데, 치프 되고부터 아래 년차한테 화내고 훈계하는 걸 당연하게 여기시는 거 같아요."

"승원이가 무례하게 군 건 맞지만 디엔알 받은 걸로 저러는 건 이해 안 된다."

"작년에 졸국하신 선배가 뒤풀이에서 저한테 딱 하나 강조한 게 디엔알 동의서 미리미리 받아놓으라는 거였어요. 그러면 보호자는 속 편해서 좋고 의료진은 시간 허비 안 해서 좋고 얼마나 훌륭하냐고 그러셨는데….”

조금 전만 해도 존재감이 미미했던 민희였다. 그녀가 오랜 시간 자유를 빼앗겼다 되찾은 것처럼 수다를 떨기 시작했다.

“누가 그 말 했는지 알 거 같다. 이용진 형이지?”

“네, 그 선생님 되게 재밌는 분이셨는데.”

“그 형 나가고 의국 분위기 완전 다운됐지. 참, 넌 잘 모르겠다. 인턴 때는 의국에 들어올 일이 거의 없었으니까.”

그가 둘의 대화에 끼어드는 건 주제넘은 짓이었다. 조심스럽게 글러브를 벗어 의료폐기물 통에 버린 석호는 인사하고 바깥으로 나왔다. 이곳으로 달려올 때만 해도 번잡하던 복도는 몇몇 심심한 환자나 보호자를 제외하면 한산했다. 스테이션의 간호사들은 뭐가 그리 즐거운지 키득거렸다. 승원은 보호자에게 차분한 어조로 장례 절차를 설명하고 있었다.

문득 석호는 조금 전 이곳에서 발생한 죽음이 의사나 간호사, 심지어 보호자에게마저도 슬픔을 안겨주지 못했다는 씁쓸한 사실을 실감했다. 물론 그 역시 환자의 죽음이라는, 의사라면 슬퍼하고 죄책감을 느껴야 마땅한 사건에 대해 이렇다 할 감정을 느끼지 못했다.

올해 초만 해도 석호는 환자 하나의 죽음에 뜨거운 눈물을 흘리고 목숨이라도 바쳐 살려내야겠다는 열의가 가득했다. 하지만 시간이 흐를수록 초심은 빛이 바래고 말았다. 응급실에서의 한 달이 결정타였다. 하루에도 다섯 명의 환자가 세상을 떠나고 그들의 침대는 즉시 말끔히 정돈되었다. 그런 광경에 익숙해진 그에게 죽음은 더 이상 특별한 의미를 전해주지 못했다.

"석호 쌤, 사후 처리는 하고 가실 거죠?"

부족한 잠을 마저 자려던 석호에게 그 말은 죽어달라는 소리나 마찬가지였다. 울컥한 마음에 돌아봤다가 생글생글 애교 어린 표정의 간호사와 눈이 마주쳤다. 그는 한 소리 하려던 것을 관두고 처치실로 들어갔다. 사망한 환자의 목에 삽입된 중심정맥관을 제거하던 중 출혈이 일어나 20분 가까이 지혈에만 매달렸다. 거즈 세 팩을 써도 멈출 기미가 없어서 지혈을 포기하고 봉합하기로 했다. 중심정맥관에 이어 도뇨관을 제거한 뒤에야 그는 6병동 간호사들로부터 해방되었다.

'벌써 끝났네.'

아쉬운 마음에 소녀는 손에 쥔 리모컨을 내려놓지 못했다. 이어서 방송될 프로그램이 화면에 나왔지만 재미없는 만화였다. 요즘 투니버스에서 볼만한 건 꼬마버스 타요 뿐이었다. 소파에서 데굴데굴 뒹굴던 소녀의 동작을 멈추게 한 것은 배에서 흘러나온 꼬르륵 소리였다. 그제야 소녀는 어제저녁 이후로 아무것도 먹지 않았다는 걸 깨닫고 몸을 일으켰다.

'그래두 다행이야.'

이곳이 유치원이 아니라는 사실이 마음을 편안하게 해주었다. 그 소리 때문에 친구들에게서 놀림 받았던 창피한 기억은 한 달이 넘은 지금도 생생했다. 소녀는 아무리 음식을 먹지 않았기로서니 요상한 소리를 내는 배가 얄미웠다.

"음식 줄 테니까 소리 내지 마!"

냉장고를 뒤지던 소녀의 눈에 들어온 것은 큼직한 생크림 케이크였다. 이틀 전 할아버지가 사 왔을 때만 해도 하루 만에 먹어 치울 수 있다고 생각했다. 그런데 웬걸 바닥이 드러나려면 아직도 한참 남은 것 같았다. 케이크 옆에 놓인 바나나킥 봉지에 잠시 마음이 흔들렸지만, 소녀는 결국 생크림 케이크를 꺼낸 다음 식탁으로 가져갔다. 포크로 한 입을 떠먹은 뒤에야 소녀는 자신의 선택이 틀리지 않았다는 걸 깨달았다. 입안에서 사르르 녹아내리는 생크림이 선사하는 달콤한 맛은 단숨에 소녀를 황홀한 기분에 젖게 했다.

'엄마랑 아빠도 같이 먹었으면 좋았을걸.'

소녀는 일주일 전 유럽으로 여행을 떠난 부모님을 떠올리며 푸우 한숨을 쉬었다. 자신만 한국에 남겨두고 단둘이 오붓하게 여행하고 있을 엄마와 아빠를 생각하면 심술이 나서 입술이 삐죽 튀어나왔다. 소녀는 일주일 전 엄마가 마지막으로 했던 말을 떠올렸다.

– 2주일 동안 할아버지 말씀 잘 들어야 한다. 이담에는 꼭 데려갈 테니까, 섭섭해하지 말고.

결혼기념일을 단둘이서 보내고 싶다는 부모님의 뜻대로 소녀는 할아버지의 집에 맡겨졌다. 할아버지가 싫은 건 아니었다. 말수가 없는 편이지만 손녀를 위해서라면 어떤 불편이나 희생도 마다하지 않는 할아버지였다. 어떤 면에서는 아빠보다도 자기를 아끼는 것 같았다.

그러나 관심이 지나치면 피곤한 법. 일주일 동안 소녀는 다섯 권이나 되는 책을 읽어야 했다. 서점에 들러 동화책을 한 트럭 사 온 할아버지가 매일 밤 오늘은 무슨 책을 읽었는지 확인했기 때문이다. 한 번은 책을 안 읽고 읽었다고 거짓말했다가 '주인공이 어떤 선물을 받았었지?'라는 송곳 같은 질문에 실토한 적도 있었다. 그때 할아버지의 얼굴에 떠오른 실망스러운 표정이 어찌나 마음에 걸리던지. 그날부터 소녀는 하루에 동화책 한 권은 끝까지 읽기로 결심했다.

동화책이 쌓인 서재로 걸어가던 그때 소녀는 아얏, 하고 소리를 질렀다. 딱딱한 물건이 발에 밟힌 것이다. 바닥을 내려다본 소녀의 눈에 아까 집어 던진 나무 막대의 모습이 들어왔다.

'이때까지 여기 있었구나.'

쓰러진 막대가 불쌍했다. 소녀는 그것을 집어 들고는 병원 모형이 있는 방으로 걸어갔다. 원래 있던 곳에 놔두고 싶은데 어디에 있었는지 기억나지 않았다. 소녀는 나무 막대가 빼곡한 층에서 하나를 꺼내어 벤치에 올려놓았다. 그런 다음, 소외된 막대를 그 자리에 대신 놔두었다. 조금 전까지 불편했던 마음이 어느 정도 가라앉았다.

서재로 걸음을 옮기는 소녀의 머릿속에서 나무 막대는 어느새 사라지고 없었다. 소녀가 나간 후에도 그것은 벤치에 누운 채 꼼짝하지 않았다.

2장

– 코드블루, 코드블루. 10병동, 10병동. 코드블루, 코드블루. 10병동, 10병동.

원내 방송이 흘러나왔을 무렵 석호는 한 노인의 콧속으로 힘겹게 비위관을 밀어 넣고 있었다. 경구 섭취가 어려워 비위관으로 영양을 공급해야 하는 그 환자의 이름은 조향희로, 내과 인턴들에게는 공포의 대상이었다. 아무리 삽입을 해놓아도 조금 있으면 스스로 잡아 빼는 바람에 근무 시간 동안 몇 번이나 다시 삽입해야 했기 때문이다. 심지어 양팔을 강박도 해봤지만, 보이지 않는 손이라도 있는지 몇 시간 후면 간호사로부터 다시 콜이 오고는 했다.

"환장하겠네."

성질이 난 석호가 비위관을 50cm 부근에서 멈추고 글러브를 벗었다. 관이 기도로 들어갔는지 콜록콜록 기침을 하는 노인의 얼굴은 불에 달궈진 석쇠처럼 시뻘겋게 변해 있었다.

"아이고, 또 잘못 넣으셨나 보다. 불쌍한 우리 할매, 힘들어 죽을라 안 카나."

곁에서 지켜보던 간병인이 애완동물 다루듯 얼마 남지 않은 환자의 머리카락을 손바닥으로 쓸어 넘겼다.

"죄송한데 이따가 다시 와서 넣을게요."

"뭐라꼬. 선생님, 할매 아직 아침도 못 잡쉈는데 넣고 가셔야지."

"방금 방송 들으셨잖아요. 10층에 심정지 환자분이 있으셔서 빨리 가봐야 해요."

"할매, 들었재. 선생님이 쪼끔만 기달리면 콧줄로 밥 주신댄다."

조향희가 연달아 기침을 하자 비위관의 줄이 꼬인 채로 말려 나왔다. 예상대로 실패였다. 석호는 허탈한 마음으로 비위관의 끝을 잡아당겼다. 콧물과 함께 피로 보이는 빨간 액체가 흠뻑 묻어 나왔다. 석호는 벗어놓은 글러브를 대충 다시 걸쳤다. 분비물로 더럽혀진 비위관을 버린 다음, 병실을 나와 비상계단을 향해 달리기 시작했다.

마침 12층에서 숨기를 하고 있었기에 10층에 도착하는 데는 얼마 걸리지 않았다. 처치실에 도착했을 때 그곳은 이미 내과 레지던트와 인턴의 차지였다. 인턴 동기들 가운데 가장 나이가 많은 윤종훈이 심각한 얼굴로 흉부를 압박했다. 곁에서는 검은 뿔테 안경이 인상적인 배윤수가 시간을 재고 있었다.

내과 3년 차 허수정이 대퇴동맥 부근을 알코올 솜으로 누른 채 간호사에게 선홍빛 액체가 담긴 10cc 실린지를 건넸다. 으레 긴박한 분위기에서는 그렇듯 석호는 특별한 인사 없이 글러브를 끼고 자신의 차례가 오기만을 기다렸다.

빠드득, 빠드득.

늑골의 자취가 표면에 드러날 만큼 살집이 없는 노인에게서는 종훈이 짓누를 때마다 위태로운 소리가 났다. 그 소리는 석호의 깊은 의식 속에 잠재된 공포를 건드렸다. 한 연쇄살인마가 심폐소생술로 죽어가는 사람을 살려낸 후에 다시 치명적인 상처를 입히고 심폐소생술을 반복해 늑골을 처참하게 박살 냈다는, 소위 쾌락 살인의 예시를 범죄학 서적에서 본 이후로 석호는 남들에게는 말 못 할 무서운 망상에 사로잡혀 있었다.

살집이 없고 나이가 많은 환자의 경우 심폐소생술을 하는 동안 늑골이 부러질 위험이 있게 마련인데, 그 불쾌한 소리를 들을 때마다 마치 자신이 책에서 보았던 쾌락 살인마가 된 기분에 사로잡혀 환자의 흉부에 힘을 온전히 쏟을 수 없었던 것이다. 선배들은 가슴 반동이 중요한 심폐소생술의 특성상 뼈가 부러지는 한이 있더라도 힘을 세게 가해야 한다고 말했으나, 그런 말을 들을 때마다 석호는 그들에게 자신이 읽은 두꺼운 책을 집어 던지고 싶은 충동이 솟구쳤다.

"리듬 확인할게요."

수정이 우아한 목소리로 말했다. 종훈이 발판에서 내려오고 윤수가 올라섰다. 자신의 차례가 오려면 2분이 넘게 남았다. 평정심을 되찾은 그는 모니터에 떠오른 심전도 곡선을 주시했다. 불규칙한 진폭으로 미세하게 떨리는 곡선은 처음에는 심실세동의 양상을 보였지만 순식간에 파형이 변했다.

"피이에이[6]. 계속 컴프레션 해주세요."

수정의 지휘하에 윤수가 깍지 낀 두 손을 환자의 흉골에 얹고 압박을 시작했다. 머리 쪽에서는 내과 2년 차 안준형이 기도 삽관을 시도했다. 환자의 기도가 육안으로 보이지 않는지 실패를 거듭했다. 허리를 굽히고 입안을 들여다보던 준형이 짜증 섞인 어조로 말했다.

"컴프레션 잠깐 멈춰줄래요? 인투베이션이 안 돼서."

윤수가 가슴 위에 올려놓은 손을 뗀 찰나 준형이 집중력을 발휘해 후두경을 따라 기관 내관을 재빠르게 삽입했다.

"컴프레션 멈추지 말고 계속해요."

준형과는 대비되는 수정의 말에 윤수는 혼란스러운 표정으

---

6) PEA(Pulseless electrical activity, 무맥성 전기활동)

로 그녀를 곁눈질했지만, 어쩔 수 없다는 걸 알아차린 듯 압박을 재개했다. 그 사이에 준형은 양쪽 폐의 청진을 끝내고 만족스럽다는 얼굴로 청진기를 귀에서 떼어냈다.

인턴이 된 후로 10kg이 늘었다는 윤수의 이마에서는 벌써 땀이 육수처럼 줄줄 흘러내렸다. 육중한 체격의 그는 심폐소생술을 할 때마다 세 사이클을 못 버티고 탈진했는데, 오늘은 그 시간마저도 앞당겨지는 게 아닌지 걱정스러웠다.

처치실에는 수정과 준형을 제외하고도 임진서, 도민희 두 사람이 있었다. 모두 1년 차였기에 선불리 나서지 않고 선배들의 뒤에서 숨죽이는 모양새였다. 가만히 있을 거면 교대라도 해주면 좋을 텐데, 인턴에게 로딩을 떠넘기는 병원 관례상 그런 일은 일어나지 않을 터였다.

석호는 수정을 넌지시 바라봤다. 그녀에게서 뿜어져 나온 냉철한 면모와 열정이 기품 있는 미모와 아름다운 곡선, 그리고 상큼하게까지 보이는 두 눈과 어우러졌다. 인턴을 돌며 종종 마주치는 그녀에게 석호는 흑심까지는 아니고 일종의 경외를 품고 있었다. 그런 감정을 품은 건 그뿐만이 아니었다. 과를 불문하고 수정은 병원에서 연예인이나 다름없는 독보적인 존재였다.

생명의 불씨가 꺼져가는 환자 앞에서 석호는 딴생각에 잠겨 있었다. 그의 멱살을 붙들고 현실로 끌어낸 것은 수정의 투명한 목소리였다.

"이분 주치의가 누구지? 아는 사람 있어?"

"잘 모르겠어요."

앰부백을 짜는 준형의 대답에 수정이 뒤를 돌아봤다. 진서, 민희 역시 모르는 건 마찬가지인 듯 고개를 가로저었다. 수정이 답답한 표정으로 이마를 살짝 가린 머리카락을 뒤로 넘겼다. 그때 형석이 커다란 발소리를 내며 처치실로 들어왔다. 오는 내내 뛰었는지 숨을 헐떡이는 그의 겨드랑이에 클립보드가 끼워져 있었다. 빽빽하게 출력된 환자 명단을 보아 회진 중에 달려온 듯했다.

"리듬 확인할게요. 간호 쌤, 에피 주세요."

"네, 에피 한 타임 들어갑니다."

에피네프린을 주입하고 최대한 빨리 들어가도록 생리식염수 팩을 양손으로 짜는 모습이 6병동 간호사들보다 숙련되어 보였다. 석호는 금방이라도 쓰러질 듯한 윤수와 교대했다. 발판 위에 선 그가 두 손을 가슴에 얹은 채 모니터를 응시했다.

"피이에이. 컴프레션 계속하세요."

수정의 지시에 석호는 묵묵히 흉부를 압박하기 시작했다. 고개를 숙인 그의 두 눈에 더 이상 내과 레지던트나 인턴들의 모습은 들어오지 않았다. 늙은 환자의 초라한 육신만 눈앞에 있을 뿐. 형석과 수정이 주고받는 대화가 처치실의 적막한 공기를 갈랐다.

"수정아, 이분 내가 주치의 맡은 김창진 님이라고 캐비지[7] 수술받고 우리 병원 흉부외과 외래 다니시던 분이거든."

"오빠가 주치의였구나. 그런데 뭐 땜에 입원하셨어요?"

"일주일 전에 관상동맥 조영술 시행했는데, 협착 발견돼서 스텐트 시술받고 내과로 옮겼어. 빨리 못 와서 미안. 김유성 교수님께서 회진 끝나고 가라셔서…."

"어쩔 수 없죠. 김 교수님 한 성깔 하시니깐. 오늘 검사 결과는 어땠어요?"

"특별히 문제는 없었어. 아침에 찍은 심전도도 깨끗했고."

"시술 이후로 특별히 가슴 통증 호소한 적도 없고요?"

"응, 적어도 오늘까진 한 번도."

석호는 잠기운에 명확하게 이해할 수 없었지만 한 가지는 분명했다. 이 노인의 심장이 멈출 것이 예상 범주에 속해 있지 않다는 것이었다. 심전도 리듬은 점차 수평에 가까워졌다. 불규칙한 전류의 흔적이 드문드문 모습을 드러냈으나 그마저도 곧 일직선에 파묻혔다. 더 이상 희망은 없는 걸까. 두 팔이 환자의 가슴에 최대한 수직이 되도록 자세를 바로잡고 체중을 실었지만, 어쩐지 그의 노력이 허사가 될 것만 같은 예

---

[7] CABG(Coronary artery bypass graft, 관상동맥 우회술)

감이 들었다.

"이분이 흉부외과 최병우 교수님 은사셨대. 그래서 특별히 교수님이 잘 치료해달라고 부탁하신 분인데. 참…."

형석이 땅이 꺼져라 한숨을 내쉬었다. 이어서 수정의 목소리가 들렸다.

"보호자는 병원에 계세요?"

"아니, 대전에서 올라오고 계신대. 쭉 병원에서 지내시다가 어젯밤에 집에 내려가셨는데 하필 오늘…."

형석은 씁쓸함이 묻어나는 어조로 말했다.

"오빠, 디엔알에 대해서는 설명했어요?"

"그러긴 했는데 보호자 쪽에서 워낙 완강하게 거부해서. 보호자 말로는 자기가 도착할 때까지 씨피알 치고 있어 달래."

"미친."

가까이에서 들려온 상스러운 말에 석호는 고개를 들었다. 목소리의 주인공 준형이 고개 숙인 채 앰부백을 일정한 주기로 짜고 있었다. 자신의 본심이 무의식중에 튀어나온 것을 알아차린 듯했다.

"안준형, 아무리 힘들어도 그러면 안 되지. 우리끼리 있는 데도 아니고 간호사랑 인턴들도 있는데 그따위로 말해야겠냐?"

"죄송합니다. 그런데…."

준형이 울분에 찬 목소리로 말을 이었다.

"너무하잖아요. 무슨 의사들이 이 사람 하나를 위해서 존재하는 것도 아니고. 저희도 아침에 할 일 잔뜩 쌓여 있는데 지금 여기 붙들려 있는 거잖아요. 저 아직 교수님 구두 처방 하나도 못 내렸고, 아홉 시에는 골수 천자, 열 시에는 신생검 어시스트하러 초음파실도 가야 한다고요."

"너만 바쁘냐?"

"…."

"너만 바쁘냐고."

"죄송합니다."

울먹이는 준형에게 돌아온 형석의 반응은 냉혹하기 짝이 없었다.

"10초 남았습니다."

다음 사이클을 기다리던 종훈이 시계를 보며 담담하게 말했다. 오늘따라 시간이 느리게 지나가는 듯한 기분이 들었다. 석호는 마지막까지 자신의 힘을 쏟아냈다. 발판에서 물러나며 응시한 모니터에서는 여전히 희망의 메시지를 읽어낼 수 없었다.

"어시스톨[8]. 컴프레션."

---

[8] Asystole(무수축)

종훈의 사이클이 계속되는 가운데 내과 레지던트들은 심폐 소생술을 얼마나 더 해야 할지 상의했다. 준형은 당장이라도 관두고 싶은 표정이었지만, 수정과 형석의 단호한 의지에 함부로 말을 꺼내지 못하는 눈치였다. 형석이 스톱워치를 보는 윤수에게 말을 건넸다.

"씨피알 시작한 지 얼마나 지났지?"

"8분 20초 지났습니다."

"음…."

형석이 벽에 걸린 시계를 바라보더니 마음을 정한 듯 입을 열었다.

"그럼 8시 40분까지만 하자. 30분 해도 안 되면 우리로서도 어쩔 수 없지."

"네!"

모두가 일제히 대답했다. 아직 20분도 넘게 남은 시간에 생각이 닿자 머릿속이 하얘졌다. 그도 그럴 게 옆에서 땀을 뻘뻘 흘리는 윤수는 한 사이클만 더 했다가는 쓰러질 듯 자기 몸도 못 가누는 상태였다. 석호 역시 제대로 잠을 자지 못해 도저히 20분을 버틸 만한 자신, 아니 체력이 없었다.

그러나 인턴에게 불가능이란 없는 법이다. 인턴 성적과 평판에 중대한 영향을 미칠지도 모르는 위기에 석호는 굴복하지 않고 이겨냈다. 금방이라도 쓰러질 것 같던 윤수도 오늘은 웬일인지 이를 악물고 가슴을 압박하는 끈기를 보여줬다.

그들의 노력에도 심전도 리듬은 돌아오지 않았다. 설상가상으로 중환자실이 가득 차서 병동에서 처치를 마무리해야 했다. 아무래도 하늘마저 이 환자의 편이 아닌 것 같았다. 30분이 흘러 마지막 사이클이 끝나자 형석이 사망을 선고했다.

"2021년 7월 8일 8시 40분. 김창진 님 사망하셨습니다."

모두 묵념을 하던 그때 우렁찬 목소리가 귓가를 때렸다.

"무균 가운이랑 메스, 10cc 실린지 준비해주세요. 수처 세트도 마련해주시고요."

수술복에 하얀 가운을 걸친, 오십 대로 보이는 남자가 처치실로 들어왔다. 가운에 붙은 명찰로 석호는 그가 흉부외과 최병우 교수라는 것을 알았다. 이름은 몰랐지만, 수술실에서 마주치면 인사는 했으니 일면식이 없다고는 할 수 없었다. 모두의 시선이 자신에게 쏠린 것에 아랑곳하지 않고 최병우는 가운을 벗어 던졌다. 한없이 진지한 얼굴과 머리에 쓴 알록달록한 색의 두건이 기묘한 인상을 빚어냈다. 그가 형석에게 물었다.

"시간이 얼마나 됐죠?"

"방금 막 30분이 지나서 사망 선고를 했습니다."

"지금부터는 제가 알아서 할 테니 비켜주게요. 거기 선생님은 앰부백 짜는 거 멈추지 말고요."

"네, 알겠습니다."

형석이 내과 레지던트들이 모인 뒤편으로 자리를 옮겼다. 최병우가 글러브를 멋들어진 동작으로 양손에 끼고 환자의 옆에 다가섰다. 간호사가 무균 가운을 봉투에서 꺼내 그에게 입혀 주었다. 다른 간호사는 환자의 하체 부근에 수처 세트를 펼치고 메스와 10cc 실린지를 컨탐되지 않게 조심스레 떨어뜨렸다. 사망한 환자를 위해 뭘 해줄 수 있을까, 라는 의구심에 석호는 맞은편에서 그를 뚫어져라 쳐다봤다.

"에피네프린 두 앰풀만 가져다주세요."

무균 가운을 걸친 최병우가 켈리로 뭔가를 집으려다 소리쳤다.

"포타딘이나 알코올 솜 부어주세요. 없으면 헥시타놀이라도. 빨리요."

"네, 교수님."

간호사가 드레싱 카트에 놓인 통들 가운데 하나를 집어 뚜껑을 열고 포타딘을 수처 세트에 부었다. 최병우는 켈리로 그것들을 집어 환자의 가슴을 넓게 소독하고는 메스를 쥔 채 한 번의 동작으로 흉곽을 매끄럽게 절개했다.

사람들의 입에서 가느다란 비명이 흘러나왔다. 석호 역시 충격에 사로잡혔다. 최병우 교수가 개흉 심장마사지를 하려는 것임을 깨달았기 때문이다. 이제껏 심폐소생술을 하면서 리듬이 정상으로 돌아오지 않아 죽음에 이른 환자들은 많았다. 하지만 어떤 환자에게도 개흉 심장마사지가 시도된 적은 없었다.

벌어진 틈새로 고이는 피를 거즈로 닦아내며 최병우는 이 모든 것이 너무나 익숙한 일인 듯 조심스러우면서도 엄청난 속도로 조직과 근막을 박리해나갔다. 환자의 흉곽이 내부의 장기가 드러날 정도로 넓게 벌어졌다. 그는 자신의 커다란 두 손을 견인기로 활용해 가슴을 양옆으로 벌리고는 안에서 움직임을 멈춘 심장을 규칙적으로 마사지하기 시작했다. 석호는 전율에 가까운 감정이 전신을 휩쓰는 것을 느꼈다.

심장 수술 중에 어레스트가 발생하면 직접 심장을 마사지한다는 것은 익히 아는 바였지만, 병동 처치실과 같은 열악한 환경에서 이런 장면을 목격하는 건 흔치 않은 기회였다. 물론 눈앞의 환자가 최병우 교수의 은사이기에 가능한 일이었다.

개흉 심장마사지에도 심장 박동이 돌아오지 않자 최병우의 얼굴에 남아 있던 희망의 기운이 점차 사그라들었다. 처치실에 들어섰을 때만 해도 자신감에 차 있던 그의 눈가에는 언제부터인지 물기가 맺히는 듯했다.

"에피네프린 어디 있어요?"

"교수님, 여기 있습니다!"

간호사가 에피네프린 앰풀을 뒤집어서 내밀자 최병우는 실린지로 거기에 들어 있는 액체를 남김없이 빼낸 다음, 조금도 주저하지 않고 그대로 심장에 꽂아 넣었다. 에피네프린이 주입된 심장은 분명 환자의 것인데, 석호는 마치 자기 심장에 주입되기라도 한 듯 심박수가 미친 속도로 증가하는 이상한 체험을 했다.

잠시 후, 수평으로 엎드려 있던 심전도의 궤적이 요동쳤다. 처치실에 있던 레지던트와 인턴, 간호사 할 것 없이 모두 환호성을 질렀다. 그때만큼은 최병우도 미소를 짓는 여유를 보여줬다. 자신의 위험하고도 용감한 행동이 은사를 지옥으로 들어가는 입구에서 구출해낸 것이 자랑스럽다는 표정이었다.

기쁨의 순간은 20초도 지속되지 않았다. 잠깐의 여유를 보인 사이 출렁이던 심전도 곡선은 다시 납작하게 변했다. 명칭을 달 수 없는 이상한 형태의 파형이 간헐적으로 흐르고 난 뒤, 전과 같은 무한한 수평의 직선으로 돌아왔다.

최병우는 간호사에게 에피네프린 앰풀을 추가로 까달라고 했다. 아까와 같은 방법으로 심장에 주입했으나 내성이라도 생겼는지 곡선은 미동조차 없었다. 그는 한동안 두 손으로 마사지하다 말고 이상한 것을 발견한 듯 심장을 살며시 들어 올렸다.

뒤에 있던 레지던트들은 보지 못했으나, 맞은편에 자리 잡은 석호에게는 그 장면이 생중계되었다. 환자의 심장 뒤편에 형성된 1cm 크기의 작은 구멍, 이른바 천공이었다. 좌회선지의 위쪽이 울퉁불퉁한 단면을 남기고 잘려 나갔고, 그 부위에서 흘러나온 혈액이 흉강에 서서히 고이고 있었다.

"빌어먹을…."

성벽처럼 견고하던 최병우의 두 손이 심장에서 거둬졌다. 예기치 않은 상황이 불러일으킨 혼란 때문인지 그는 무엇을 해야 할지 잊어버린 듯 두 손을 허리 아래로 떨어뜨렸다. 석호가 그를 살폈으나 새까만 눈동자는 텅 빈 하늘처럼 공허해서 아무런 감정도 읽어낼 수 없었다.

"2021년 7월 8일 오전 9시 3분. 김창진 님…. 사망하셨습니다."

절망에 잠긴 목소리가 울려 퍼진 순간 석호는 측은한 한편 부끄러워 고개를 들 수 없었다. 그가 환자에게 바친 열정과 정성에 견주었을 때 자신은 얼마나 되먹지 못한 마음가짐으로 이 자리에 임했는가, 하는 반성이 머릿속에 똬리를 튼 것이다. 최병우가 좌중을 압도하는 목소리로 지시했다.

"선생님들은 그만 나가보세요. 제가 마무리할 테니까요."

누구도 그에게 말대꾸하지 않고 처치실을 나섰다. 맞은편에 있던 석호와 인턴들도 고개 숙이고는 문으로 향했다. 두 사람의 마지막 순간을 방해하지 않기 위해 모두 발소리도 내지 않고 조용히 물러났다.

✚

"배윤수, 아까 그거 너도 봤지?"

"자세히는 못 봤는데, 네가 그렇다면 그런 거겠지."

"왜 심장에 천공이 생긴 걸까?"

"그냥 심근이 약해진 거 아냐? 연세도 많으신 분이고, 원래 심장도 안 좋으셨잖아."

윤수는 먹고 있던 제육볶음으로 숟가락을 가져갔다. 누가 빼앗아 가기라도 할 것처럼 허겁지겁 밥을 먹는 모습에서 석호는 그가 인턴이 되고 나서 체중이 부쩍 늘어난 원인을 알 것 같았다. 본인은 언제나 뛰어다니는데 왜 살이 찌는지 모르겠다고 주장하지만 말이다.

조금 전 코드블루 상황이 종료된 후, 세 명의 내과 인턴은 밀린 술기를 잠시 미뤄두고 지하에 있는 구내식당으로 내려왔다. 이대로 있다가는 아침은커녕 점심조차 못 먹을지 모른다는 위기의식에서였다. 콜이 와도 밥을 먹고 하기로 합의했지만, 주문하자마자 걸려 온 콜에 종훈은 자리에서 일어났다. 13병동에서 응급 수혈을 받아야 할 환자가 두 사람이나 발생했기 때문이다. 종훈은 부러움이 가득한 시선으로 둘을 보며 참치마요 덮밥을 포장해달라는 부탁을 남긴 채 사라졌다.

"야, 스텐트 시술받다가 혈관 파열된 건 아니겠지?"

윤수가 입술에 밥풀을 묻히고 말했다. 석호의 입가에 미소가 피어났다.

"일주일 전에 시술받았는데 그럴 리가. 그때부터 있었으면 조금이라도 징조가 있었을 거 아냐."

"그런가."

윤수가 물을 한 모금 마시고는 말을 이었다.

"상식적으로 생각할 수 있는 건…, 우선 총알이나 길쭉한 칼이 심장을 관통했을 때겠지."

"그런데 그럴 리는 없잖아."

"응. 그러면…, 옛날에 순환기내과 강의 때 들었는데 특정 바이러스는 심근이나 심막의 조직을 분해하는 기능이 있어서 구멍이 뚫릴 수 있다고 했었어. 그걸까?"

"그런 걸 배운 적이 있다고? 나랑 같은 강의실에 있었던 거 맞냐?"

민망한 마음에 그렇게 물으면서도 석호는 그의 기억이 맞을 거로 생각했다. 윤수는 학생 때 성적이 좋지는 않았지만, 방금처럼 남들이 예전에 한 쓸데없는 말까지 기억해내서 놀라움을 안겨주고는 했다. 석호는 그의 말처럼 특이한 바이러스 종 때문일지도 모른다고 생각하며 계속 가능성을 짚어나갔다.

"바이러스를 제외하면 또 뭐가 있을까?"

순간 석호의 머릿속에 섬뜩한 생각이 스치고 지나갔다.

"그런데 치프 선생 말대로라면 아침 회진 때만 해도 천공이 없었던 거 아닐까? 조금이라도 천공이 있으면 심전도나 심근효가 정상으로 나오기 어려울 텐데."

"그러고 보니 정말 이상하네. 그렇다면 교수님이 회진을 돌고 나서 천공이 생겼다고 추측하는 건…. 역시 억지겠지?"

"억지는 아니지. 가능성은 얼마든지 있어."

"가능성?"

윤수가 눈을 동그랗게 뜨고 물었다. 제육볶음이 담긴 접시는 텅 비워진 상태였다. 그의 젓가락은 이제 어묵 반찬이 담긴 접시 주변을 얼쩡거렸다. 석호가 윤수 앞으로 접시를 밀어주며 말했다.

"그 시간대에 심장에 충격이 갈 만한 사건이 발생했다면 어떨까?"

"사건?"

"가족 중에 누구한테 안 좋은 일이 일어났다는 전화를 받았거나, 아니면 병실에 있던 도중에 무서운 장면을 목격했다거나. 그러면 평소 심장이 약했던 노인 환자라면 회복 불가능할 정도의 충격을 받지 않을까 하는데.”

“그런 일이 실제로 일어난다면 SCI급 논문 주제로 쓰기 딱 좋을 거 같아. 스트레스만으로 심장에 천공이 생긴다니 대단한 상상력인데?”

“농담이야, 농담.”

석호가 웃으면서 얼버무렸다.

“그래도 혹시 모르니까 나중에 병실 찾아가 볼까 봐.”

“병실?”

“아까 그 환자분 계시던 병실. 같이 입원해 있던 환자나 보호자한테서 단서가 나올지도 모르니까.”

윤수가 어리벙벙한 얼굴로 그를 바라보더니 고개를 저었다.

“여기는 대학병원이야. 그리고 우리는… 가장 밑바닥에 있는 인턴에 불과하고. 그 환자가 자연사한 것이 아니더라도 그건 레지던트나 교수님이 다뤄야 할 사항이지 우리가 개입해서는 안 돼.”

“그건 나도 알아. 그런데 왠지 내가 모르는 뭔가가 숨어 있는 느낌이 들거든.”

“예를 들면, 누군가 의도를 가지고 환자분에게 심장 독성이 있는 약물을 투여했다거나?”

“꼭 그렇다는 건 아니고. 설마 그러기야 하겠냐.”

"그래도 네가 평소에 읽는 추리소설에서는 그런 일이 자주 있잖아."

정곡을 찔린 석호가 입을 다물었다. 윤수가 그의 마음을 읽어낸 듯 의기양양한 목소리로 말을 이었다.

"작년에 석호 네가 해결했던 살인사건, 그거에 대해선 동기들 사이에서도 지금까지 칭찬이 자자해. 경찰도 밝혀내지 못한 범인을 이틀 만에 밝혀낸 너한테 형사가 고맙다고 고개 숙였을 때는 나까지 쾌감을 느꼈다니깐."

"…."

작년 중순, 해부학 교실에서 벌어진 살인사건에 석호가 휘말린 것은 그의 의지 때문이 아니었다. 얼마 전까지 사귀다 헤어진 박한나가 사건의 피해자였던 만큼 알리바이가 없는 그가 유력한 용의자로 지목되었고, 누명을 벗기 위해서는 독자적인 행동에 나설 수밖에 없었다.

대학교에 입학했을 때부터 석호는 전공인 의학 외에도 범죄학에 대해 일정 수준 이상의 지식을 쌓고 취미로 추리소설을 많이 읽었다. 그 덕분인지 석호는 경찰이 무심코 지나친 단서를 바탕으로 획기적인 추론을 해냈고, 결국 전 여자친구를 죽음으로 몰아넣은 살인마의 정체를 모두의 앞에서 폭로할 수 있었다.

이제 일 년이라는 시간이 흘렀지만, 여전히 석호는 살인마의 아지트에 발을 들여놓았을 때 느꼈던 강렬한 공포에 쫓겨 한밤중에 깨어나고는 했다. 국가고시를 치르기 전만 해도 불면증에 시달리는 자신을 원망했다. 그런데 인턴으로 근무하는 요즘은 불면증이 의외로 큰 도움이 되었다. 커피나 핫식스 못지않게 야간 당직을 서는 데 훌륭한 조력자의 역할을 해준 것이다.

"그 뒤로도 가끔 그 형사가 너한테 범죄 사건에 대해 의견을 묻기도 한다는 거 나도 잘 알아. 그렇지만…, 이곳은 폐쇄적인 대학병원이고 의사는 우리나라에서 가장 위계질서가 엄격한 직종 중에 하나야. 우리 같은 인턴이 사망 원인을 알아내려고 같은 병실 환자나 보호자한테 캐묻고 다니면 금방 주치의 귀에까지 들어갈 거야. 그럼 내과 의국에서는 그 인턴에 대한 안 좋은 소문이 나돌 거고."

석호가 말없이 고개를 끄덕였다. 윤수가 접시에 있던 마지막 어묵을 입 안에 넣어 우물거리고는 한마디 내뱉었다.

"널 위해서 하는 말이야. 네가 어플라이한 과에 합격하기 위해서는 레지던트 선발 전까진 아무런 잡음도 나와서는 안 돼. 내가 무슨 말 하는지 알지?"

"당근이지. 충고해줘서 고마워. 잘 억눌러왔는데 역시 내 추리 본능은 숨기기 어렵군."

"추리는 레지던트 가서도 실컷 할 수 있으니까 당분간은 참아둬."

"그래, 그럴게."

석호가 쓴웃음을 지었다. 아닌 게 아니라 윤수의 말이 옳았다. 환자의 죽음에 대해서 지나치게 관심을 두고 파고들면 주치의인 형석에게 극도의 불쾌감을 줄 수 있었다.

"그리고… 네가 걱정할까 봐 그런데, 동아리 선배한테 듣기로 주치의는 환자가 사망하는 경우에 사인검토 보고서라는 걸 작성해서 교수님께 제출한다고 해. 우리 실습 때 모털리티 컨퍼런스 참석한 거 기억나지?"

"기억나고말고."

"사망 환자마다 작성된 보고서를 담당 교수님이 검토한 다음, 특이한 사례를 선별해서 컨퍼런스에서 다룬다고 하니까 문제가 있었다면 거기서 밝혀지겠지."

"그래, 그쪽에서 어련히 알아서 잘 처리하겠지. 나 같은 인턴이 의심스러워하는 점은 레지던트나 교수님도 꼼꼼히 조사할 테니까."

"내 말이. 그러니까 우리는 우리 일만 하면 된다는 말씀."

윤수가 어린아이처럼 해맑은 웃음을 지었다. 석호 역시 그를 바라보며 따라 웃을 수밖에 없었다. 어떤 어려움이 있어도 여유를 잃지 않는 그의 밝은 모습은 고단한 인턴 과정을 헤쳐 나가는데 큰 위안이 되었다. 석호가 얼마 남지 않은 돌솥비빔밥을 숟가락으로 뜨는데 벨 소리가 울렸다. 액정 화면을 보니 교환실에서 걸려 온 전화였다. 전화를 받자 교환원의 부드러운 목소리가 들려왔다.

"선생님, 심혈관 조영실입니다."

"…."

대답할 틈도 없이 연결되더니 허스키한 여자의 목소리가 귓전을 때렸다.

"지금 당장 심혈관 조영실로 와주세요. 빨리요."

"네?"

앞뒤 설명도 없이 오라는 무례한 전화에 석호는 기분이 상했다.

"강석호 선생님 번호 아니에요?"

"맞는데요."

"중환자실 환자분 관상동맥 조영술 하는데 앰부백 짜야 하거든요. 그러니까 빨리 오세요. 끊을게요."

"잠깐만요!"

석호가 묻기도 전에 전화는 끊어졌다. 울컥한 마음에 숟가락을 탁 소리가 나도록 테이블에 내려놓자 윤수가 의아한 눈길로 바라봤다.

"무슨 콜이길래?"

"심혈관 조영실에서 왔어. 중환자실 환자 앰부백 짜달라고.

원래 거기서 뭔 일 있으면 내과 인턴 부르냐?"

"적어도 나는 한 번도 콜 받은 적 없어 거기서는."

"그래서 중환자실 인턴이 가야 하는 거 아니냐고 말하려는데 끊더라고."

"아주 인턴인 게 죄라니까. 지긋지긋한 인턴 빨리 끝내고 레지던트 되고 싶다."

"동감이야."

석호는 조금 전의 울컥했던 마음을 어느 정도 진정시켰다. 아무리 힘겨운 인턴 수련이라도 윤수 같은 동료가 곁에 있다면 버틸 만하다는 생각이 들었다. 그는 마지막 한 숟가락을 떠먹고 기분 좋게 외쳤다.

"그럼 출동해볼까."

"하암, 다 읽었다!"

소녀는 하품하며 마지막 페이지가 펼쳐진 책을 덮었다. 알라딘이 공주와 함께 오래오래 행복하게 살았으면 좋겠다는 생각에 가슴이 핑크빛으로 물든 채 두근거렸다. 요술램프를 발견하면 어떤 소원을 빌지 소녀는 곰곰이 생각하다가 입가에 미소가 떠올랐다.

'나도 하늘을 나는 양탄자를 갖고 싶어.'

텔레비전으로만 보았던 드넓은 미국부터 엄마와 아빠가 즐겁게 지내고 있을 유럽까지. 소녀는 양탄자에 앉아 하늘을 두둥실 떠다니며 여행하고 싶었다. 그뿐만이 아니었다. 뭉게뭉게 피어오른 구름을 헤치고 지구 바깥으로 가보고 싶었고, 바다 위를 아슬아슬하게 스치듯이 날며 돌고래도 구경하고 싶었다.

눈을 감은 소녀는 이런저런 일들을 상상하며 혼자만의 시간을 보냈다. 거실로 나온 뒤로도 조금 전 읽었던 동화책의 멋진 이야기가 떠올라 아무것도 하지 않고 소파에 누워 있었다. 솔솔 잠이 밀려와 꿈속을 여행하던 그때 쾅, 하는 소리가 들려왔다.

"깜짝이야!"

소녀는 소리의 출처를 확인하기 위해 벌떡 일어났다. 귀를 쫑긋 세우고 정신을 집중하는데 끼익 소리가 근처에서 들려왔다. 소리가 흘러나온 방향으로 천천히 걸어가던 소녀는 검은색 문에 이르러서야 걸음을 멈췄다. 굳게 닫힌 문 너머에서는 더 이상 어떤 소음도 새어 나오지 않았다. 소녀는 조금 전의 소리가 이 방에서 난 거라는 확신이 있었다.

'이상하네. 할아버지는 아닐 텐데.'

할아버지는 늘 새벽에 집을 나가서 오후 여섯 시가 넘어서야 돌아왔다. 그렇다면 지금 안에 있는 사람은 누굴까. 문득 소녀는 무서운 생각이 들어 침을 꿀꺽 삼켰다. 남의 집에 마음대로 침입하는 못된 도둑에 관한 뉴스가 떠올랐다. 어쩌면 할아버지 방에 도둑이 들었을지 모른다고 생각하자 온몸이 바들바들 떨려왔다.

당장이라도 집이 떠나갈 정도로 소리를 지르고 싶었지만, 긴장한 나머지 목소리가 나오지 않았다. 울먹이던 소녀의 눈에서 찔끔 눈물이 흘러내린 것은 잠시 후였다. 겪어보지 못한 공포에 소녀는 겁에 질려 울음을 터뜨렸다.

소녀를 가로막은 검은 문이 천천히 열렸다. 자신을 겁에 질리게 한 사람의 얼굴을 문틈으로 확인한 소녀가 눈을 휘둥그레 떴다. 소녀를 보자마자 인자한 미소를 만면에 드리운 그 사람은….

바로 할아버지였다!

3장

심혈관 조영실은 인터벤션 센터와 통로를 공유했다. 가운데에서 우측으로 꺾으면 인터벤션 센터, 직진으로 가면 심혈관 조영실이었다. 석호는 그답지 않게 약간의 시간을 지체하고 말았다. 3층에 내려야 할 것을 실수로 2층에 내렸기 때문이다. 실습을 돌았던 병원에서 두 시설의 층이 달랐던 점이 실수를 유발한 원인이었다. 명성재단에 속한 병원들마다 원내 배치도가 극과 극을 달린다는 것이, 석호는 매력 포인트라고 생각하면서도 이럴 때는 괜히 원망스러웠다.

좁은 복도를 걸어가던 석호는 맞은편에서 다가오는 사람을 보고 소스라치게 놀라 멈춰 섰다. 최병우 교수였다. 마스크에 가려져 표정이 완전히 드러나지는 않았지만 슬픔에 젖은 눈길이었다. 그는 석호의 인사에 반응을 보이지 않고 무기력한 걸음걸이로 지나갔다.

은사를 떠나보내고 한 시간도 안 지났으니 그럴 만하다고 짐작했다가, 석호는 그가 하필이면 여기서 나온 게 우연일지 짚어보았다. 은사의 심장에 형성된 천공이 스텐트 시술 과정에서 발생한 문제라고 여긴 걸까. 그래서 시술이 이루어진 이곳에 찾아온 걸까. 석호는 개운치 못한 마음으로 발길을 재촉했다.

심혈관 조영실에 들어섰을 때는 시술 준비가 막바지에 달한 무렵이었다. C-ARM[9]이 환자의 몸을 삼켜버릴 듯 말발굽 형태로 감쌌다. 전신은 시술받을 오른쪽 손목을 제외하고는 포로 덮여 있었다. 환자의 머리 쪽에서 앰부백을 짜던 승원이 그를 발견한 것과 동시에 굳은 얼굴이 펴졌다. 그가 와서 교대해주기만을 애타게 기다린 모양이었다. 늦었다는 생각에 달려가는데 불호령이 떨어졌다.

"자네 누군가?"

목소리가 들려온 방향으로 고개를 돌렸다가 석호는 얼어붙고 말았다. 순환기내과 교수 장호영이 자신을 경멸에 찬 눈빛으로 쏘아보고 있었다. 눈매와 턱, 코, 심지어 귀까지 신체의 모든 부분이 날카로움, 그 자체였다. 그를 병동에서 마주칠 때마다 석호는 숨이 턱 밑까지 차오르고는 했다. 저번 주에는 정맥혈 채혈을 한 번에 성공하지 못했다는 이유로 환자의 면전에서 구박받기도 했다. 막상 장호영은 그의 얼굴을

9) 이동형 엑스선 투시 촬영 장치

기억 못 하는 눈치였다. 석호가 허리를 90도로 굽혀 인사하자 장호영의 옆에 있던 순환기내과 펠로우 차재욱이 부드러운 어조로 말했다.

"인턴 선생님입니다."

"인턴이 여기는 왜?"

"앰부백 때문에 콜했습니다."

장호영이 코끝을 찡그리더니 딱딱하게 말했다.

"인턴은 납복부터 입고 오지."

"바로 입고 오겠습니다."

그제야 석호는 C-ARM에서 뿜어져 나올 방사선의 유해성에 생각이 미쳤다. 납복이 어디에 있는지 몰라 헤매는 그를 보다 못한 재욱이 넌지시 바깥을 가리켰다. 손끝을 시선으로 따라간 석호는 장대에 걸린 납복 여러 벌을 발견했다. 그는 장호영의 관심을 끌지 않도록 감색 계열의 납복을 몸에 걸치고 벨트를 맸다.

동아리 선배인 재욱이 중재자의 역할을 해준 덕분에 더 이상 교수와의 마찰 없이 상황을 모면할 수 있었다. 그가 유리 너머로 가만히 바라보자 텔레파시가 통했는지 재욱이 슬쩍 손을 흔들었다. 석호 역시 반가움 반 고마움 반으로 꾸벅 고개 숙여 인사했다.

재욱을 마지막으로 사적인 자리에서 만난 것은 올해 1월이었다. 병원 방문, 약자로 병방이라는 행사로 오케스트라 동아리 부원들과 함께 OB 선배들이 많은 명성대학교병원을 방문했었다. 당시 재욱은 고년차 선배들과 함께 값비싼 소고기를 거하게 쐈고, 석호는 배가 터지도록 고기와 술을 흡입한 바람에 화장실에서 많은 시간을 보내야 했다.

재욱은 일부 무서운 선배들과 달리 옆집 형처럼 진로 고민에 대해 친절하게 상담해주었다. 그렇기에 그에게는 아련한 그리움을 불러일으키는 대상이었다. 재욱은 기계공학과를 졸업하고 여러 직장을 전전하다가 의과대학에 입학한 특이한 이력의 소유자였다. 동아리의 왕고이기도 했던 그는 언제나 리더십 있게 후배들을 이끌어 석호뿐 아니라 대부분의 후배로부터 전폭적인 지지를 받았다.

앰부백을 교대한 승원은 무균 기구들이 놓인 카트 뒤로 걸어가 장호영의 뒤편에 자리를 잡고 환자 좌측에 있는 여러 대의 모니터를 응시했다. 석호도 그쪽을 들여다봤다. 위쪽의 모니터에는 T파의 진폭이 큰 심전도와 혈압, 맥박 등이 표시되었다. 아래쪽 모니터는 엑스선 기계가 포착한 환자의 심장과 척추의 윤곽을 보여주었다.

석호는 앰부백을 규칙적으로 짰다. 그는 여기 오면서 투덜거렸던 것은 잊고 흥미로운 광경을 볼 수 있다는 기대감에 부풀었다. 관상동맥 조영술은 방사선사의 도착과 동시에 시작되었다.

장호영 교수는 환자의 오른쪽 손목을 충분히 펴서 요골동맥 천자에 용이한 자세를 취했다. 옆에 나란히 선 재욱은 다음 술기에 필요한 도구들을 포에 올려놓으며 시술을 보조했다.

장호영은 천자 부위에 리도카인을 주입하고 마취되기를 기다렸다. 그런 다음 검지와 중지로 요골동맥을 촉지했다. 바늘을 45도로 기울여 진입시키자 선홍빛의 동맥혈이 뿜어져 나왔다. 그는 천자 부위 위쪽을 지그시 누른 채 재욱이 건넨 J자 형태의 가이드 와이어를 삽입했다. 능숙하게 바늘을 빼낸 그는 삽입했던 가이드 와이어를 후퇴시킨 후 메스로 천자 부위 주변의 피부를 절개했다.

장호영은 동맥 내에 위치시킨 유도관에 투명한 용액이 든 실린지를 가져갔다. 끝부분을 잡아당겨 혈액의 역류를 확인하더니 용액을 유도관으로 주입했고 이를 두 차례 더 반복했다. 혈전의 형성과 혈관 수축을 방지하기 위한 목적이었다.

왼손으로 동맥 유도관의 입구를 쥔 장호영 교수가 가이딩 카테터를 오른손으로 조금씩 삽입했다. 가이드 와이어의 끝부분이 상행 대동맥을 거쳐 대동맥 기부로 진입하는 영상이 모니터에 나타났다. 잠시 후, 그는 가이드 와이어를 빼내 가이딩 카테터를 유도관 내에 남겨놓았다. 그다음 카테터의 바끝 부분에 세 개의 포트가 달린 매니폴드를 부착했다. 실린지를 연결한 그는 혈액을 5cc가량 빼낸 다음 투명한 액체인 조영제를 주입했다. 곧 모니터에 관상동맥으로 보이는 미세한 혈관들의 형태가 선명히 드러났다.

앰부백을 짜던 석호가 손등에 차가운 감촉을 느낀 것은 그때였다. 처음에는 기분 탓이려니 하고 장호영과 재욱의 민첩한 손놀림이 빚어내는 조화로운 앙상블에 넋을 잃고 있었다. 예기치 않은 상황을 파악한 건 한참 뒤였다. 아래를 내려다본 석호는 반사적으로 앰부백을 잡고 있던 두 손을 뗐다. 손 전체가 붉은색의 끈적끈적한 액체로 뒤덮여 있었다. 모니터에서 눈을 떼지 않고도 어수선한 분위기를 알아차리고 장호영이 엄숙하게 말했다.

"거기 왜 그렇게 산만하나?"

"죄송합니다. 그게…."

"인턴 선생님, 앰부백 계속 짜주세요."

건너편에 있던 승원이 의아한 눈길로 그를 노려봤다. 어쩔 수 없이 두 손을 앰부백으로 가져간 석호의 시야에 들어온 것은 허공을 바라보는 환자의 절박한 표정이었다. 죽음의 공포에 사로잡힌 사람에게서 볼 수 있을 법한 끔찍한 눈빛. 그제야 석호는 환자의 기도 삽관 튜브와 앰부백이 연결된 부위에서 피가 새어 나오는 걸 깨달았다. 시간이 지날수록 손에 저항이 느껴졌다. 석호는 전보다 악력을 높여 힘껏 쥐어 짜냈다. 푹푹, 하고 듣기에도 꺼림칙한 환자의 숨소리는 석호의 숨결 역시 거칠게 만들었다.

"쌤, 뭐해요?"

옆으로 다가온 간호사가 앰부백을 보더니 다급하게 말했다.

"빨랑 앰부백 빼요! 왜 가만히 있어요."

"네."

손은 보글보글 거품이 이는 점액질 액체에 범벅이 되어 있었다. 아무리 앰부백을 뽑아내려 해도 미끄러워서 생각대로 되지 않았다.

"아이참, 답답하네. 비켜 보세요."

글러브를 착용한 간호사에게 자리를 넘겨준 석호는 한 발 뒤로 물러섰다. 간호사는 별다른 어려움 없이 앰부백을 분리했다. 동시에 석호는 기도 삽관 튜브에서 뿜어져 나오는 붉은색의 물줄기를 봤다. 호흡 주기에 맞춰 분수처럼 솟는 그것은 화산의 분출 장면을 연상시켰다.

"정신 차리고 석션해, 석션!"

장호영이 버럭 소리를 지르자 뒤편에 서 있던 승원도 거들었다.

"인턴 선생님, 글러브도 안 끼고 뭐 했어요."

"쌤, 제가 석션할 테니까 빨리 글러브 끼고 오세요."

석션 튜브를 가져온 간호사가 날렵한 움직임으로 기도 삽관 튜브 안으로 그것을 넣었다. 진공청소기를 연상시키는 소리가 나면서 기도에 고인 액체가 흡입되었다. 튜브를 연결한 간호사가 짜증을 부렸다.

"쌤, 교대해요. 옆에 석션 통 있으니까 잘 보면서 해요. 입에 피 고이면 석션하고 다시 앰부백 연결하고. 이걸 반복하면 돼요. 알겠죠?"

"네."

교대한 석호는 환자의 입 안에 고인 액체를 석션 튜브로 빨아들였다. 군말 없이 하면서도 속으로는 자신에게 역정을 낸 간호사를 씹어댔다. 수술실에서 수술 부위의 혈액을 흡인하는 것은 어시스트를 서며 해봤지만, 이런 식으로 환자의 입안을 석션 튜브로 흡인하는 것은 해본 적이 없었던 탓일까. 자신이 보기에도 튜브를 다루는 솜씨나 타이밍 같은 것이 어리숙하게 느껴졌다.

'원래 간호사가 하는 일이니까 못하는 건 어쩔 수 없잖아.'

석호는 그런 식으로 자신의 미숙한 처치를 합리화했다. 장호영 교수는 끊임없이 옆의 재욱에게 알아들을 수 없는 이상한 용어들을 쏟아내며 미세하게 손의 움직임을 컨트롤했다. 한 가지 석호의 눈에 흥미롭게 비친 것은 리모컨처럼 생긴 것을 손에 쥔 방사선사의 동작이었다. 방사선사가 버튼을 누르면 웅장한 소리가 실내에 울려 퍼지며 C자 모양의 몸체가 시계 방향 또는 반시계 방향으로 기울어졌다. 한 번은 몸체가 옆으로 기울어져 머리에 닿을 정도로 내려오는 바람에 부딪힐 뻔했다.

"인턴 쌤, 정신을 놓지 마요."

간호사의 구박에 석호는 수치심을 느끼면서도 재빨리 허리를 숙여 기계와의 충돌을 피했다. 조금만 지체했더라면 그대로 머리를 부딪쳐 CT를 찍으러 가야 했을지 모른다는 생각에 머리털이 쭈뼛했다. 장호영은 좌전하행지와 좌회선지는 물론 우관상동맥의 협착 유무까지 살펴본 듯 시술을 마무리하는 단계에 이르렀다.

병동에서 콜이 걸려 왔지만, 석호는 가운 주머니에 손을 넣을 엄두조차 나지 않았다. 그랬다가는 장호영의 입에서 어떤 험한 말이 튀어나올지 몰랐다.

장호영은 요골동맥에 삽입된 기구들을 하나씩 제거했다. 마지막으로 동맥 유도관을 빼낸 그는 천자 부위에 강력한 지혈 밴드를 부착하고 피부를 봉합했다. 환자의 체중이 많이 나간 탓에 석호는 환자를 이동 침대로 옮기는 것을 도운 것은 물론, 중환자실까지 앰부백을 짜며 따라갔다. 중환자실 간호사가 벤틸레이터를 연결한 뒤에야 석호는 앰부백에서 손을 거두었다.

✚

석호는 납복의 벨트를 푼 다음 장대에 걸어놓았다. 나가려는데 낮고 굵은 목소리가 들려왔다.

"어이, 강석호."

소리가 들려온 방향을 돌아보자 시크한 미소를 입가에 띤 재욱의 얼굴이 망막에 맺혔다. 딱딱함이라고는 찾아볼 수 없는 서글서글한 인상은 예전부터 동아리 후배들의 긴장과 경계심을 허물어주는 무기였다. 가운을 벗어 수술복 차림이 된 재욱은 의자에 가운을 걸치고 힘없이 자리에 앉았다. 멀리서는 보이지 않던 충혈된 두 눈이 얼마나 고된 생활을 하는지 알려주었다. 녹초가 된 선배의 모습에 석호는 가슴이 아려왔디.

"재욱이 형, 아까는 감사했어요."

재욱의 얼굴에 물음표가 떠올랐다가 멋쩍은 미소가 번졌다.

"아, 그거? 다들 처음 오면 헤매거든. 거기 서 있지 말고 잠깐 쉬었다 가라. 바쁜 거 아니면."

"넵."

"어디 보자, 음료수가."

자리에서 벌떡 일어난 재욱을 석호가 말렸다.

"아니에요, 형. 저 때문에…."

"얌마, 이럴 땐 그냥 고맙습니다, 하는 거야."

재욱이 그의 어깨를 장난스럽게 툭 치고는 구석의 냉장고로 다가갔다.

"네, 형. 고맙습니다."

냉장고에서 커피를 두 개 가져온 재욱이 그에게 하나를 건넸다. 석호는 잘 먹겠습니다, 라는 말과 함께 뚜껑을 열어 마시기 시작했다. 시원한 커피에 함유된 카페인은 잠을 제대로 자지 못해 엉망인 컨디션을 차츰 회복시켰다.

재욱은 관상동맥 조영술을 마친 환자의 것으로 보이는 영상을 보며 뭔가를 타이핑했다. 그가 작업을 마치기를 기다리는 동안 석호는 어색한 분위기를 떨쳐내기 위해 주변을 두리번거렸다. 모니터가 여러 대 설치된 스테이션을 중앙에 두고 큰 규모의 방 두 개가 있었다. 재욱이 키보드를 두드리다 말고 그를 돌아봤다.

"인턴 생활은 할 만하냐?"

"네, 처음에는 적응 잘 못 할 줄 알았는데 요즘은 나름 괜찮아요."

"어디 어플라이라고 했더라?"

"정형외과요. 붙을지는 모르겠지만."

재욱이 고개를 끄덕였다.

“하기 나름이지. 어레인지에 내신은 안 중요하니까 일만 우직하게 잘해라. 그러면 결과는 따라올 거다. 거기 치프가 주정석이지?”

“네, 형. 아세요?”

“그걸 말이라고 하냐. 그 또라이 새끼 생각만 하면 아직도 치가 떨린다. 컨설트 쓸 때마다 전화로 푸시하는 것도 적당히 해야지. 그 인간 다른 의국에서 얼마나 씹혔는지 넌 모를 거다.”

불만을 토해내던 재욱이 이윽고 화가 누그러졌는지 부드러운 어조로 돌아왔다.

“강석호, 너는 그러면 안 된다. 무슨 말인지 알지?”

“네, 열심히 하겠습니다.”

“아니, 열심히는 당연한 거고 잘하는 게 중요하지. 그리고 다른 과 레지던트한테 욕먹을 짓 하지 말고.”

“네, 명심할게요.”

“그래, 기대한다.”

재욱은 커피를 마시지도 않고 이마에 가만히 댔다. 석호는 병방 때의 기억을 떠올렸다. 당시 2차 분위기가 무르익었을 무렵, 재욱은 구석에 앉아 지금처럼 맥주잔을 이마에 대고 있었다. 그때 오갔던 깊은 이야기는 아직도 생생하게 떠올랐다. 당시 석호는 인턴을 하지 않고 바로 공중보건의사로 다녀오는 것이 좋다는 무리에게 설득당하고 있었다. 전공의를 마치면 군의관으로 갈 확률이 높아 최종적으로는 삶의 질이 떨어진다는 게 그들의 논리였다.

끝까지 마음을 정하지 못한 석호는 둘 중 어느 것이 좋을지 조언을 구했고, 재욱은 의사로서 발전하고 싶다면 대학병원에 조금이라도 일찍 들어와서 실력을 갈고닦아야 한다고 강조했다. 결국 석호는 그의 조언을 받아들여 스트레이트로 인턴 수련을 받기로 다짐했다. 그랬기에 진심 어린 충고를 해준 재욱에 대한 고마움 내지는 신뢰가 가슴에 스며 있는 것은 당연했다.

"머리 아프신가 봐요?"

재욱이 손에 쥔 커피를 흔들었다.

"이거? 이러고 있으면 머리가 맑아지는 기분이라서."

"형은 펠로우 안 힘드세요?"

"이제 그런 건 초월한 단계지."

"근무하면서 보니까 내과 선생님들이 정말 고생을 많이 하시더라고요. 당직 때 병동 환자들 혼자 커버하시고 밤에 코드블루 터질까 봐 잠도 제대로 못 주무시고. 내과는 희생정신이나 책임감 없이 하기는 힘든 과 같아요."

재욱이 가당치도 않다는 듯 손을 내저었다.

"정형외과 하려는 애가 그런 소리 하면 안 되지. 거기 들어가면 6개월 동안 집 못 가는 건 알고 있지? 하기야 그걸 모를 리 없겠지.”

“네에, 꾹 참고 버티면 4년 정도는 금방 지나가지 않을까 생각하고 있어요.”

“팔자 좋은 소리 한다. 짜식, 그래도 정신머리 하나는 제대로 박혀 있어서 형이 안심된다. 인턴 하다 보면 몇 개월도 안 지나서 초심 잃고 빌빌거리는 애들 있거든. 말턴 되면 콜 안 받고 숙소에서 처자는 애들은 말할 것도 없고. 후배들 볼 때마다 누누이 말하는 건데, 병원에서는 이것만 실천하면 돼. 환자한테 최선을 다해라. 선배고 교수고 간에 환자한테만 잘해라.”

재욱의 진지한 눈빛에 석호는 자신도 모르게 움츠러들었다. 환자나 보호자들의 계속된 요구에 성가셔했던 자신이 창피했기 때문이다.

“네, 형. 좋은 말씀 해주셔서 감사해요.”

“믿는다.”

재욱이 대견한 듯 바라봤다. 석호는 그의 시선이 기분 좋기도 했지만, 한편으로 죄송한 마음을 떨쳐내기 힘들었다. 그의 근심을 아는지 모르는지 재욱이 태연하게 입을 열었다.

“내과에서 뭐가 제일 힘드냐?”

“다 힘들죠. 매일 루틴으로 드레싱 하는 것도 그렇고, 아침 일찍 와서 샘플링하고 정규 심전도 찍는 것도 그렇고. 그래도 역시 제일 힘든 건 코드블루죠. 한 번 터지면 삼십 분에서 길면 한 시간 가까이 잡아먹으니까요."

"코, 드, 블, 루."

재욱이 그윽한 눈으로 허공을 바라보며 중얼거렸다. 그의 입속에서 네 글자는 평소 그것이 주는 심각한 인상과는 거리가 먼, 시집에 나오는 운치 있는 단어로 탈바꿈했다.

"오늘도 아침 여섯 시부터 죽는 줄 알았어요."

"여섯 시?"

"네, 형은 그때 병원에 안 계셨겠네요."

"그래, 일곱 시 조금 전에 왔거든."

"시간이 애매해서 저 말고 인턴이 없었거든요. 덕분에 씨피알 하느라 애먹었어요. 디엔알 동의받아서 그나마 다행이었지 계속했다면, 생각만 해도 어질어질해요."

푸념을 늘어놓고서야 석호는 자신이 실수했음을 알아차렸다. 펠로우인 재욱 앞에서 고작 그런 일로 힘들다고 어리광을 피우는 모습이 자신이 생각하기에도 낯 뜨거웠다. 그러나 재욱은 별말 없이 그의 투정을 받아줬다.

"고생했네. 형도 작년까지만 해도 방송 나오면 미친개처럼 뛰어다녔지. 펠로우 되고 나서는 씨피알 할 일이 거의 없어서, 그게 좋다."

"거의라는 말은…."

아리송한 마음에 석호가 말끝을 흐렸다. 병동에서 어레스트가 발생하였을 때 펠로우가 달려오는 경우를 보지 못했기 때문이다. 재욱이 손바닥을 펼치더니 엄지부터 접기 시작해 새끼손가락까지 접고는 움직임을 멈췄다.

"다섯 번 해봤네. 여기서."

"여기서요?"

"시술 중에 운 나쁘면 어레스트 나거든. 조영제 알레르기 있는데 환자 본인도 그걸 몰랐다가 조영제 주입하면 쇼크 일어나기도 하고, 관상동맥 분지 잘못 건드렸다가 파열되기도 하고."

"와, 저 같으면 살 떨려서 못 하겠어요. 그런 거 하려면 손기술이 엄청 좋아야 할 거 같아요."

"수술하는 과도 그건 마찬가지잖냐. 어쨌든 하루하루가 전쟁이다, 형한테는. 언제 무슨 일이 벌어질지 모르니까 성격도 예민해지고."

재욱이 길게 한숨을 내뱉었다. 묵묵히 그의 말에 고개를 끄덕이던 석호가 동작을 멈춘 건 잠시 후였다. 이제껏 잊고 있던 중요한 것이 그 순간 축축한 덤불처럼 심장을 휘감고 꿈틀거린 것이다. 처치실에서 목격했던 충격적인 장면, 이곳에 오기 전 마주쳤던 최병우 교수의 슬픈 눈빛이 그의 의지와는 상관없이 촉수처럼 의식 깊숙한 곳으로 영역을 넓혀왔다. 석호는 맹독에 마비된 듯 입도 뻥긋하지 않고 온전히 그 생각에 매몰되었다.

"강석호, 어디 아프냐?"

"아, 아니요…."

"완전히 넋이 나갔는데. 뭐 때문인지 솔직하게 말해봐, 형한테."

석호는 재욱에게 그 민감한 이야기를 해도 될지 확신이 서지 않았다. 아무리 온화한 성품의 그라도 자신이 몸담은 순환기내과의 환자, 그것도 사망한 환자에 관한 질문을 들으면 기분 상하지 않을까 하는 생각에서였다.

"인마, 수상한데. 바지에 똥 지린 건 아니겠지?"

재욱이 장난스럽게 코를 킁킁거렸다.

"실은…."

석호가 용기를 내기 위해 심호흡을 한 번 하고는 말을 이었다.

"멀쩡하던 환자의 심장에 천공이 생기는 게 가능한지 생각하고 있었어요."

조마조마한 마음에 석호는 눈을 내리깔았다. 예상과 달리 재욱의 호탕한 웃음소리가 들려왔다. 가까이 있던 간호사가 돌아볼 정도로 큰 소리에 석호는 당혹스러웠다. 눈물을 흘릴 듯 심하게 웃는 재욱이 원래의 모습으로 돌아오기까지는 어느 정도의 시간이 필요했다.

“이야, 강석호. 사과할게. 지금까지 형은 네가 유머 감각이 꽝이라고 생각했는데 감쪽같이 숨기고 있었네. 겨우 그런 거로 세상 끝장난 얼굴 하기냐?”

억지로 웃음을 참듯 그의 볼이 실룩거렸다. 그 모습에 석호도 마음이 놓였다. 괜한 고민을 했다는 생각에 술술 말이 흘러나왔다.

“오늘 돌아가신 환자분한테 천공이 있었거든요. 동기 애랑 얘기해봤는데도… 잘 모르겠더라고요. 단순히 심근이 약해져서 그렇다기에는 찜찜해서요.”

“….”

얼떨떨한 표정을 보고서야 석호는 자신이 눈치 없는 말을 꺼냈다는 걸 직감했다. 그가 건조한 목소리로 물어왔다.

“내과 환자 중에 그런 분이 계셨다고?”

“네.”

“형은 지금 네 말이 잘 이해가 안 가는데. 수술실도 안 들어갔는데 천공이 생겼다는 걸 어떻게 아냐?”

석호는 한 가지 설명을 빼먹었다는 것을 알고 다시 입을 열었다. 아무런 정보도 접하지 못한 재욱이 그런 의문을 품는 것은 당연했다.

"그 환자분이 최병우 교수님 은사셨거든요. 박형석 선생님이었나, 아무튼 주치의 선생님이 사망 선고를 내렸는데 교수님이 들어오시더니 그 자리에서 개흉 심장마사지를 하셨어요. 에피네프린을 주입했을 때 잠깐 리듬이 돌아오긴 했지만 결국 교수님도 손 놓으셨어요. 천공을 발견하신 뒤에요."

재욱의 얼굴에서 웃음기가 걷혔다.

"그래서 최병우 교수님이 오신 거군…."

재욱이 진지한 눈빛으로 그를 바라보며 중얼거렸다. 석호도 거들었다.

"안 그래도 여기 올 때 저도 마주쳤어요."

"두 분이 심각하게 얘기를 나누시더니, 그거였군."

그 이야기는 석호에게는 다소 의아하게 다가왔다. 시술하던 장호영에게서는 조금도 위축되거나 걱정하는 모습을 찾아볼 수 없었기 때문이다. 물론 중요한 시술을 앞둔 의사라면, 그것도 프로페셔널한 교수라면 마인드 컨트롤쯤이야 문제없겠지만.

고개를 끄덕이던 재욱이 눈을 감더니 두 손을 앞으로 모으고 이마를 깍지 위에 갖다 댔다. 그가 눈을 떠 자신을 응시했을 때, 석호는 긴장감에 숨소리조차 낼 수 없었다.

"최병우 교수님은 뭐라셨는데?"

"아무 말씀 없으셨어요. 그걸 보고 이미 늦었다고 생각했는지 심장마사지를 중단하셨어요."

"출근하고 코드블루 방송은 한 번밖에 없었는데 그분이었구나."

"네, 맞아요. 오전 여덟 시 정도였을 거예요."

"김창진 님이라면 형도 기억난다. 여기서 스텐트 시술받으셨었지 아마."

"저도 그렇게 들었어요."

석호는 한 가지 확인하고 싶은 게 있어 물었다.

"장호영 교수님은 아무 말 없으셨어요?"

"나한테는 별말 안 했어. 애초에 나한테 그런 걸 털어놓으실 분도 아니고…."

재욱의 눈은 어쩐지 상처 입은 애완동물을 연상시켰다.

"그런데 심장에 나 있다던 천공, 제대로 본 거 맞냐?"

의문을 품는 것도 이상한 일이 아니었다. 석호가 조심스럽게 대답했다.

"네, 레지던트 선생님들은 교수님 등 뒤에 있어서 못 봤을 수도 있는데, 저는 맞은편에 있어서 확실히 봤어요."

"흠…. 위치가 정확히 어디였는데?"

"제가 잘못 본 게 아니면 심장 뒤쪽이었어요. 좌회선지 윗부분이 절단돼 있고 그 중심으로 1cm 정도 되는 구멍이 있었어요."

재욱이 새로운 창을 화면에 띄웠다. 일일이 대조해보지 않더라도 스텐트 시술을 받은 환자들의 명단이라는 것을 알 수 있었다.

"강석호, 지금부터 눈 똑바로 뜨고 봐봐."

몇 번의 클릭 끝에 스텐트 시술 당시의 엑스선 영상이 재생되었다. 화면 좌측 상단에 김창진이라는 이름이 영문으로 적혀 있었다. 다른 각도에서 촬영한 영상들이 짧은 간격을 두고 연속해서 재생되었다.

재욱이 키보드의 방향키를 누를 때마다 우관상동맥, 좌전하행지, 좌회선지 등의 영상이 나타났다. 석호가 명확히 식별할 수 있는 건 좌회선지에 삽입된 그물망 모양의 스텐트뿐이었다. 몇 개의 영상을 더 살펴본 재욱이 그를 마주 보더니 턱으로 모니터를 가리켰다.

"네가 보기에는 어때?"

"좌회선지에 있는 스텐트 말고는 솔직히 모르겠어요."

"그게 무슨 뜻인지는 알겠어?"

석호는 금세 그의 의도를 파악했다.

"아…. 천공이 있던 곳이랑 일치하네요."

재욱이 입가에 미소를 머금고 고개를 끄덕였다.

"그렇지. 최병우 교수님 지인이라서 특별히 기억나는데, 이 환자분은 이전에 캐비지 수술을 받았는데도 술과 담배, 기름진 음식을 절제하지 않아서 보통 환자들보다 빠르게 재발한 경우였어. 관상동맥 조영술을 하면서 혈관 내 초음파를 동시에 시행했는데, 좌회선지 70% 협착에 좌전하행지 20% 협착이 있었고 혈관 내벽 비후나 플라그의 석회화 소견은 관찰되지 않았어. 그래서 바로 스텐트를 삽입한 거야. 시술 중에는 별다른 문제 없었고."

"네."

"레어 하긴 하지만 조영제가 틈새로 유출되는 일도 있거든. 그럴 땐 관상동맥 파열을 의심할 수 있는데 이분은 그런 것도 전혀 없었어. 혹시나 해서 방금 다시 확인해봤는데 역시나 유출 소견은 없었고 스텐트 위치도 적절했어. 잔존 협착이나 관상동맥 박리 소견은 보이지 않았고. 이분이 과장님 환자였지?"

"네, 맞아요."

"그래, 사흘 전인가 과장님이 학회 가셔서 형이 대신 회진 돌았는데 그때 김창진 님을 뵀거든. 그런데 시술받은 후로는 한 번도 아픈 적이 없다고 하셨는데…."

"레지던트 선생님들도 그러셨어요. 아침 회진 때만 해도 심전도랑 심근효소 수치가 정상이었고 아무 증상도 없다고 하셨거든요."

벌떡 일어난 재욱이 책장으로 가더니 보기만 해도 숨이 막히는 두꺼운 책 한 권을 꺼내 들었다. 자리로 돌아온 그가 책상에 그것을 내려놓았다. 심혈관 중재 매뉴얼이라는 제목의 책이었다. 목차를 확인하던 재욱이 눈길을 거두지 않고 말했다.

“형이 따로 들은 게 없어서 그런데, 환자분이 누구한테 맞지는 않았냐?”

“저도 그건 잘 모르겠어요. 그런데 왜…?”

“흉부에 심한 충격을 받으면 심장 파열이 일어날 수도 있거든. 더욱이 환자분은 최근 심근경색을 앓았기 때문에 좌회선지 부근이 취약했어. 경색 부위에 반흔이 형성되지 않은 상태에서는 조그만 힘도 취약한 부위에 더 강력하게 작용할 수 있겠지.”

재욱이 열띤 어조로 말했다.

“그런 식으로도 가능하군요.”

“강석호, 넌 그분 씨피알도 했으니 기억날 거 아냐. 그때 환자분 가슴 부근에 타박상 같은 건 없었는지. 형은 그게 궁금하거든.”

“없었던 거 같아요.”

“그렇겠지. 사실 김창진 님의 사망 자체는 크게 의문 가질 거 없어. 최근에 스텐트 시술을 받기는 했지만 나이 드시고 기왕력까지 있는 분들은 언제 갑자기 심정지가 올지 모르는 일이거든. 심정지를 유발하는 요인들은 열 손가락으로도 꼽기 어려울 정도로 많아. 저혈량증, 저산소증, 체온저하, 고칼륨혈증, 산혈증 같은 것도 있고, 심낭 압전, 긴장성 기흉, 폐나 심장의 혈전, 독극물, 외상도 있어. 있는데….”

잠시 말을 멈췄던 재욱이 숨을 고르고는 말을 이어갔다.

“천공이 발견됐다면 완전히 다른 문제가 되는 거야. 일주일 전 스텐트를 했고 당일 아침까지 증상 호소 없이 멀쩡했던 환자의 심장에 갑자기 구멍이 뚫렸다? 이건 솔직히 납득하기 어렵잖아.”

“네.”

석호가 할 수 있는 거라고는 고개를 끄덕이는 것뿐이었다. 페이지를 넘기던 재욱의 손이 멈춘 곳은 책의 중반부였다. 관상동맥 중재술의 부작용이라는 커다란 단원 가운데서 관상동맥 천공에 관한 내용이 발 디딜 틈 없이 빼곡하게 서술되어 있었다. 그가 몇 장을 넘기며 빠르게 훑더니 원하는 것이 거기에 없는지 책을 덮었다.

“그럼… 스텐트 시술에 의한 합병증인 걸까?”

순간 석호는 귀가 잘못된 줄 알았다. 교수들의 시술을 옆에서 보조하는 재욱이 자신에게 불리하게 작용할 수 있는 말을 아무렇지 않게 꺼낼 리가 없기 때문이었다.

“형도… 그렇게 생각하세요?”

대꾸하지 않고 일어난 재욱이 경계하는 눈빛으로 주위를 둘러봤다. 아무도 관심을 기울이지 않는다는 것을 확인한 그가 한 손으로 책상을 짚고는 몸을 그쪽으로 당겨왔다. 숨결이 전해질 정도로 귀에 가까이 입을 댄 재욱이 낮게 속삭였다.

"지금부터 하는 얘기, 딴 데서는 절대 하지 마라."

멍해진 석호가 고개를 끄덕였다.

"네가 알고 있을지 모르겠지만 몇 달 전에 큰 소동이 있었어."

"소동요?"

"한 고발 프로그램에서 비허가 대동맥 스텐트를 수년 동안 사용해온 의사들을 취재하고 방송에 내보낸 거야."

"아…. 저도 얼핏 들은 기억이 있어요."

"스텐트처럼 침습적이고 사람의 생명과 직결되는 의료기기의 경우에는 식약처에서 허가가 나온 제품만 사용해야 하거든. 그런데 스텐트 제품을 만드는 업체에서 돈에 눈이 멀어서 제대로 임상 시험도 하지 않은 비허가 제품들을 대학병원 측에 대량으로 공급한 거야. 교수들은 그런 사실을 알면서도 업체 측에서 공급한 제품으로 시술했던 거고."

"그러면 무슨 문제가 일어나지 않을까요?"

"그래, 네 말대로 문제가 일어났어. 비허가 제품을 사용한 교수들이 업체 측에 고객 불만 보고서를 제출했고, 그 문건들을 방송사 측이 입수한 결과 사고가 총 16건에 달했는데 거의 전부가 그래프트 수처[10] 파열로 인한 거였어. 심지어 환자는 시술 직후 사망했는데도 의료진은 비허가 스텐트 제품을 썼다는 걸 보호자에게 알리지 않고 다른 핑계를 대고 넘어가기도 했어."

그런 일이 있었을 줄이야. 석호는 어쩌면 이번 사건도 고발 프로그램에서 방송된 것처럼 비허가 제품으로 인한 것인지도 모른다고 생각했다.

"그럼 우리 병원도 혹시…."

"아냐, 명성대학교병원은 그 업체에서 스텐트를 구매한 적이 없거든. 방송 나가기 몇 주 전에 한 남자가 예고도 없이 찾아온 적이 있었어. 심혈관 조영실에 있는 스텐트 재고를 보여 달라고 해서 보여주니까 별말 없이 30분 정도 있다가 돌아갔거든. 그땐 아무것도 모르고 있었지만, 방송을 보고 알게 됐어. 왜 여기 왔는지."

"우리 병원 스텐트는 전부 식약처의 허가를 받은 제품이라는 거예요?"

"그래, 방송에서는 한국대학교병원이나 삼석대학교병원 등 여러 병원에서 수십 건에서 수백 건의 비허가 제품이 사용됐

---

[10] Graft suture: 스텐트를 제작할 때 사용되는 인조 혈관과 지지대를 봉합한 부위

다고 밝혔지. 그래서 노파심에 식약처에서 허가를 낸 스텐트 규격들과 비교를 해보니까 다행히 전부 허가받은 제품이더라고. 길이나 직경 중에 허가 기준과 맞지 않는 건 하나도 없었어."

"다행이네요. 근데 형이 말씀하신 그래프트 수처 파열이 식약처 허가받은 제품에서도 일어날 수 있는 일이겠죠?"

말없이 커피를 한 모금 마신 재욱의 입가에 미소가 번졌다.

"그러니까 이 얘기를 꺼낸 거 아니겠냐. 아무리 안전성 측면에서 허가받았다고 해도 어디까지나 예외는 있는 법이잖아. 이 세상에 백 퍼센트 안전한 의약품이나 시술 도구가 없다는 건, 너도 잘 알겠지."

"네."

재욱이 석연치 않다는 표정으로 고개를 끄덕였다.

"하나 아쉬운 게 있다면 어레스트가 났을 때 바로 관상동맥 조영술을 했으면 어땠을까 하는 것뿐이야. 이제 부검 말고는 정확한 원인을 밝혀낼 길이 없으니까."

"형 말씀이 맞아요. 어레스트가 나면 일단은 환자 소생에만 초점을 두고 처치하니 조영술을 할 여유가 없죠. 그래서 사망하는 환자들의 경우에는 제대로 된 사망 원인도 밝혀내지 못하고 흐지부지 영안실로 옮겨지는 분들이 많고요."

"그래, 보호자의 요청이 없는 한 부검은 안 하지. 게다가 김창진 님처럼 과거력이 있는 분은 언제 심장이 멈춰도 이상하지 않으니 보호자들도 크게 죽음에 의문을 가지지는 않겠지. 누군가 보호자에게 알리지 않는 이상."

"최병우 교수님이 알리시진 않을까요? 아무래도 은사시니까…."

"그럴까?"

재욱이 히죽거리며 묘한 눈빛을 건넸다.

"너는 과거의 스승이랑 평생 보고 살 동료 중에 누가 더 중요하냐?"

재욱이 석호의 어깨에 커다란 손을 얹고 안마를 하듯 두어 번 주무르더니 씩 웃었다. 자리에서 일어난 그는 다 마신 커피를 쥐고 쓰레기통으로 향했다. 석호는 조금 전의 행동이 어떤 의미인지 짐작했다. 이번 사건에 대해 누구에게도 알리지 말라는 신호였다.

석호 역시 김창진의 죽음에 얽힌 의혹에 대해 더는 파고들 마음이 없었다. 설령 그래프트 수처가 파열이 되어 천공이 생긴 것이 사실이더라도, 그에게는 그런 사실을 굳이 보호자에게 알려줘 시술한 교수를 비롯해 모교 병원을 난감한 처지에 놓이게 할 생각이 없었다.

그는 정의의 사도가 아니었다. 레지던트 선발을 위해 밤낮

가리지 않고 잡일을 하는 인턴일 뿐이었다. 상관도 없는 환자의 죽음에 필요 이상으로 깊숙이 들어가 자신의 처지를 위태롭게 하고 싶은 마음은 없었다.

그때 요란한 벨 소리가 울려 퍼졌다. 재욱이 가운 주머니를 뒤적여 핸드폰을 꺼냈다. 액정 화면을 본 재욱이 시큰둥한 표정으로 입을 꾹 다물더니 핸드폰을 귀에 가져갔다.

"네, 과장님. 차재욱입니다. 늦게 받아서 죄송합니다. 네, 네. 알겠습니다. 바로 준비하도록 하겠습니다. 죄송합니다."

전화를 끊은 그의 입에서 아, 하고 탄식이 흘러나왔다. 몸 전체가 동글동글한 간호사가 다가와서 물었다.

"과장님?"

"환자 내리라셔. 하필 이 타이밍에 전화가 오다니 재수도 없지. 또 한 소리 듣겠네."

재욱이 투덜대자 간호사의 웃음소리가 한 옥타브 높아졌다. 교수에 대해 험담을 한다는 점에서 이곳도 다른 의국과 별반 다를 게 없어 보였다.

"과장님은 아직 식사 중이야?"

"그런 모양이야. 나도 좀 데리고 가면 어디 덧나나."

둘의 대화를 가만히 듣던 석호가 궁금한 마음에 물었다.

"교수님 식사하시는 동안이면 형도 내려갈 수 있지 않아요?"

간호사가 한 손으로 입을 가리고 터져 나오려는 웃음을 참았다. 씁쓸해하는 재욱을 보고 석호는 번지수를 잘못 짚었음을 깨달았다.

"형이 얼마나 불쌍하게 사는지 이제 알겠지. 3월에 편의점 내려갔다가 과장님이랑 마주쳐서 혼난 뒤로는 함부로 어딜 못 가겠다. 과장님은 형이 여기 지박령이라도 되는 줄 아시는 거 같아. 네가 이 문제에 대해서 건의해보는 게 어때?"

"제가요?"

당황한 그가 할 말을 찾지 못하고 안절부절못하자 재욱과 간호사가 시선을 교환하다 웃음을 터뜨렸고, 분위기에 휩쓸린 석호도 따라 웃었다. 대학병원에서 인턴이나 레지던트에 비하면 하늘과도 같은 펠로우도 교수의 권위 앞에서는 불평조차 못 하는 이 상황이 석호에게도 꽤 불합리하게 여겨졌다. 그렇다고 이러한 관행을 바꿀 수 없다는 것 역시 잘 알았다. 의사로서의 미래를 얼마든지 가로막을 수 있는 막강한 권력이 교수에게 부여돼 있다는 것은 부동의 사실이었다.

"강석호, 여기서 형 계속 도와줄 거 아니면 이제 가봐라. 과장님이 너 보시면 가만히 안 둘 거다."

"네, 형. 오늘 반가웠어요."

"다음에 형이 밥 사줄 테니까 언제든지 톡하고."

"네, 안녕히 계세요."

심혈관 조영실을 빠져나와 엘리베이터로 향하는 복도에서 석호는 점심을 먹고 돌아오는 장호영 교수를 마주쳤다. 자세를 바로잡고 안녕하십니까, 하고 커다란 목소리로 인사했지만 돌아온 것은 감정이 담기지 않은 싸늘한 시선, 그뿐이었다.

"할아부지?"

소녀가 눈을 동그랗게 뜨고 말했다. 조금 전만 해도 눈물을 뚝뚝 흘릴 만큼 겁에 질려 있었지만, 순식간에 그런 마음은 공중으로 날아가 버렸다. 할아버지가 천천히 다가오더니 무릎을 굽혀 눈높이를 맞췄다.

"그래, 할애비다. 우리 지수, 무서운 꿈 꿨구나."

"아니, 아니. 그런 거 아니야."

"여기 눈물이 주렁주렁 매달려 있는데?"

할아버지가 소녀의 뺨을 한 손으로 어루만졌다. 기분이 좋아진 소녀가 자신도 모르게 쿡 웃음을 터뜨리자 할아버지의 이마에 자리 잡은 몇 가닥의 주름이 곧게 펴졌다. 할아버지가 소녀의 엉덩이로 손을 가져갔다.

"어허, 울다가 웃으면 똥구멍에 털 나는데…. 할배가 확인해줄까?"

소녀가 까르르 비명을 지르며 뒤로 물러섰다. 할아버지도 더 이상 시도할 생각이 없는 듯 몸을 일으켰다. 고개를 살짝 움직여 문틈을 살폈지만, 방 안에서 다른 사람의 흔적은 찾아볼 수 없었다. 그렇다면 조금 전에 들려온 무서운 소리는 뭐였을까. 망설이던 소녀가 호기심을 참지 못하고 입을 열었다.

"방 안에서 뭐하구 있었어?"

"할애비 말이냐? 컴퓨터로 숙제하고 있었지요."

"숙제?"

소녀가 머리를 갸우뚱 기울였다. 할아버지처럼 나이가 많은 사람에게도 숙제가 있다는 것이 믿어지지 않았다.

"허허, 할애비도 바빠요. 방학이 끝날 때까지 완성하려면 시간이 부족하단다."

"방학?"

오늘처럼 할아버지의 이야기가 이해하기 어려웠던 적은 없었다. 사실 소녀는 할아버지가 평소에 어떤 일을 하는지, 매일 아침 어디로 가는지 정확하게 알지 못했다. 언젠가 아빠한테서 얘기를 들은 적은 있었지만 어딘가를 관리한다는 것 정도만 기억 속에 남아 있을 뿐이었다.

"할애비 직장도 지수 유치원처럼 방학이 있어요."

할아버지가 문을 열자 뒤로 커다란 책상과 그 위에 놓인 선인장 화분, 컴퓨터, 프린터기, 몇 개의 골동품 조각들이 시야에 들어왔다. 병원 모형은 그것들과 떨어진 구석의 테이블에 있었다. 아침에 이곳에 몰래 들어왔었지만, 소녀는 마치 처음 보는 것처럼 방안을 둘러봤다.

할아버지가 이끄는 대로 소녀는 책상 앞으로 걸어갔다. 책상에 가까워졌을 무렵 할아버지가 자, 하고 소녀를 번쩍 들어 올려 등받이가 높은 의자에 앉혀주었다.

"지수야, 할애비 의자에 앉으니 어떠냐? 좋지?"

"응, 완전 푹신푹신해."

소녀는 책상 위의 물건들을 눈으로 훑었다. 사막이 왠지 더 잘 어울리는 꼬마 선인장, 볼펜과 가위가 꽂힌 동그란 통, 두꺼운 종이를 담은 프린터기, 하얀색 바탕에 검은 글자가 촘촘히 박힌 컴퓨터 모니터. 매서운 눈빛으로 정면을 바라보는 올빼미 조각상과 목을 등껍질 밖으로 길게 내민 거북이 조각상까지.

소녀의 시선이 마지막으로 가서 닿은 곳은 책상에 동그마니 놓인 하얀색 종이였다. 구겨진 자국이 여러 군데에 남아 있는 그 종이를 자세히 보려고 몸을 기울이자 할아버지가 다급하게 종이를 집어 들었다.

"이건 할애비만 봐야 하는 거란다."

"으응…."

방에 있는 동안 소녀는 할아버지로부터 이것저것 많은 이야기를 들었다. 개중에는 특히 올빼미 조각상에 얽힌 일본 여행 무용담이 대부분을 차지했다. 이야기를 듣는 소녀의 관심은 내내 할아버지의 스웨터 주머니에 꼭꼭 숨겨져 있을 한 장의 종이에 쏠려 있었다. 할아버지는 종이에 적힌 글자를 소녀가 봤으리라고는 조금도 생각하지 못하는 눈치였다.

이윽고 방에서 나온 소녀는 한동안 자신이 본 글자가 무슨 의미인지 생각했다. 그 종이에는 여러 사람의 이름이 숫자와 함께 기록되어 있었으나 그중 두 개의 이름만큼은 확실히 기억했다.

이종분, 김창진.

소녀는 소파에 드러누워 그 특이한 이름을 가진 사람들이 누구일지 상상의 나래를 펼쳤다. 얼마 지나지 않아 벽 너머에서 드르륵, 서랍 열리는 소리가 들려왔다.

자신이 모르는 무언가가 방 안에 숨어 있는 게 분명하다고, 소녀는 생각했다.

4장

어느덧 세 번째였다. 처음 비위관을 넣고 청진했을 때만 해도 검상돌기 부근에서 기포음이 들려 정상적으로 삽입되었다고 생각했는데 오산이었다. 엑스레이상에서 비위관 말단이 위에서 두 바퀴가 꼬인 바람에 재삽입하라는 오더가 떨어졌다. 이어서 다시 비위관을 삽입하던 순간 코드블루가 터졌고, 석호는 꽤 오랜 시간이 지나서야 병실로 돌아왔다.

이후의 시도는 전보다 좋지 않은 결과를 초래했다. 간호사로부터 콜을 받고 엑스레이를 열어본 석호는 환자의 식도-위 접합부에 비위관의 말단이 걸려 있는 것을 확인하고 절망 섞인 한숨을 내쉬었다. 만일 이 상태로 음식이나 약물이 관을 통해 공급되었다면 흡인성 폐렴을 일으켰을지 모른다고 생각하자 목덜미가 서늘해졌다.

'이번엔 무조건 성공시킨다.'

석호는 이전에 끼웠던 종류보다 굵은 18 프렌치 비위관의 포장을 뜯고 비장한 마음으로 윤활제를 듬뿍 발랐다.

"할머니, 딱 한 번만 더 넣어볼게요. 침 꿀꺽 삼키셔야 해요!"

물론 그런 말을 한다고 해서 그녀가 침을 잘 삼키리라는 기대는 하지 않았다. 관을 삽입하기 전에 마땅히 건넬 말이 없어서 한 것뿐이다. 천장을 응시하는 그녀의 퀭한 눈에서는 앞으로의 삶에 대한 어떤 의지나 기대도 엿볼 수 없었다. 대학병원에서 근무하다 보면 흔히 접하는 광경이지만, 그런 눈빛을 마주할 때면 무거운 돌덩이가 마음 한 귀퉁이에 떨어지는 기분이었다.

스멀스멀 밀려오는 죄책감을 떨쳐내며 석호는 커튼을 한 바퀴 둘러 침대를 다른 사람의 시선으로부터 차단했다. 앞으로 펼쳐질 끔찍한 장면을 간병인이 보게 된다면 컴플레인이 들어오는 것을 피할 수 없으리라. 다행히 간병인은 휴게실에서 텔레비전을 보는 듯했다.

"아…아, 으…으."

웅얼거리는 말은 알아듣기 어려웠다. 격렬히 고개를 흔드는 모습은 명확한 거부를 나타냈다. 조금 전만 해도 낭창하던 그녀의 눈동자에는 어느덧 말로 표현하기 어려운 공포의 감정이 들어차 있었다.

"죄송한데… 어쩔 수 없어요."

석호는 리모컨으로 침대의 경사를 조절하고는 글러브를 착용한 채 우측으로 다가섰다. 간병인이 오기 전에 서둘러야겠다는 일념으로 비위관을 환자의 콧속으로 거칠게 삽입했다.

"옳지. 침 꿀꺽, 꿀꺽. 이걸 밥이라고 생각하고 드세요. 다시, 다시. 꿀꺽, 꿀꺽."

"아…악. 그…만."

"조금만 참으세요. 꿀꺽, 꿀꺽."

석호는 적절한 추임새와 함께 60cm가량 밀어 넣었다. 그의 노력은 얼마 지나지 않아 입 밖으로 말려 나온 관으로 인해 무참히 짓밟혔다. 조향희는 극심한 고통에 젖은 얼굴로 쉬지 않고 기침을 해댔다.

피폐해지는 정신을 가다듬기 위해 석호는 주변을 둘러봤다. 그의 눈이 반짝였다. 수납장에 놓인 물병을 발견한 것이다. 침을 제대로 삼킬 수 없어 비위관 삽입이 어려운 환자의 경우, 입에 물을 조금씩 주입함으로써 연하 작용을 유도하고 그 틈에 관을 삽입하는 것은 인턴들 사이에서 통용되는 비법이었다.

"죄송한데 딱 한 번만 더 할게요. 시원한 물 드릴 테니까 마셔보세요."

석호는 50cc 에네마 실린지에 물을 채우고 그 끝을 환자의 입술 위로 가져갔다. 굳게 앙다문 입을 벌리기 위해 목젖을 지그시 눌렀다. 1초도 버티지 못하고 벌린 환자의 입안으로 석호는 물을 5cc가량 주입했다. 그녀는 캑캑거리면서도 수영장에 빠진 사람처럼 입에 머금은 물을 쏟아내지 못하고 삼켜댔다. 식도 상단의 괄약근이 열린 순간을 노려 비위관을 재빠르게 넣던 그때 가까이에서 탁, 하는 둔탁한 소리가 들려왔다. 근처에 있던 환자나 보호자가 물건을 떨어뜨린 모양이었다. 도둑이 제 발 저리듯 석호가 동작을 멈추고 숨을 죽였다.

커튼에 가려져 알 수는 없었으나 석호는 소리의 정체를 파악하는 것을 단념했다. 입술이 반쯤 열린 환자의 경직된 표정에서 심상치 않은 일이 벌어졌음을 직감한 것이다. 조향희는 더 이상 기침을 하거나 앓는 소리를 내지 않고 가슴에 손을 얹은 채 눈앞의 그를 노려봤다. 그 눈빛이 그가 끔찍한 괴물이라고 말하는 듯해 견디기 어려웠다.

"할머니, 괜찮으세요?"

석호는 자신의 미숙한 처치가 불러일으킨 위기를 감지하고 비위관을 빼냈다. 평소라면 그렇게 했을 경우 고통이 줄어들었을 테지만, 어쩐 일인지 환자는 여전히 그에게 시선을 고정한 채 가슴 윗부분을 움켜쥐고 있었다.

"말씀 좀 해보세요."

"…."

가느다란 손이 맥없이 떨어진 것은 그 순간이었다. 석호의 머릿속에서 경고등이 사이렌 소리를 내며 요란하게 울려댔다.

"할머니! 할머니!"

"…."

시간이 그대로 멈춰버린 느낌이었다. 생명의 열기가 흘러나오지 않는 조향희의 앙상한 팔다리는 부자연스러운 모습으로 뻣뻣하게 굳어 있었다. 예상치 못한 상황에 당황한 나머지 석호의 입에서는 어떤 말도 나오지 않았다. 모든 일이 거짓인 것만 같고 조금이라도 빨리 이 개떡 같은 꿈에서 벗어나고 싶다는 소망이 가슴을 휩쓸고 지나갔다.

이십여 초의 시간이 무의미하게 흘러갔을 무렵, 석호는 윙윙거리는 소리를 듣고 가까스로 정신을 되찾았다. 석호는 가운 앞주머니에서 펜 라이트를 꺼내어 환자의 두 눈에 불빛을 비춰보았다. 대광반사는 아직 정상이었다. 경동맥에 손가락을 가져간 그는 환자의 맥박이 지나치게 낮아져 있음을 확인했다. 숨소리가 들리지 않는 것으로 보아 호흡수가 없거나 낮아진 상태였다. 조금이라도 지체했다가는 심정지가 일어날지 모른다. 벽면의 호출 벨을 누르자 곧바로 간호 스테이션과 연결됐다.

"12병동 이미경 간호삽니다. 무슨 일이시죠?"

"조향희 님, 주치의 선생님께 바로 노티해주세요. 갑자기 숨을 안 쉬세요."

"네?"

"최대한 빨리요. 응급이에요!"

인턴이 호출 벨을 눌렀다는 것이 당혹스러운 눈치였지만, 그의 목소리에서 묻어난 급박함을 알아차린 듯 이내 연결이 끊어졌다. 의식을 되찾지 못하는 환자의 곁에서 그가 할 수 있는 일이라고는 고작해야 주치의가 오더를 내리기를 기다리는 것뿐이었다. 금방이라도 심장이 멎을 듯한 환자를 앞에 두고도 아무런 조치를 하지 못하는 자신이 한심하게 여겨졌다.

'나 같은 놈도 의사라고 할 수 있을까.'

자신에게 채찍을 휘두르는데 몽롱한 표정의 간호사가 커튼을 젖히고 들어왔다.

"무슨 일이에요. 엘튜브 끼고 있던 거 아니에요?"

"그게, 끼다가 갑자기…."

환자를 본 순간 간호사도 상태가 최악으로 치닫는다는 것을 파악한 듯 분주하게 움직였다. 그녀가 환자의 엄지에 산소포화도 측정기를 부착하고 얼마 되지 않아 절망적인 숫자가 화면에 떴다.

"65%에요. 빨리 처치실로 옮겨야겠어요."

"네."

간호사가 브레이크 페달을 발로 풀고는 움직였다. 석호도 그녀를 도와 침대를 병실 바깥으로 끌고 나가 복도를 가로질러 달렸다. 처치실 앞에 두 사람이 도착했을 무렵, 안에서는 이미 간호사들이 한발 앞서 응급 환자의 처치를 준비하고 있었다.

"은지야, 주치의 선생님 연결됐어?"

"응, 지금 오고 있대."

"조향희 할머니 새츄레이션[11] 65%야. 이걸 어쩌니… 인턴쌤이 엘튜브 넣다가 이렇게 됐대."

그녀가 하소연하며 좁은 처치실 안으로 침대 머리를 밀어 넣었다. 석호도 침대를 옮기는 것을 도왔다. 입사한 뒤로 그는 생사의 경계에서 방황하는 환자들을 여럿 봐왔다. 하지만 최초 발견자의 입장이 된 것은 처음이기에 그로서는 지옥에 발을 들여놓은 것만 같았다.

산소포화도는 계속해서 떨어져 50%보다 더 낮아졌다. 앰부백이라도 써서 수치를 올려야겠다는 생각이 머리를 스쳤지만, 조금 전의 실패로 자신감이 급격히 떨어진 석호의 입에서는 아무런 말도 튀어나오지 않았다. 인턴으로 일하는 동안 주치의가 오더를 내리면 별생각 없이 그대로 처치하는 것에

---

11) 혈중 산소포화도

익숙해진 그였다. 간호사에게 주체적으로 지시를 내린다는 것은 상상할 수 없는 일이었다.

"선생님, 좀 지나갈게요."

고릴라처럼 어깨가 벌어진 간호사가 그를 밀치고 안으로 들어가서는 환자의 가슴에 심전도 전극을 부착했다. 주치의가 등장한 것은 잠시 후였다. 최규민은 점심을 먹다가 왔는지 입가에 소스를 묻힌 채 성큼성큼 걸어왔다. 함부로 말을 걸기가 무서울 정도로 짜증이 가득한 얼굴이었다. 기분 안 좋으니까 건드리지 마세요, 라는 말이 이마에 대문짝만하게 쓰여 있었다. 그를 자극하지 않으려고 석호는 말없이 고개 숙여 인사했다. 처치실에 들어간 규민이 환자의 경동맥을 촉지하고는 눈빛이 홱 변하더니 바깥의 간호사들을 향해 외쳤다.

"빨리 코드블루 방송해주세요. 그리고 앰부백이랑 인투베이션 세트 준비해주세요."

"네!"

"왜 다들 일을 이따위로 하는 거야!"

눈을 마주치지는 않았지만, 석호는 규민이 자신을 경멸 어린 눈빛으로 본다는 것을 직감했다. 흉부 압박을 시작한 규민이 석호에게 지시했다.

"인턴 선생, 빨리 에이비지에이[12] 해요. 카디오마커[13]도

같이 나갈 거니까 10cc 실린지로 뽑고."

"네, 알겠습니다."

석호는 동맥혈 키트와 10cc 실린지, 알코올 솜을 준비했다. 곧 원내 방송이 쩌렁쩌렁하게 울려 퍼졌다.

- 코드블루, 코드블루. 12병동, 12병동. 코드블루, 코드블루. 12병동, 12병동.

다른 의료진이 도착할 때까지 석호는 부끄럽게도 동맥혈 채혈에 실패했다. 병실에 있을 때만 해도 미약하게나마 느껴졌던 맥박이 이제는 전혀 느껴지지 않았다. 바지를 끌어 내리고 때려 맞추기식으로 바늘을 삽입하는데 옆에서 수정의 목소리가 들려왔다.

"쌤, 그거 제가 할 테니까 컴프레션 도와주세요."

수정이 새로운 10cc 실린지의 포장을 뜯었다. 의식하지 못한 사이 처치실은 종훈과 윤수, 그리고 내과 레지던트들로 붐볐다. 사이클이 끝나고 교대하기 위해 석호가 발판을 끌어오자 규민이 그의 앞을 막아섰다.

"이제 손은 충분하니까 인턴 선생은 밖에 나가 있어요."

"네?"

---

12) ABGA(Arterial blood gas analysis, 동맥혈 가스 검사)

13) Cardio marker(심근 효소)

납득할 수 없는 지시에 석호가 할 말을 잃고 바라봤다. 규민이 자제력을 잃고 분노를 쏟아냈다.

"선생은 더 이상 이 환자 일에 개입하지 마세요. 병동에서 밀린 잡 하고 있으면 됩니다."

"그게 무슨…."

"엘튜브를 못 넣겠으면 다른 인턴이랑 손을 바꾸든가 했어야죠. 해도 안 되는 걸 왜 노티도 안 하고 혼자서 고집했어요?"

"…."

"이 환자 잘못되면 그 책임은 선생한테 있으니까, 그건 알아두시고. 나가서 일 봐요."

"죄, 죄송합니다."

눈물이 차오르는 걸 느끼며 석호는 고개를 들지 못했다. 왜 두 번째 삽입이 실패했을 때 교대해줄 사람을 구하지 않았을까. 대책 없는 자존심이 초래한 비참한 결과가 눈 앞에 펼쳐진 지금 석호는 평탄할 것만 같던 의사로서의 미래가 흔들리고 있고, 어쩌면 다시는 만회할 수 없을지도 모른다는 위기감에 몸을 떨었다.

이제 어떻게 되는 걸까. 이대로 환자가 사망한다면 그는 무리하게 비위관을 삽입하다가 기도 폐색을 유발했다는 명목으로 보호자에게 원성을 들을지도 모른다. 아니, 그건 어디까지나 일이 잘 풀릴 때 이야기다.

비상계단에 걸터앉은 석호에게 이후의 한 시간은 끔찍했다. 아무 일도 하지 않고 가만히 앉아 있는 것이 이토록 어려운 적은 처음이었다.

'제발, 할머니…. 꼭 살아나 주세요.'

그 누구를 위해 기도했을 때보다 간절한 마음이었다. 석호는 처치실에서 의사들의 손에 몸을 맡기고 있을 조향희를 위해 두 손을 가슴 앞으로 모으고 빌었다. 그렇게 하면 하느님이 감동해서 기적이라도 부려줄 것처럼.

얼마나 시간이 흘렀을까. 문 너머에서 들려오는 원내 방송에 석호는 천천히 눈을 떴다. 여기저기 조각나 흩어졌던 시간이 일제히 한 곳으로 빨려 들어왔다.

– 오늘도 저희 명성대학교병원을 찾아와주신 고객님들께 최선을 다하는 의료진이 되겠습니다. 지금부터 오후 외래를 시작하오니….

점심시간이 끝날 때면 나오는 방송이었다. 시간을 확인하지 않고도 석호는 지금이 오후 한 시 반이라는 것을 알 수 있었다. 처치실에서 나온 것이 열두 시 반 정도였으니 대략 한 시간이 지나가 버린 셈이었다.

'뭐야, 콜이 하나도 안 온 건가.'

석호는 핸드폰이 제대로 들어 있는지 확인하기 위해 가운 주머니에 손을 집어넣었다. 가죽 케이스의 부드러운 촉감이 손끝으로 느껴지자 안도의 한숨이 새어 나왔다. 문득 환자의 사망을 알리는 문자가 왔을지 모른다는 생각에 손을 주머니에서 빼냈다. 핸드폰을 보는 것이 지금처럼 두려운 적은 없었다.

자리에서 일어난 그는 터덜터덜 계단을 내려와 11층의 문을 열고 복도로 들어섰다. 12층으로 다시 돌아갈 만큼의 뻔뻔함이 그에게는 없었다. 석호는 커다란 죄를 지어 수감되었다가 막 출소한 죄인처럼 고개를 숙이고 병동 복도를 가로질렀다. 누군가 그를 부른 건 잠시 후였다.

"석호 쌤?"

고개를 돌리자 간호사 최유진이 맑은 눈빛으로 그를 쳐다보고 있었다. 11병동의 막내 간호사로 아담한 체구에 남자처럼 쇼트커트를 고집하는 그녀는 인턴들 사이에서 싹싹하다고 칭찬이 자자했다. 대학병원에서 간호사와 의사, 특히 그중에서도 인턴과의 관계가 일반적으로 나쁘다는 전통을 고려했을 때 그녀는 전통을 지키지 않는 부류에 속했다.

누구와도 말을 섞고 싶은 기분이 아니었지만, 그녀를 모르는 체할 수는 없었다. 석호는 애써 태연함을 가장해 인사했다.

"안녕하세요."

"쌤, 오늘 11병동 담당이에요?"

자신이 생각해도 그 질문이 영 아니었던지 그녀가 눈웃음을 지었다.

"맞다, 맞다. 생각해보니 윤수 쌤이었지. 그럼 오늘 12병동 담당은 누구였어요? 종훈 쌤?"

12병동이라는 단어를 듣는 순간 속이 쓰려왔다.

"그건 왜요?"

"왜긴요, 안 됐었어요."

"뭐가요?"

"자기 땜에 환자분이 돌아가셨다고 자책하고 있을까 봐."

"돌아…가셨다고."

석호가 머저리처럼 그녀의 말을 따라 중얼거렸다. 잘못 들은 것이기를 바랐지만 천천히 고개를 끄덕이는 그녀의 진지한 모습이 결정타였다. 고작 한 시간이 지났을 뿐인데 비위관을 삽입하다가 환자를 사망에 이르게 한 멍청한 내과 인턴에 대한 소문이 간호사들 사이에 퍼진 모양이었다.

감당할 수 없는 충격과 슬픔에 휩싸인 석호는 두 다리가 파르르 떨려오는 것을 느꼈다. 더는 가식으로라도 대화를 이어 나갈 수 없었다. 괜찮은 척, 유쾌한 척 연기하는 삶에 익숙한 그였지만 이제는 연극을 하고 싶은 마음이 싹 사라져버렸다. 당장은 이 자리에서 벗어날 필요가 있었다.

"저, 바빠서 이만."

"네…."

걸음을 옮기던 그때, 어깨에 보드라운 촉감이 느껴졌다. 뒤를 돌아보자 유진이 그에게 손을 얹은 채 연민 어린 눈길을 보내고 있었다. 평소와 다른 행동에서 예사롭지 않은 분위기를 감지한 모양이었다. 석호의 눈가에 눈물이 핑 돌았다. 그녀에게 눈물을 보이고 싶지 않아 그대로 걸어가는데 뒤에서 따뜻한 목소리가 들려왔다.

"석호 쌤, 힘내세요."

"…."

목이 메어 입 밖으로 말이 튀어나오지 않았다. 석호는 무기력하게 고개를 끄덕이고는 흐느적흐느적 화장실로 걸어 들어갔다. 어떤 위로의 눈길이나 말도 그에게 힘이 되어주지 못했다.

✚

화장실에서 나온 석호는 처참한 기분을 억누르고 자신이 맡은 병동 가운데 아래층에서부터 드레싱을 했다. 혼자서 몸을 가누지 못하는 노인 환자들의 욕창은 간병인의 도움이 필요해 길게는 15분이나 걸려 힘겨웠다. 석호는 자신이 하지 않으면 오늘 당직을 서는 윤수가 떠맡게 된다는 것을 유념하고 묵묵히 해나갔다.

드레싱 카트를 끌고 다니며 병동을 돌아다니던 중 우연히 다른 과에서 근무하는 인턴 친구들을 만나기도 했다. 그들은 아직 불행한 소식을 듣지 못한 듯 그를 환하게 반겨주거나 자신이 겪은 우스운 상황을 농담조로 건네기도 했다. 그들과 대화하는 동안에도 조금 전의 일을 털어놓고 싶은 충동에 시달렸으나 끝내 누구에게도 말을 꺼내지 못했다.

솔직한 심정으로는 이대로 누구도 이번 일을 알지 못하고 넘어가 줬으면 하는 바람이었다. 그러나 그것은 순전히 희망일 뿐, 그 역시 자신의 실수가 며칠 이내로 병원 전체에 퍼지리라는 것을 각오한 상태였다. 4월에 외과 인턴 하나가 동결 절편 조직 검사에 필요한 검체를 분실한 사건이 있었는데, 그날이 채 끝나기도 전에 지나가다 만난 레지던트 선배에게서 들었을 정도였다.

같은 인턴인 자신도 알지 못하는 동료들의 실수를 간호사나 레지던트에게서 들을 때마다 석호는 대학병원의 폐쇄성을 체감했다. 그때만 해도 소문의 당사자가 자신이 될 거라는 예상은 미처 못 했다.

이 사태가 연말에 있을 레지던트 선발에 어떤 영향을 미칠지 생각하자 암담해졌다. 할 수만 있다면 시간을 되돌리고 싶었다. 석호가 지원할 정형외과는 배정된 티오에 비해 지원 예정자 수가 여섯 명이나 초과하는 인기과였다. 그렇기에 한 번의 실수로 평판 조사에서 밀려나는 것도 불가피한 일이었다. 더욱이 그 실수가 환자의 목숨을 앗아갔다는 점은 그에게 치명적으로 작용할 가능성이 컸다. 늦어도 이번 주 안에 정형외과 의국에 퍼질 악소문은 그를 치열한 경쟁의 테두리 바깥으로 밀어내는 힘을 가지고 있었다.

4, 5병동에 입원한 내과 환자의 드레싱을 마치고 엘리베이터 앞에서 기다리는데 전화가 울렸다. 화면에 뜬 낯선 번호를 확인한 순간 석호는 고개를 갸웃거렸다. 웬만한 병동과 부서의 전화번호를 연락처에 저장해둔 그였다. 원내에서 걸려 온 전화는 분명한데 발신지를 알 수 없었다. 석호가 의아해하며 핸드폰을 귓가에 가져갔다.

"인턴 강석호입니다."

"선생님, 수련교육부장 오태준입니다."

언제 들어도 시원시원하고 남성적인 목소리. 예상치 못한 발신자의 정체에 석호는 긴장할 수밖에 없었다. 오태준 교수는 정형외과 선발 과정에서 무시할 수 없는 영향력을 가진 인물이었다.

"안녕하십니까, 교수님."

석호는 전과 달리 격식을 갖추어 다시 인사했다. 그러면서도 속으로는 그가 무슨 일로 자신을 찾는지 이해할 수 없어 오묘한 불안에 휩싸였다. 인턴과 레지던트에 대한 전반적인 업무를 총괄하는 부서인 수련교육부의 장으로 두 달 전 임용된 오태준 교수는 전임자와 달리 매달 말에 있는 정기 간담회에도 참석하지 않아 부서 일에는 관심이 없기로 정평이 나 있었다.

“선생님, 지금 바쁘신지요?”

“아닙니다. 시간은 충분합니다.”

아직 처리하지 못한 술기들이 여러 병동에서 그를 기다렸지만, 그렇다고 교수에게 바쁘다는 말은 감히 내뱉을 수 없었다. 오태준은 잠시 뜸을 들이더니 음, 하고 말을 이어갔다.

“다름이 아니라, 선생님하고 면담할 일이 있어서요.”

“네….”

면담. 조금 전의 일이 벌써 수련교육부장의 귀에까지 들어간 걸까. 석호는 설마 하면서도 그 생각을 떨쳐낼 수 없었다.

“그럼, 제가 오후에 수술이 없으니까 지금 외래로 내려오실래요?”

“네, 내려가겠습니다.”

“정형외과 외래 어디 있는지 아시죠?”

“넵, 바로 가겠습니다.”

"예."

그 말만 남기고 오태준은 전화를 끊었다. 석호는 벽에 기댄 채 앞으로 있을 면담에 대해 생각해보았다. 수련교육부장이 인턴과 면담하는 경우는 흔치 않은 일이다. 그렇다면 역시 조금 전의 그 사건 때문일까. 그럴지도 모른다는 생각이 들면서도 무의식중에 그게 아닐 수도 있다고 자신을 다독였다.

지난달 인턴 간담회에서 주 80시간을 초과하는 내과 인턴들의 업무량, 그리고 베인 샘플링을 비롯한 인턴 잡의 문제점이 인턴장을 통해 건의되었다. 수련교육부의 임구현 대리는 수련교육부장에게 건의해서 의논하겠다고 답변했다. 걱정과는 달리 현재 내과 인턴인 그를 불러 불합리한 인턴 잡이라든가 주 80시간을 초과하는 가혹한 스케줄에 대해 논의할지도 모른다고, 그는 생각했다.

석호가 도착했을 때 정형외과 외래는 언제나처럼 진료받으러 온 환자들로 붐볐다. 네 개의 진료실 가운데 오태준의 명패가 달린 방을 찾은 석호는 떨리는 마음을 추스르고 천천히 앞으로 걸어갔다. 그를 발견한 외래 간호사가 무슨 일로 찾아왔냐고 궁금해했지만, 그가 찾아온 사람이 오태준 교수임을 알자 고개를 끄덕이며 자세한 내막을 물어오지 않았다. 노크하자 얼마 지나지 않아 안에서 들어오라는 소리가 들렸다. 석호가 문을 열고 들어갔다.

"안녕하십니까. 인턴 강석호입니다."

모니터를 보던 오태준이 시선을 컴퓨터에서 떼고 그와 눈을 마주쳤다.

"네, 강 선생님. 여기 의자에 앉으세요."

"넵."

속내를 조금이라도 빨리 알고 싶어 탐색했으나 그에게서는 어떤 냄새도 나지 않았다. 오태준은 흔히들 정형외과라고 하면 떠올리는 이미지처럼 근육질의 몸매에 커다란 체격이었다. 의사 가운을 벗으면 누가 봐도 헬스장 트레이너라고 생각할 게 분명한 외모의 소유자였다.

책상 옆 의자에 걸터앉자마자 기다렸다는 듯 오태준이 핸드폰을 열고 어떤 버튼을 눌렀다. 그것이 녹음 버튼임을 알게 된 순간 석호는 반사적으로 주먹을 불끈 쥐었다. 평소와 별반 다르지 않은 태연한 얼굴 뒤에 자신을 향한 적대적인 감정이 감춰져 있다고 생각하자 소름이 돋았다.

"지금부터 강석호 선생님이 하는 말은 전부 녹음된다는 사실을 미리 알려드립니다. 괜찮겠죠?"

범죄자를 취조하는 형사의 말투에 기분이 상했지만, 감히 티를 낼 수는 없었다.

"…네, 그런데 무슨 일로."

"지금 선생님이 근무하고 있는 과가?"

"내과입니다."

오태준이 가만히 고개를 끄덕이더니 그를 똑바로 바라보았다. 그 눈빛에는 보는 이의 마음을 얼어붙게 할 만한 냉기가 서려 있었다.

"오늘 수련교육부로 선생님에 대한 신고가 두 건 들어왔어요. 강 선생님도 무슨 일 때문인지 짐작 가는 바가 있을 겁니다."

"두 건이라고요?"

석호는 망치로 머리를 한 대 얻어맞은 기분이었다. 한 건이라면 몰라도 두 건이라니, 그것은 예상 범위에 속해 있지 않은 일이었다. 대체 무슨 일이 벌어진 걸까. 오태준이 몸을 그쪽으로 기울이고 목소리를 낮게 깔았다.

"단도직입적으로 묻겠습니다. 오늘 김창진 님, 조향희 님 두 분이 돌아가셨습니다. 맞습니까?"

"네, 맞습니다."

"그런데 선생님은 마침 오늘 두 분이 입원해 계시던 10병동 그리고 12병동을 담당하고 계셨고요."

"네, 하지만… 그건 스케줄상으로 정해져 있었던 것이고 그분들의 죽음과 제가 직접적으로."

"그건 선생님의 생각일 뿐이죠."

오태준이 파일에서 서류 하나를 꺼내어 그의 앞에 놓았다.

"첫 번째부터 말해보죠. 김창진 님이 어레스트 상태로 발견된 것이 오전 8시 5분, 선생님이 그 환자의 중심정맥관을 제거한 시각이 오전 7시 36분이더군요."

"예?"

"병동 간호기록을 통해서 이미 확인한 사실입니다. 여기 자료를 보시죠."

그가 김창진의 간호기록지를 내밀었다. 석호는 어렵지 않게 형광펜으로 칠해진 자신의 이름을 발견해냈다.

AM 07:36 C-line remove & tip culture done by Int. 강석호

한 줄의 기록을 본 순간 어렴풋한 기억이 되살아났다. 사후 처치가 끝나고 탈의실로 가려는데 10병동에서 걸려 온 귀찮은 콜. 아침 잡을 서둘러달라는 간호사에게 석호는 마지못해 알겠다고 하고 그리로 향했었다. 샘플링을 비롯해 정규 심전도, 동의서 등 수많은 업무가 그를 기다렸고, 석호는 졸음이 몰려오는 가운데서도 불사조와 같은 정신을 발휘해 모든 업무를 30분 만에 해치우는 쾌거를 이루었다. 그 가운데 중심정맥관 제거와 배양이 있었던 것 같기도 했다.

김창진을 미처 알아보지 못한 것은 평소 술기를 할 때 특별한 사건이 없는 한 환자의 이름에 일일이 신경 쓰지 않아서였다. 병원에 입원한 노인 환자들의 외양이라는 게 빵집에 일렬로 늘어놓은 같은 종류의 빵처럼 비슷한 점도 멍청한 실수에 한몫했다.

"강 선생님, 인정하시는 건가요? 아니라면 선생님이 병실로 들어가는 CCTV 영상도 보여드릴 수 있습니다."

수화기를 집어 든 오태준이 번호를 누르기 직전에 석호가 털어놓았다.

"사실 인턴을 하면서 그런 걸 하나하나 기억하는 게 어려운 일이라서요. 방금 교수님 말씀을 듣고 보니 그때 제가 씨라인 리무브를 한 것 같습니다. 하지만 그분이 김창진 님이라는 건 솔직히 기억도 못 하고 있었습니다."

"이제라도 기억났으면 됐죠. 그럼 선생님이 그분의 죽음에 책임이 있다는 것도 인정하시는 겁니까?"

"사실… 지금 이 상황이 잘 이해가 가지 않습니다."

오태준이 답답하다는 듯 입술을 깨물더니 차분하게 말했다.

"처음 김창진 님을 발견했던 간호사의 진술에 따르면 환자분의 침대가 60도가량 기울어져 있었다더군요."

"그게 이번 일과 무슨 상관인지…."

"선생님, 지금이 몇 월입니까?"

갑작스러운 화제의 전환에 석호는 정신을 차리지 못했다. 그야말로 지금 그는 오태준의 손바닥 위에서 이리저리 굴러다니는 꼴이었다.

"7월입니다."

오태준이 손가락을 펴더니 그의 눈앞에서 하나씩 접어 나갔다.

"그럼 3, 4, 5, 6, 7. 인턴을 시작한 지도 다섯 달 째네요."

"네, 그렇습니다."

"그렇다면 한 가지 물어보겠습니다. 목에 삽입된 중심정맥관을 제거할 때 환자에게 가장 먼저 어떤 조치를 해야 하죠?"

"목을 시술할 부위 반대쪽으로 기울이게 하는 것으로 알고 있습니다."

"그것 말고는 또 뭐가 있나요?"

"관을 제거하는 동안 환자가 숨을 참도록 지시해야 합니다. 그 외에는… 제가 알기에는 없습니다."

언제부터 중심정맥관을 제거할 때 이처럼 요구 사항이 복잡해진 걸까. 이제껏 여러 환자에게서 중심정맥관을 뺐지만, 자세 따위의 사소한 일로 지적을 받은 적이 없었기에 불만스러웠다. 대체 뭘 말하려는 걸까. 왜 그가 김창진의 죽음에 책임이 있다고 생각하는 걸까. 석호는 알 수 없었다.

"강 선생님이 다섯 달 동안 어떤 식으로 근무를 해왔는지 모릅니다만, 중심정맥관을 제거하기 전에 환자의 자세를 수평으로 유지하는 건 기본 중의 기본 아닌가요?"

오태준이 유급 위기의 학생을 대하듯 한심하다는 표정으로 고개를 가로저었다.

"삽입 부위가 환자의 심장보다 높은 레벨에 있으면 에어 엠볼리즘[14]의 위험에 노출된다는 것은 학부 강의에서도 배웠을 거로 아는데요."

"하지만… 그렇게 해도 이때까지 아무 문제 없었습니다."

"열 번 중에 아홉 번이 괜찮았더라도 나머지 한 번이 잘못되면 환자의 목숨이 위태로워집니다. 그런 걸 제 입으로 말해야 하나요?"

불꽃처럼 이글거리는 두 눈에 노기가 서려 있었다. 석호는 더 이상 말대꾸할 용기가 나지 않았다.

"강 선생님, 무슨 과 어플라이죠?"

석호는 독이 든 사과를 깨물어 먹은 것처럼 입을 뗄 수 없었다. 정형외과 레지던트 선발에서 영향력을 행사하는 그에게 지망 과를 말하는 것은 자살행위였다.

---

14) Air embolism(공기색전증): 혈관계로의 공기 유입으로 인하여 혈류를 공급받아야 하는 장기에 기능 부전이 일어나는 질환.

"아직 생각 중입니다."

"강 선생님도 나중에 레지던트가 돼서 주치의를 맡으면 알게 되겠지만, 우리 의사들의 사소한 미스 하나에 환자들의 상태는 롤러코스터를 탄 것처럼 급변합니다. 그래서 항상 신중히 처리해야 하는 겁니다. 요즘 의료 과실로 고소당하는 의사들이 어디 한둘입니까."

"네…."

맥없이 그렇게 대답하는 그때 아침에 접한 충격적인 광경이 떠올랐다. 자그마한 천공이 형성된 심장과 흉강에 고인 혈액. 믿을 수 없다는 듯 바라보던 최병우.

오태준의 말대로 공기색전증이 생겼다면 천공은 뭘까. 그것이야말로 내가 환자의 죽음에 원인을 제공한 게 아니라는 증거가 되지 않을까, 하는 생각이 불현듯 찾아왔다. 차재욱 형이 말했던 대로 어쩌면 그래프트 수처가 파열되는 바람에 어레스트가 발생했는지도 모른다. 그런 생각을 말하려는데 오태준이 화제를 돌렸다.

"이번에는 조향희 님에 관해서 얘기해보죠. 주치의였던 최규민 선생님의 말로는 강 선생님이 비위관 삽입을 여러 번 실패했는데도 무리하게 트라이했다더군요. 맞습니까?"

"여러 번은 아니고, 두세 번 정도 시도했습니다."

"선생님, 자꾸만 자기 유리한 쪽으로 말하는데 아까도 말했듯이 의사한테 두 번은 없습니다. 한 번에 하지 못했으면 그건 실패한 거나 마찬가집니다. 아직도 이해가 안 되나요?"

오태준의 입에서 흘러나오는 한마디 한마디가 태풍처럼 휘몰아쳐 그를 고개 숙이게 했다.

"죄송합니다."

"두 번째 사건은 선생님이 무리하게 비위관을 삽입하다가 기도 폐색을 유발했고, 그로 인해 어레스트가 일어났다는 게 팩트입니다. 진작 다른 인턴과 손을 바꿨다면 피할 수 있었을 불상사였죠."

"하지만 일반적으로 엘튜브와 같은 난도 높은 술기는 한 번 만에 성공하기가 어려워 두 번, 세 번씩 하는 일이 드물지 않습니다. 특히 돌아가신 조향희 님의 경우 실제로 저 말고 다른 인턴들도 계속해서 페일하는 바람에 다섯 번까지 시도하는 예도 있었습니다."

오태준이 노골적으로 불편한 심경을 드러냈다.

"강 선생님, 참 말이 안 통합니다. 어찌 됐든 팩트만 보자고요. 결국 선생님을 제외한 나머지 인턴들은 어떤 방법을 썼든, 환자에게 아무 문제도 일으키지 않았습니다. 문제를 일으킨 인턴은 강석호 선생님 혼자라는 겁니다. 제 말이 틀렸습니까?"

"아니요, 죄송합니다."

"미리 말씀드리는데, 이번에 신고가 들어온 두 사건에 대한 회의가 내일 열릴 겁니다. 이 면담의 녹취 자료는 교수님들께 참고용으로 제출할 예정입니다. 오늘 벌어진 두 건에 대해 더 하실 말씀 있으면 하세요."

"저는…."

긴장한 나머지 소리가 바깥으로 튀어나오지 않았다. 석호는 마음을 추스르고 다시 말을 이어갔다.

"조향희 님의 죽음은 어느 정도 제가 원인이 되었을지 모른다고 생각합니다. 그렇지만 김창진 님까지 제 책임이라는 것은… 어불성설입니다."

"그 이유가 뭐죠?"

"김창진 님의 심장에 있던 천공이 공기색전증으로는 유발될 수 없다고 생각하기 때문입니다. 저는 그것이 제가 아닌 다른 특별한 이유로 인해 일어난 사고라고 생각합니다."

"천공이라고 했습니까?"

오태준의 눈가에 놀라움이 번졌다. 아무런 보고도 받지 못한 모양이었다.

"처치실에서 심장마사지를 할 때 직접 목격했습니다. 흉부외과 최병우 교수님께 여쭤보시면 확인하실 수 있습니다."

"천공에 대해서는 저도 들은 바가 없어서요. 뭐, 강 선생님 말대로 우선 사실관계를 파악해보도록 하지요."

"감사합니다. 그리고 교수님, 내일 회의가 열린다고 말씀하셨는데 저도 참석하는지 여쭙고 싶습니다."

"아닙니다. 선생님의 입장은 서면으로만 받아볼 겁니다. 병원장님을 포함한 각 과 주임 교수님 몇 분과 수련교육부의 저까지 대략 여덟 사람으로 진행합니다. 병원 법무팀의 변호사도 동석할 예정인데 그 자리에서 강석호 선생님에게 어떤 징계를 내릴 수 있는가에 대해 논의를 할 겁니다."

"징계라고요?"

마음의 준비는 단단히 했지만, 징계라는 두 단어 앞에서 석호는 속절없이 무너졌다. 그는 주먹을 불끈 쥐었다.

'아무리 그래도 모교 출신인데.'

오래된 연인에게 배신당한 기분이었다.

"제 사견으로는 업무상 과실치사로 최소 견책에서 심할 경우 수련 중단까지 징계가 내려질 수 있을 것 같습니다. 특히 이번 사안의 경우 환자의 생명이 관여되어 있었기 때문에 추후 경찰이 개입할 수 있다는 점 명심하세요."

하늘이 무너지는 기분이라는 표현은 이럴 때 쓰라고 있는 걸까. 모교 병원에 대한 섭섭한 마음이 순간적으로 끓어 넘쳤다.

"아무리 그래도… 이건 아니잖아요. 같은 의사, 그것도 명성대학교 출신인 저를… 감싸주기는커녕 병원 차원에서 징계를 내릴 생각을 한다니. 정말, 상식적으로 생각해도 이건… 아닌 것 같습니다. 교수님들 전부 다… 너무하십니다, 진짜."

석호는 어깨를 바들바들 떨며 흐느꼈다. 오태준은 아무런 감정의 변화가 없어 보였다. 일말의 동정이나 연민도 느껴지지 않는 차가운 눈이 그의 얼굴에 고정되었다.

"강 선생님, 이건 그런 문제가 아니잖습니까. 선생님은 의사 면허를 가진 의사일뿐더러 어엿한 성인이기도 합니다. 성인이라면 자신이 초래한 일에 대한 책임을 질 의무가 있다고는 생각하지 않나요? 내일 징계위원회에서 우리는 선생님의 미숙한 대처와 두 사건의 인과성에 대해 논의를 할 겁니다. 선생님은 성인답게 잘못한 부분에 대해서만 책임지면 됩니다. 간단하지 않습니까?"

"…."

"선생님은 내일 오전 여덟 시까지 이번 사건에 대한 소명서를 작성해 제 원내 메일로 보내주세요. 선생님이 어떤 마음가짐으로 임하느냐에 따라 교수님들도 어느 정도 아량을 베풀지 모릅니다. 선생님에 대한 징계 수위는 결과가 나오는 즉시 알려드리도록 하겠습니다."

오태준이 녹음 버튼을 눌러 중지하고는 자리에서 일어났다.

"이제 나가보셔도 됩니다. 따로 지시가 있을 때까지 선생님 위치에서 정상 근무하세요."

자리에서 일어난 그는 한동안 움직이지 않았다. 오태준이 어서 나가라는 눈치를 줬다. 머뭇거리던 석호가 힘겹게 입을 뗐다.

"교수님, 내일… 실례가 안 된다면 저도 징계위원회에 참석해도 괜찮을까요?"

"이유가 뭐죠? 선생님 소명서 하나면 충분한데요."

석호가 눈을 내리깔고 조심스럽게 말문을 열었다.

"무례하게 들리실 수 있지만, 제게도 적극적으로 방어할 권리가 있기 때문입니다. 오늘 있었던 두 환자의 죽음에 대해 병원 측은 별다른 조사를 거치지 않고 이대로 저를 원인으로 지목할 가능성이 큽니다. 하지만…, 저는 오늘의 두 사건이 백 퍼센트 제가 원인이었냐는 의학적인 관점에서 따져봐야 한다고 생각합니다."

오태준이 석호의 바로 앞에서 멈춰 섰다. 그와 머리 하나가 차이 날 정도로 거대한 체구는 그 자체로 위압감을 안겨주었다. 오태준이 몸을 살짝 낮추고 얼굴을 그에게로 내밀었다.

"강 선생님, 의학적인 관점이라는 단어는 이럴 때 쓰는 말이 아닙니다. 천공에 대한 부분은 최병우 교수님께 확인을 거쳐보겠습니다만, 조향희 님이 선생님의 무리한 시술로 인해 사망한 것은 꽤 자명해 보이는데요. 여기에 무슨 다른 가능성이 있다는 말이죠?"

석호는 염치없다는 것을 알면서도 나오는 대로 뱉었다.

"꼭 그렇다는 건 아니지만, 제가 비위관 삽입을 하는 참에 우연히 심근경색이 왔을 수도 있고…."

석호는 자신이 없어서 말끝을 흐렸다. 오태준의 입꼬리가 비정상적으로 일그러졌다.

"쓸데없는 걱정하지 마시죠. 교수님들이 사인 하나 제대로 밝혀내지 못하는 줄 아십니까? 선생님의 시술에 문제가 없었기를 바라는 것은 교수님들도 마찬가지일 겁니다."

"네, 죄송합니다."

"아무튼 강 선생님, 내일 오후 한 시에 별관 회의실로 오시기 바랍니다. 그 자리에서 선생님의 방어권을 마음껏 행사해보시죠, 하하."

석호는 끝까지 예의를 갖춰 인사를 하고는 진료실을 빠져나갔다. 갑작스러운 스트레스 탓인지 골이 흔들리는 느낌이 들었다. 욱신거리는 좌측 관자놀이를 꾹꾹 누르며 석호는 복도로 향했다. 벼랑 끝에 내몰린 기분이었지만 이대로 포기할 수는 없었다. 다시 한번 마음을 다잡기 위해 그는 몇 번이나 심호흡을 해야 했다.

가만히 앉아서 징계가 내려지기만을 기다릴 수는 없었다.

시간이 허락하는 대로 김창진, 조향희 두 환자의 사망과 관련한 자료를 수집하고, 그의 술기가 아닌 다른 요인이 둘을 죽음에 이르게 했을 가능성을 철저히 조사해야만 했다.

징계위원회까지 남은 시간은 고작 하루. 수단과 방법을 가리지 않고 두 환자의 죽음에 대한 새로운 사실을 파헤치고 유리하게 작용할 증거를 수집해야 했다. 그러지 못하면 더는 병원에서 떳떳하게 얼굴을 들고 다니지 못하는 것은 물론, 최악의 경우 인턴 수련이 중단될 수 있었다.

석호는 붐비는 외래 환자들의 틈을 비집고 달렸다. 가까스로 엘리베이터에 올라탄 그는 숨을 헐떡이며 버튼을 눌렀다.

8층에서 엘리베이터 문이 열리더니 정형외과 과장 류영민의 우락부락한 얼굴이 눈에 들어왔다. 평소 같으면 허리를 굽혀 인사했겠지만, 지금은 그럴 마음의 여유 따위가 없었다. 그를 물끄러미 바라보는 큼직한 눈이 자네, 왜 인사 안 하는가? 라고 꾸짖는 듯했지만, 이제는 아무래도 상관없었다. 오태준 교수와 사이가 틀어진 이상 정형외과 레지던트가 되는 것은 이미 물 건너갔다. 평판을 중시하는 선발 과정에서 그는 경쟁자들 가운데 가장 먼저 탈락자로 선정될 것이다. 그런 생각을 하자 왠지 모를 서글픔이 가슴속으로 밀려들었다.

'휴, 다행이다.'

꼼짝하지 않고 자는 척하던 소녀가 눈을 뜬 것은 대문이 닫히고 난 직후였다. 소파에서 부스스 몸을 일으킨 소녀는 주위를 두리번거렸다. 더 이상 아무런 기척도 없는 것을 확인하고 짧은 두 다리를 바닥에 내디뎠다.

조금 전에는 정말이지 두근두근 뛰던 심장이 멎는 줄 알았다. 할아버지의 방문에 귀를 갖다 대고 몰래 엿듣는데 예고도 없이 발걸음 소리가 날 줄이야. 재빠르게 소파에 누워 자는 척해서 망정이지 하마터면 방에서 나온 할아버지에게 딱 걸릴 뻔했다. 지수야, 하고 부르는 목소리에도 눈을 뜨지 않는 소녀를 두고 할아버지는 밖으로 나갔다. 무슨 일로 나간 건지는 몰라도 아마 한동안은 돌아오지 않을 것이다. 할아버지는 언제나 그러니까.

대문으로 다가가 조그만 열쇠 구멍 틈으로 밖을 봤지만, 복도에 할아버지의 모습은 보이지 않았다. 대문이 제대로 잠긴 것을 확인한 소녀는 다시 거실로 돌아왔다. 이제 본격적으로 움직일 차례였다.

책상에 있던 수상한 종이를 본 뒤로 그것은 소녀의 머릿속을 떠나가지 않았다. 이종분, 김창진 외에도 종이에는 서른 명에 달하는 사람들의 이름이 숫자와 함께 기록되어 있었다. 소파에 누워 있는 동안 특별히 할 일이 없어 곰곰이 생각해봐도 혼자서 알아내기에는 너무 어려운 문제였다. 혹시 할아버지가 친구들의 연락처를 써놓은 건가, 하는 생각도 했지만, 옆에 쓰인 숫자는 전화번호라기엔 길이가 너무 짧았다.

'왜 나한테 안 보여준 걸까?'

소녀가 기억하는 한 할아버지가 자신에게 무언가를 숨겼던 적은 한 번도 없었다. 심지어 누구나 다른 사람에게 보여주기 싫어하는 일기장마저도 할아버지는 자신에게 건네준 적이 있었다. 물론 그 일기장은 한자와 영어 같은 어려운 것들이 뒤죽박죽 섞여 있어 내용을 알아내기는 어려웠지만.

'그렇다면 왜일까. 도대체 왜!'

어느덧 소녀의 호기심은 한계를 껑충 뛰어넘어 꼭대기에 올라가 있었다. 이대로 종이에 적힌 게 뭐였는지 알아내지 못하면 온종일 꿀꿀한 기분일 것 같았다. 방에 몰래 들어가자고 꾀는 못된 마음과 함부로 남의 물건을 훔쳐보면 안 된다는 착한 마음이 티격태격 싸워댔다. 결국은 못된 마음이

착한 마음을 넘어뜨리고 승리를 차지했다.

'그래, 결심했어!'

소녀는 할아버지가 언제 돌아올지 몰라 문틈을 벌려놓고 방안으로 들어섰다. 할아버지가 치웠는지 아까 전의 하얀 종이는 책상 위에 없었다.

'그러고 보니 서랍 여는 소리가 들렸었지.'

기억을 되살린 소녀는 세 개의 책상 서랍을 위에서부터 하나씩 열어보았다. 맨 위에는 볼펜, 만년필 같은 필기구와 도장, 그리고 눅눅한 냄새가 풍기는 서류 봉투가 들어 있었다. 봉투를 살피려고 집어 들었지만, 안의 종이들은 하나같이 색깔이 푸른색이었고 하얀색은 보이지 않았다. 그렇다면 굳이 볼 필요가 없다. 두 번째 서랍을 연 소녀의 시야에 언뜻 보기에는 풍차처럼 보이는 물건이 들어왔다.

'이것도 아니구.'

소녀는 마지막으로 맨 아래의 서랍을 열었다. 열기 전부터 거기에 하얀 종이가 있을 거라고 짐작했는데 역시나 생각대로였다. 꾸깃꾸깃 접은 흔적이 선명한 하얀색 종이는 소녀가 찾아주기만을 기다려온 것처럼 얌전히 놓여 있었다.

쪼그려 앉은 소녀는 종이에 적힌 글자들을 천천히 읽어 내려갔다. 아까는 이종분과 김창진이라는 이름만을 봤을 뿐이지만 이번에는 옆에 적힌 숫자까지 놓치지 않고 꼼꼼하게 훑었다.

이름 옆의 숫자는 대부분이 네 자리로 종종 세 자리도 있었다. 예를 들어 이종분과 김창진 두 이름의 옆에는 각각 602, 1007이라는 숫자가 적혀 있었는데, 아무리 생각해도 무슨 의미인지 알 수 없었다. 위에서부터 아래로 시선을 옮기던 소녀는 우왓, 하고 놀라서 소리 질렀다. 1205라는 숫자를 본 순간 그것이 자신의 생일이라는 걸 깨달았기 때문이다.

숫자는 틀림없이 명단에 적힌 사람들의 생일이었다. 12월 5일, 소녀와 생일이 같은 사람의 이름은 조향희였다. 그렇다면 조금 전 두 사람의 생일은 각각 6월 2일, 10월 7일인 셈이었다. 명단에 있는 사람들이 할아버지의 친구들이라는 게 이제는 백 퍼센트, 아니 천 퍼센트 확실해졌다. 할아버지가 생일을 잊을까 봐 이름 옆에 메모해둔 모양이었다.

"역시 나는 똑똑해!"

소녀는 흡족한 마음에 고개를 끄덕였다.

5장

석호는 벽에 부착된 명단으로 그새 새로운 환자가 입원했음을 파악했다. 그러잖아도 장기 재원 중인 환자들의 조속한 퇴원을 요구하는 진료부원장의 문자를 받았는데 대기 인원이 이 정도인 줄은 몰랐다. 석호는 최고 수준의 병상 회전율을 자랑하는 명성대학교병원의 위엄을 피부로 체감했다.

그가 끌고 다니는 카트에는 여섯 개의 드레싱 세트가 구비되어 있었다. 이 정도면 레지던트나 간호사의 눈을 속일 수 있을 거라고 그는 확신했다. 병실에 들어간 석호는 요추 천자를 한 환자의 시술 부위를 소독한 다음 반창고를 붙여주었다.

"다 됐습니다. 돌아누우세요."

"허허, 시원하네요. 선생님 감사합니다."

수더분한 인상의 남자가 고개를 꾸벅 숙였다. 등을 돌리고 소독을 받는 것이 귀찮을 법도 한데 웃으며 인사까지 하는 모습으로 봐서 질문해도 문제없을 듯했다. 생전의 김창진이 누워 있던 침대 바로 맞은편에 있었으니 유력한 진술을 얻어낼 수 있을지도 모른다. 새삼 무심한 말투로 석호가 대화를 시도했다.

“오늘 아침에는 많이 놀라셨겠어요.”

“예? 난 또, 그 할아버지 말씀하시는구나.”

그가 자신의 맞은편 침대를 회한에 젖은 눈으로 바라봤다. 대학생 정도로 보이는 젊은 환자가 귀에 이어폰을 꽂은 채 엎드려 책을 읽고 있었는데 그 폼이 전혀 아픈 사람 같지 않았다.

“저 젊은 친구는 자기가 누워 있는 데서 몇 시간 전에 사람이 죽었다는 것도 모르겠지.”

석호가 네, 하고 고개를 끄덕였다. 그런 말을 들었다면 저렇게 아무렇지 않게 누워서 책을 볼 수 있을 리 없다.

“괜히 그런 말 했다간 병실 바꿔 달라고 할 게 뻔하니까 간호사들도 굳이 말해주진 않죠.”

“아유, 제가 이 병원 직원이라도 그럴 거 같네요.”

호탕한 웃음과 함께 남자 환자가 석호에게로 시선을 옮겼다. 그가 자신의 침대를 손바닥으로 탁 두드리며 말했다.

“이 침대에서도 누군가 돌아가셨을지도. 그렇지 않나요? 선생님.”

"그러지 않길 바라야죠."

석호가 그의 유쾌한 말에 미소 짓고는 대화의 방향을 틀었다.

"아마 아침 여덟 시 정도였죠, 그때가."

"맞을 거예요. 밥차가 돌아다니던 때였으니까요."

"놀라지 않으셨어요? 맞은편에 계시던 분이 갑자기 그렇게 돼버려서…."

"암요, 놀라고말고요. 어젯밤만 해도 멀쩡하게 돌아다니셨는데. 참."

궁금한 것이 많았지만 석호는 자신의 의도를 들키지 않기 위해서 가만히 고개만 끄덕였다.

"그 할배, 첨엔 우리 놀래킬라고 그러는 줄 알았다 아입니꺼."

잠잠하게 둘의 말을 듣던 남자가 구수한 사투리로 말문을 열었다. 보기만 해도 따가운 턱수염과 새카만 눈썹을 가진 그는 사투리만큼이나 구수해 보이는 빵 한 조각을 손에 쥐고 있었다.

"맞아, 그 할아버지한테 한두 번 당했어야지. 여기 입원하고 하루도 안 속은 적이 없을 정도니."

"까놓고 말해서 전 그 할배 말 다 구라라고 생각했습니더. 그카다가 오늘 아침에 죽은 척하고 있어서 할배, 장난 그만

치고 밥이나 잡수시소 요따구로 말해부렀지 뭡니꺼."

"그 할아버지, 재밌는 분이셨나 봐요?"

두 사람이 웃으면서 김창진에 대한 일화를 술술 풀어놓기 시작했다. 월남 전쟁 때 오십여 명의 적을 혼자서 몰살시켜 대통령 표창받았다고 자랑한 것부터 맹장 수술받을 때는 마취도 받지 않고 맨정신으로 깨어 있었다고 말한 것까지. 언제나 어깨 펴고 당당하게 세상을 살아간 분이었다는 걸 알 수 있었다.

석호는 이야기가 새는 것을 느끼고 화제를 돌렸다. 이곳에 온 본심을 노골적으로 드러내는 순간이었다.

"기억하실지 모르겠는데, 사실 오늘 아침에 제가 이 병실에 들렀었거든요. 그분이 돌아가시기 삼십 분쯤 전요."

두 남자는 전혀 모르는 눈치였다. 서로 의아한 눈빛을 교환하더니 수더분한 남자가 털털하게 웃었다.

"그게 선생님이셨어요? 저는 잠결에 들어서 간호사분인 줄 알았네요."

석호는 자신의 술기에 실수가 있었다는 낌새를 풍기지 않는 게 유리하다고 판단했다. 그들의 머릿속에 부정적인 인상을 심어서 좋을 것은 없었다. 초조함을 다독이며 그는 호기심보다 연민이 목소리에 묻어나도록 애썼다.

"제가 다녀간 직후에 아파하는 기색은 없으셨나요?"

"글쎄요, 특별히 기억 안 나는 걸 보면 아무 일 없었던 것 같은데요. 자네는 뭐 좀 들은 거 있어?"

턱수염을 기른 남자가 고개를 흔들었다.

"내가 보통 잠꾸러기가 아닌기라. 쿨쿨 자고 있었나 보이."

병실의 다른 환자들에게도 물어봤지만, 대부분이 그가 다녀간 무렵에는 잠을 자고 있었다고 했다. 코 고는 소리가 병실에 울려 퍼져서 베개로 귀를 틀어막은 환자도 있었다.

"할아버지를 맨 처음에 발견하신 분이 누구예요?"

"밥차 아주머닙니더."

"네?"

같은 병실을 쓰는 것도 아닌데 어떻게 먼저 볼 수 있단 말인가. 석호는 그 말이 얼른 이해되지 않았다. 서글서글한 남자가 옆에 걸린 커튼을 가리켰다.

"그 할아버지는 밤에 주무실 때 항상 이걸 쳐놓으셔서. 밥차가 그분한테는 알람이나 마찬가지였어요. 진지 잡수시면서 일과를 시작하시는 거죠."

"아, 그래서 밥차 아주머니가…."

"네, 그분이 식판을 들고 갔을 때 할아버지는 가슴을 움켜쥔 채 엎어져 있었어요. 아주머니가 막 비명을 질러서 저희 모두가 갔지요."

석호는 의아한 마음을 떨쳐내지 못했다.

"돌아가시기 전에 무슨 전조 같은 게 있을 법도 한데…. 아무도 보고 들은 게 없으신가 봐요."

남자가 깊은 한숨을 내쉬었다.

"저희도 안타까울 따름입니다. 미리 알았다면 저희가 간호사 선생님들한테 알렸을 텐데요."

특별한 일은 없었냐고 물었지만, 모든 것이 평소와 별반 다르지 않았다는 답변만 돌아왔다. 최근 무엇에 대해 스트레스를 받거나 다른 사람과 격정적으로 다툰 적도 없고, 야밤에 흉통을 호소한 적도 없었다. 세 사람의 집회를 구경하던 다른 환자들도 아무런 전조가 없었다는 둘의 말에 동의했다.

석호는 탐문을 관두기로 했다. 다만 김창진이 누군가와 다툼을 벌이는 과정에서 가슴에 타격을 입었을 가능성만큼은 확인해 볼 필요가 있다고 판단했다. 그러기 위해서는 CCTV의 도움을 받아야만 했다. 드레싱 카트를 끌고 나가는데 뒤에서 환자들끼리 농담을 주고받는 소리가 들려왔다.

"그 할배, 라이터는 챙겨 갔는지 몰라."

"설마 거기서도 담배 필라고."

"아니라카이, 그 할방구는 저세상 갈 때도 돈 말고 담배 챙겨 갈 양반이라이까. 그래 보고도 모르겠나."

스텐트 시술을 받을 만큼 심장 상태가 나빴던 분이 담배를 그렇게 좋아하셨다니. 병실을 나서는 석호의 입가에 쓴웃음이 번졌다. 담배. 어쩌면 그것이야말로 결정적인 흉기가 아니었을까. 그럴지도 모른다고 생각하며 석호는 복도로 걸음을 옮겼다.

드레싱 카트를 제자리에 두려 처치실로 향하는데 가냘픈 비명이 문틈으로 들려왔다. 안쪽을 들여다본 그는 자신의 처지와 어울리지 않는 실소를 뱉었다. 의자에 앉아 고개를 뒤로 젖힌 노인 환자와 소형 가위를 든 흰 가운의 남자. 누가 보면 병원에 이발소를 차린 줄 착각하게 만드는 장면이었다.

이비인후과 인턴 서진혁이 우거지상을 지으며 가위를 허공에 휘둘렀다. 뜻대로 되지 않자 폭력성이 여지없이 분출되는 듯했다. 간호사들로부터 폭력적이라는 말은 몇 번 들은 바 있었지만, 직접 보기는 처음이었다. 절에서나 볼 수 있을 법한 묵주 형태의 머리띠를 한 할머니는 괴성을 지르며 고개를 도리도리 저었다. 코 수술을 앞둔 환자는 깨끗한 시야를 위해 콧속의 털을 미리 자르는데 그 과정에서 마찰이 생긴 듯했다. 괜히 엮이기 싫어서 살포시 드레싱 카트를 문 앞에 두고 물러나다가 눈이 마주쳤다.

그를 발견한 진혁이 요란하게 소리를 질렀다. 늘 느끼는 거지만 그에게는 듣는 사람을 무안하고 쪽팔리게 만드는 비범한 재능이 있었다.

“마이 히어로 강석호! 그대가 등판할 때가 왔군.”

"뭐가 문젠데?"

석호가 모른 척 그렇게 물었다. 남의 일을, 그것도 서진혁을 도와줄 기분은 전혀 아니었지만, 유전자에 각인된 본능에 이끌려 그에게로 다가갔다. 눈앞에서 도움을 청하는 자에게 구원의 손길을 내미는 것은 인턴이라면 당연한 일이었다.

"이분이 겁이 많아서 머리를 가만히 있지를 못한다니까. 답답해 죽겠다. 석호 네가 머리 좀 잡아주라."

"오케이."

석호는 마지못해 그렇게 말했다. 코를 두 손으로 감싼 할머니 쪽으로 허리를 굽힌 진혁이 귓가에 속삭였다.

"으이구, 겁쟁이 할머니! 이제 걱정 붙들어 매셔. 이 선생님이 잘 잡아줄 거니까 눈 꼭 감고 있어."

무례하다는 평판이 자자한 진혁답게 저보다 나이가 몇 배는 많을 듯한 환자에게도 반말을 해댔다. 그런 말투가 몹시 불쾌했지만, 석호는 내색하지 않고 환자의 뒤로 가서 머리를 두 손으로 잡았다. 꺼칠꺼칠한 감촉이 손바닥을 파고들었다.

"빨랑 끝내자."

"감사."

석호는 쉴 새 없이 꿈틀거리는 조막만 한 머리를 허공에 고정하느라 안간힘을 써야 했다. 생각보다 할머니의 움직임이 격정적이었다. 어쩌면 그가 짐작한 나이에서 열 살은 깎아야 할지 모르겠다는 생각이 들었다.

1분이 걸려서야 진혁은 작업을 마쳤다. 석호가 후들거리는 두 팔의 근육을 푸는 동안 진혁은 검게 물든 가위를 쓱쓱 휴지로 닦아냈다. 덤 앤 더머의 서투른 처치는 할머니의 콧속에 얕은 상처를 남기고 말았다. 울부짖는 할머니를 앞에 두고 진혁은 휴지만 건네고 거들떠보지도 않았지만, 석호는 자기 잘못이 아님에도 연신 죄송하다고 말하고는 직접 코 안을 닦아주었다.

다음 환자를 부르러 진혁이 나간 사이 석호는 병동을 빠져나가기로 했다. 가만히 있다가는 꼼짝없이 인질이 되기 십상이었다. 석호는 전투의 흔적인, 바닥의 핏자국을 밟지 않고 조심스럽게 걸음을 옮겼다.

해야 할 일이 수두룩하게 남았음에도 석호는 좀처럼 마음을 붙이기 어려웠다. 중요한 건 그게 아니었기 때문이다. 그렇다고 남은 일에서 완전히 손을 떼는 것도 꺼림칙했다. 그가 하지 않으면 결국 다른 내과 인턴들에게 콜이 갈 터였다. 석호는 동료들에게 짐이 되고 싶은 마음은 추호도 없었다.

흉통을 호소하는 환자가 4병동에 하나 있어서 심전도를 찍고, 온 김에 두 시간 동안 밀려 있던 넬라톤을 했다. 원래는 잔뇨량을 체크하기 위해 소변이 다 나올 때까지 기다릴 생각이었는데, 배가 심하게 부푼 노인에게서는 도무지 소변 줄기가 멈출 기미가 없었다. 이대로 여기서 시간을 죽치고 있는 게 아까웠다. 석호는 다급한 대로 옆에 있던 보호자에게 소변 통을 건네고는 병실을 빠져나왔다. 소변 통을 간호사에게 보여주는 것 정도는 인턴이 아니어도 할 수 있으니까.

총무과에 들른 석호는 자신이 그동안 다른 부서의 사정에 대해서는 무지했음을 인식했다. CCTV 관리는 당연히 총무과에서 하는 줄 알았는데 알고 보니 지하 2층에 있는 방재실이라는 데서 한다는 것이었다. 하필이면 회의를 하고 있던 바람에 석호는 10분의 시간을 무의미하게 흘려보낸 뒤에야 제대로 길을 찾아갈 수 있었다. 시간을 아끼자는 생각으로 그는 계단을 내려가며 전화를 걸었다. 권태에 젖은 목소리가 흘러나왔다.

"방재실 정해민입니다."

"안녕하세요, 저는 인턴 강석호라고 합니다."

"무슨 일이시죠?"

"총무과에 연락해보니 CCTV는 방재실에서 관리한다고 들어서요."

"그런데요?"

석호는 무리한 요구라는 것을 알면서도 당당하게 말했다.

"영상을 볼 수 있을까 해서 연락드렸습니다."

"무슨 문제가 있습니까?"

죄송하다는 듯이 말꼬리를 흐렸다면 단박에 거절당했을 분위기였다.

“10병동에 입원해 계시던 환자분이 오늘 돌아가셨거든요. 그런데 미심쩍은 부분이 있어서 꼭 제 눈으로 직접 보고 싶습니다.”

“예….”

표정은 볼 수 없지만 찡그리고 있을 게 분명했다. 석호는 넙죽 엎드리고 들어갔다. 목마른 자가 우물을 파는 게 세상의 이치니까.

“부탁드립니다. 몇 분 정도만 시간 내주실 수 있을까요?”

“시간대가 언제였죠? 제가 그 시간대의 영상을 확보해 놓겠습니다.”

“금일 오전 7시 20분에서 8시 5분 사이로 부탁드립니다.”

“네, 그러죠. 언제 오시나요?”

“거의 다 왔습니다.”

총무과 직원의 말대로 린넨실 옆에 방재실이라는 명패가 붙은 방이 있었다. 가볍게 노크를 두 번 하자 들어오라는 대답이 돌아왔다. 문을 여니 생각했던 부서의 이미지대로 한쪽면 전체에 모니터 수십 대가 컨테이너처럼 난잡하게 쌓아 올려져 있었다. 직원 셋이서 칸막이를 경계로 자신의 구역에서 모니터를 들여다보는 중이었다. 조심스럽게 다가간 석호는 헝클어진 머리에 안경을 쓴 사람이 조금 전 통화했던 정해민이라는 것을 알아차렸다. 그가 석호를 돌아보더니 손짓으로 가까이 오라는 신호를 보냈다.

"강석호 선생님이죠? 제가 영상을 찾아봤는데요, 지금 화면에 띄워져 있는 게 오전 7시 20분의 10병동 간호 스테이션 상황입니다."

트러블이 있는지 성을 내는 환자를 간호사 둘이 달래고 있었다. 허리를 숙여 모니터를 자세히 들여다보던 석호가 말했다.

"감사합니다. 1007호 병실이 있는 복도 영상을 부탁드려도 될까요?"

"잠시만요."

마우스를 쥔 그의 손이 움직이더니 화면이 전환되고 익숙한 복도의 전경이 시야에 들어왔다. 두 명의 환자가 자신들의 모습이 찍히는 것에 개의치 않고 여유롭게 걸음을 옮기고 있었다.

"혹시나 해서 여쭙는데 병실 안은 역시 CCTV가 없겠죠?"

"그럼요. 걸리면 모가지 날아가는데요."

민망한 마음에 석호가 씨익 웃었다.

"7시 20분부터 보시면 됩니까?"

"네, 그 정도면 충분할 것 같습니다."

"속도는 몇 배속으로 할까요?"

"1.2배속 부탁드립니다."

화면이 재생되자 석호는 단 하나의 사소한 것도 놓치지 않기 위해 눈을 부릅떴다. 아침 일찍 잠에서 깨어난 환자들이 운동 삼아 복도를 산책하거나 세면도구를 챙겨서 화장실로 들어가는 장면이 포착되었다. 1007호 병실은 안으로 들어가는 사람은 물론이고 밖으로 나오는 사람조차 없었다. 7시 29분에 장호영 교수와 주치의 형석이, 7시 32분에 비뇨의학과 교수가 회진하러 온 게 전부였다.

지루한 싸움을 벌이던 그때 석호가 어, 하고 소리를 냈다. 하얀 가운을 입은 누군가가 드레싱 카트를 수레처럼 끌고 다가오더니 병실 앞에 멈춰 섰기 때문이다. 자세히 들여다본 그는 뒤늦게야 수상한 인물이 자신임을 알아차리고 긴장의 끈을 놓았다. 정해민이 그 인물의 얼굴을 클로즈업하려는 찰나 석호가 제지했다.

"저니까 스킵해주세요."

"네? 그럼…."

그의 난감한 표정은 설마 선생님이? 라고 묻는 것만 같았다. 아니라고 변명하고 싶은 마음에도 그가 직접적으로 말을 꺼낸 건 아니었기에 석호는 잠자코 화면만 주시했다. 지금까지는 별다른 문제가 없다. 그렇다면 이후는 어떨까.

오전 7시 39분, 석호가 문을 나선 직후 환자복 차림의 남자가 병실을 빠져나왔다. 그 사람이 구수한 사투리를 쓰던 남자라는 것은 선명하지 않은 화질에도 충분히 알 수 있었다. 그는 화장실을 다녀온 듯 몇 분도 안 되어 병실로 돌아왔고, 이후 여러 교수와 주치의들이 몰려왔다가 금방 나갔다.

오전 8시 3분에 밥차를 끌고 다니는 아주머니가 병실을 몇 번 드나들었다. 환자의 수에 맞게 식판을 든 채였고 특별히 의심을 살 만한 행동은 하지 않았다. 호출 벨을 누른 시점은 오전 8시 4분 무렵이었다. 다급하게 달려온 간호사는 얼마 되지 않아 침대를 끌고 밖으로 나왔고, 뒤를 따라 나온 몇몇 환자의 모습이 영상에 남아 있었다. 서로를 돌아보며 이야기를 나누는 그들 가운데 그와 대화를 나누었던 남자들이 포함되어 있었다.

'이대로라면 불리한데.'

난처해진 석호가 다시 한번 화면을 되돌려 살펴봐도 결과에는 변함이 없었다. 이 CCTV를 징계위원회의 교수들이 확인할 가능성은 없지만, 설령 보게 되더라도 그의 의료 과실로 인해 환자가 사망했다는 가설에 오히려 힘만 실어줄 듯했다.

"아무리 봐도… 수상한 사람은 보이지 않네요."

석호가 고개를 돌리자 정해민이 재빨리 화면으로 눈길을

돌렸다. 틀림없이 미심쩍은 눈길로 그를 지켜보고 있었으리라.

"더 알아보실 사항이 있으신가요?"

"…아니요, 없습니다. 감사했습니다."

자신이 생각해도 의기소침한 목소리였다. 석호는 무기력하게 문을 향해 걸어갔다. 자신을 뒤따라오는 직원들의 시선을 등 뒤로 느끼며 그는 방재실을 빠져나왔다. 엘리베이터 앞에서 사무직으로 보이는 정장 차림의 여성이 그를 의아한 눈빛으로 흘겨봤다. 피해 의식은 이미 걷잡을 수 없이 고조된 상태였다. 멀쩡한 환자 둘을 저승으로 보내버린 형편없는 내과 인턴에 관한 이야기가 이 시간에도 직원들 사이에서 구름처럼 퍼져나가고 있을 거라는 망상이 신경을 갉아 먹었다.

엘리베이터에서 내리자마자 주머니에서 벨 소리가 울렸다. 석호는 자포자기의 심정으로 꺼내 들었다가 화면을 보고 모골이 송연해졌다. 익숙한 번호가 떠 있었기 때문이다. 통화 이력을 보니 오태준 교수의 진료실에서 걸려 온 전화가 분명했다.

'그러고 보니, 물어본다고 하셨지.'

석호는 침을 꿀꺽 삼키며 천천히 통화 버튼으로 손가락을 옮겼다. 섣부른 기대를 하면 안 된다는 걸 알면서도 기대되는 건 어쩔 수 없었다. 뒤늦게 최병우 교수에게서 천공에 관한 이야기를 듣고 사과하려는 걸까. 석호는 벅차오르는 가슴을 동여매고 차분한 목소리로 전화를 받았다.

"안녕하십니까, 교수님."

"강석호 선생님 폰이죠?"

"예, 맞습니다."

계단에 있어선지 목소리가 사방에 울려 퍼졌다. 자리를 옮길 필요를 느낀 석호는 살며시 문을 열고 복도로 나갔다. 텔레비전 앞에 멍하니 앉은 환자와 보호자들이 보였다. 석호는 남들의 눈길을 피하려 벽으로 몸을 최대한 밀착했다.

"강 선생님이 제 앞에서 하셨던 말씀 기억하시나요?"

오태준 교수가 말하는 방식에는 이미 적응한 석호였다. 쓸데없는 감상 따위는 섞이지 않은, 오직 정보만을 얻기 위한 명쾌하고 단도직입적인 질문. 처음이었다면 지나치게 딱딱한 말투에 주눅 들었겠지만, 로봇을 대한다고 생각하자 석호는 당당하게 대응할 수 있었다.

"어떤 부분을 말씀하시죠?"

"김창진 님의 심장에 천공이 생겼다고 했었죠. 최병우 교수님이 확인하셨고요."

예상보다 일이 순조롭게 흘러가는 분위기였다.

"예, 그렇습니다."

"제가 선생님의 진술에 대해 검증해보았습니다."

검증이라는 단어가 석호의 심기를 거슬리게 했다. 마치 자신이 상습적인 거짓말을 일삼는 양치기 소년이 된 기분이었다. 석호는 정중함을 잊지 않고 예, 라고 답하고는 불끈 쥔 주먹을 벽에 내리꽂았다. 보이지 않는 상대에 대한 일종의 분풀이였다. 돌아온 거라고는 손가락 관절의 통증이 전부였지만 말이다. 그는 머쓱해서 혼자서 쓴웃음을 지었다.

"최병우 교수님께서는 강 선생님의 진술을 전면 부정하셨습니다. 천공 같은 건 없다고 하셨습니다."

"뭐라고요?"

석호는 벌컥 소리를 질렀다. 이건 말도 안 되잖아, 하는 메아리가 내면을 휘젓고 어질러놓았다. 석호는 자기 행동이 무례하게 비칠 것을 감수하고 다시 확인했다.

"교수님, 죄송한데요. 직접 물어보신 거 맞으신지요?"

그럴 의도는 없었는데 말을 하다 보니 목소리가 떨리고 높아졌다. 스스로에 대한 통제력이란 게 지금은 무력해진 상황이었다. 정중해야 한다고 다그치면서도 끓어 넘치는 억울한 감정은 막을 길이 없었다.

"제가 분명 봤거든요. 아니, 다른 인턴들도…."

"진정하시죠, 강 선생님."

냉정하기 짝이 없는 말투가 석호의 흥분을 잠재웠다. 오태준이 뜸을 들이다가 말했다.

"주치의였던 박형석 선생님에게도 확인한 사항입니다. 있지도 않은 일을 꾸며내신 의도는 충분히 짐작합니다만, 그런다고 해서 책임을 피할 수 있다고 생각하는 것은 크나큰 오산입니다."

속에서 천불이 일어 나는 기분이었다. 석호는 울화통이 터져서 가만히 서 있지 못하고 복도 끝을 맴돌았다.

"교수님, 다시 한번 여쭤봐 주시면 감사하겠습니다. 최병우 교수님께서는 분명히…."

"답답하십니다. 강 선생님, 생각해보시죠. 어느 누가 최병우 교수님과 박형석 선생님의 진술을 제쳐두고 선생님 말씀을 믿겠습니까? 모두 선생님이 자초하신 일입니다. 그 점은 본인도 인정하시죠? 자…, 더 하실 말씀 있으신가요?"

석호는 멀뚱히 있기만 할 뿐 아무런 소리도 낼 수 없었다.

"그럼 이걸로 끝내도록 하죠. 내일 징계위원회에서 봅시다."

"…."

통화가 종료된 후에도 석호는 손에 쥔 핸드폰을 쉽사리 내려놓지 못했다. 상황은 그가 통제할 수 없는 범위를 넘어서서 극한으로 치닫고 있었다. 숨소리가 거칠어지고 심장이 빠르게 뛰었다. 석호는 머리가 쿡쿡 쑤시는 걸 느끼고 관자놀이를 엄지로 문질렀다. 머릿속을 돌던 혈류가 난데없이 방향을 바꿔 제멋대로 흐르는 듯했다.

한 통의 전화가 석호에게 미친 영향은 대단했다. 계단에 걸터앉은 석호는 온몸에 힘이 빠져 한동안 자리에서 일어나지 못했다. 파르르 떨려오는 두 손과 발을 주체할 수 없었다. 최병우 교수가 천공의 존재를 부정하리라고는 생각조차 못했기에 충격은 배가되었다. 은사의 시신 앞에서 눈물을 보이던 그의 애잔한 모습이 뇌리를 스쳤다. 석호는 무엇이 그를 파렴치한 행동으로 이끌었는지 의아했다. 문득 떠오르는 것이 있었다. 심혈관 조영실을 나서던 그의 음울한 표정이었다.

석호는 두 사람 사이에서 오간 대화의 자세한 내용을 유추할 수 있었다. 심장에 형성된 천공을 발견한 순간 최병우는 은사가 시술받은 스텐트에 심각한 문제가 있었음을 인지했고, 이를 따지기 위해 심혈관 조영실로 향했다. 거기에서 최병우는 스텐트로 인한 사고라는 점을 밝혔다. 장호영은 모종의 수단으로 동료 교수를 입막음해서 진실이 새어나가지 않도록 철저히 당부했다. 하지만 불현듯 떠오른 재욱의 목소리가 석호에게 다른 가능성을 시사했다.

– 너는 과거의 스승이랑 평생 보고 살 동료 중에 누가 더 중요하냐?

살갗에 소름이 오소소 돋는 게 느껴졌다. 그랬다. 원인은 장호영의 설득이 아닌지도 몰랐다. 처음부터 그에게 따지러 찾아간 게 아니었고, 입막음한 것은 다름 아닌 최병우 본인일 가능성도 있었다. 재욱의 말대로 은사는 어디까지나 과거를 장식하는 인물일 뿐 현재와 미래에서 중요한 비중을 차지하는 인물은 아니었다.

석호는 자신에게 이 상황을 대입해보았다. 가물가물한 기억 속에서 인자한 얼굴이 떠올랐다. 옛 시절의 향수를 자극하는, 뵙지 않은 지 오 년이 훌쩍 넘은 고등학교 은사였다. 놀기에 급급해 학교 공부는 소홀히 하는 그의 잠재력을 알아보고 의과대학으로 이끌어주신 분이었다. 바쁘다는 핑계로 오랜 시간 학교를 찾지 않은 그였으나 감사한 마음은 늘 가슴 언저리에 뭉쳐져 있었다. 은사가 자신이 일하는 병원에 환자로 찾아온다면 감회가 남다를 것 같았다. 하지만 추억은 추억 이상의 의미가 있기 어려웠다.

석호 역시 동료 의사의 잘못을 폭로하면서까지 은사와의 의리를 지킬 만한 용기는 없었다. 은사의 죽음에 얽힌 진실을 유족에게 밝히는 순간 수십 년간 알고 지낸 동료와 병원을 등지게 되는 건 불가피한 일이었다. 석호는 최병우의 침묵을 원망하면서도, 같은 상황이라면 자신도 동일한 선택을 했을지 모른다고 생각했다. 죽은 자는 말이 없다는 옛말이 들어맞는 상황이었다.

'어떡하면 좋지, 교수님한테 직접 부탁이라도 해야 할까….'

답답한 마음에 석호는 고개를 축 늘어뜨렸다. 무릎 사이에 이마를 파묻은 채 주머니에서 울려 퍼지는 벨 소리도 무시했다. 더는 어떤 일도 하고 싶은 의욕이 생겨나지 않았다. 고요한 계단 전체를 요란하게 들쑤시던 벨 소리도 열 번을 울리고 나자 끊어졌다.

석호의 입가에 씁쓸한 미소가 번졌다. 에라 모르겠다는 심정으로 몸을 뒤로 젖혀 바닥에 드러누웠다. 깍지 낀 두 손에 머리를 얹고 내일 있을 징계위원회를 떠올렸다. 자신을 둘러싼 여러 교수 앞에서 무슨 말을 해야 할지 가늠이 되지 않았다. 그가 목격한 천공에 관해 이야기해도, 당사자인 최병우가 그 사실을 끝내 부정한다면 그는 꼼짝없이 거짓말쟁이라는 낙인이 찍힐뿐더러 죄를 가볍게 하려고 날조했다는 누명까지 덧씌워질 터였다.

눈을 감은 석호의 귀에 호통치는 교수들의 목소리가 어렴풋이 들려왔다. 피할 수 없는 덫에 빠진 그를 향해 사정없이 폭격을 퍼붓는 그들의 앞에서 석호는 무방비 상태로 얻어맞을 수밖에 없었다.

드러누워 있던 석호를 일으킨 것은 위에서부터 들려온 다급한 발소리였다. 퍼질러 누워 있는 꼴을 들킬 수는 없는 노릇이었다. 그가 있는 곳까지는 오지 않기를 간절히 바랐지만 기대는 가볍게 그를 배반했다. 석호의 바로 위에서 발소리는 더욱 커졌다. 석호는 가운에 묻은 먼지를 털어내고 계단을 걸어 내려가는 척했다. 마땅한 목적지가 없는데도 그랬다. 멍하니 서 있는 꼴을 보이는 것보다야 그편이 나았다. 눈을 내리깔고 태연히 걸음을 옮기는 그의 등 뒤로 익숙한 목소리가 들려왔다.

"야, 강석호. 거기서 뭐 해?"

돌아보니 윤수가 숨을 헐떡이고 있었다. 난간에 의지한 그의 몸은 금방이라도 밑으로 꺼져버릴 듯 육중했다. 석호는 억지로 입가를 비틀었다. 반갑다는 표시로 손을 들어 올렸지만, 마음에서 우러나오는 감정은 그와 상반된 것이었다.

"그냥, 넌 어디 가는데?"

"8병동에 폴리 리무브 있어서. 그 정도는 간호사가 알아서 해도 되잖아. 짜증 나게."

윤수가 부루퉁한 얼굴로 씩씩거렸다. 불만이 한둘이 아닌 듯 그를 붙들고 신세 한탄을 계속했다.

"점심부터 일 분도 못 쉬었다니까. 이러다 내가 응급실 실려 가는 건 아니겠지?"

한숨을 내쉬는 윤수에게 석호는 가만히 웃어 보였다. 그가 생각해도 맥없는 반응이었다. 평소의 그였다면 적극적으로 리액션을 해주며 병원 욕을 실컷 해주었겠지만, 지금은 그럴 여력이 없었다. 검은 뿔테 안경 속 윤수의 눈이 가느스름하게 떠졌다. 그의 마음을 읽기라도 했는지 윤수가 근심 어린 눈길을 던졌다.

"너, 무슨 일 있구나. 그렇지?"

석호가 계단을 마저 내려가 벽에 기댔다. 다리에 힘이 풀려 저절로 무릎이 꺾였다. 스르르 바닥에 주저앉는 그에게 윤수가 다가왔다.

"뭔데? 간호 애들이랑 싸웠어?"

"그게 아니라…."

석호는 차마 자신에게 들이닥친 불행을 입 밖에 내지 못했다. 징계위원회에 대해서는 누구에게도 말하지 않은 상태였다. 윤수가 알게 되면 다른 인턴들의 귀에 들어가는 건 시간문제였다. 학생 때부터 크고 작은 일들을 거리낌 없이 얘기해온 석호였지만, 이 순간만큼은 모든 걸 털어놓아도 될지 확신이 서지 않았다. 괜히 안 좋은 소문만 무성해질 뿐 그런다고 해서 자신에게 득이 될 것 같지 않았기 때문이다. 시무룩해져 있는 석호의 앞에 윤수가 쪼그려 앉아 눈을 맞췄다.

"너답지 않게 왜 그래? 표정이 꽝인데."

"전혀 못 들었구나."

윤수는 기름기가 좌르르 흐르는 머리카락을 옆으로 넘겼다.

"뭔데? 밥 먹을 때만 해도 괜찮았잖아. 그사이에 일 터진 거야?"

근심과 호기심이 뒤섞인 눈길이 그를 마주했다. 수련교육부장에게 불려간 이야기를 하려다 말고 석호는 자리에서 벌떡 일어났다. 왜 그 생각을 못 하고 섣불리 포기하고 있었는지 한심하기만 했다. 그는 넝쿨째로 굴러들어온 선물을 빤히 쳐다봤다. 윤수는 자신이 사건의 열쇠라는 것도 모르고 입을 헤 벌리고 있었다. 왜 그러느냐는 표정이었다. 간절한 마음이 목소리에 묻어나왔다.

"맞아, 잊고 있었네. 너도 봤다는 걸."

"엥, 무슨 말?"

윤수가 주춤거리며 뒤로 물러났다. 순식간에 달라진 그의 태도에서 찜찜한 기색을 느낀 듯했다. 석호가 의욕이 넘쳐서 그쪽으로 다가갔다.

"심장에 천공이 있었잖아. 오전에 씨피알 했던 환자."

"음…."

윤수가 석호의 어깨 너머로 허공을 응시했다. 불과 몇 시간 전에 일어난 일임에도 그의 눈빛은 먼 과거를 회상하는 이의 그것이었다. 석호는 조급한 마음에 대답을 재촉했으나 윤수에게서 돌아온 건 그래, 한마디뿐이었다. 싸늘하게까지 들린 그 목소리가 석호의 불안을 부채질했다.

"기억나지? 너도 똑똑히 봤잖아."

"쉿."

윤수가 입술에 검지를 갖다 대고는 주위를 살폈다. 미간을 찡그린 게 극비 사항을 다루는 듯 조심스러웠다. 석호 역시 말을 하고 나서야 실수를 알아차렸다. 의료진뿐 아니라 환자나 보호자도 이용하는 통로인 만큼 누군가 엿들을 위험이 컸다. 윤수가 난간으로 다가가서 위아래를 훑어보고는 그에게로 돌아왔다. 한숨을 내쉬는 게 기분이 영 좋지 않아 보였다. 언제나 긍정 에너지가 넘치는 윤수가 이런 모습을 보이는 건 드물었다. 윤수가 귀 가까이에 대고 속삭였다.

"야, 이런 데서 크게 말하면 어떡해."

"미안, 생각 못 했다."

"그리고 석호 너 말이야."

윤수가 입술을 깨물고 고개를 저었다. 다정하고 친근한 평소와는 거리가 먼 모습이 석호를 움츠러들게 했다.

"내가 했던 충고 잊었어? 우리는 대학병원의 최하층 계급이야. 생각할 필요도, 의문을 가질 필요도 없다고. 네 탐정놀이에 나는 끼워 넣지 마."

윤수가 씩씩거렸다. 운동장을 몇 바퀴 뛴 것도 아닌데 벌겋게 달아오른 얼굴이 그가 얼마나 흥분했는지 알려주었다. 그가 열을 내는 것도 이해가 안 가는 건 아니었다. 석호는 더 오해가 커지는 걸 막기 위해 말을 서둘렀다.

"배윤수, 그게 아니라…."

“천공 문제는 우리가 알 바 아니라고 했잖아. 그건 교수님들이 해결해야 하는 영역인데 왜 또….”

이대로 놔뒀다가는 감정의 골이 돌이킬 수 없이 깊어질 듯했다. 참다못한 석호가 윤수의 팔을 세게 붙들었다.

“설명할게, 전부 다.”

“….”

윤수가 그의 팔을 떨쳐내려다 말고 진지하게 바라봤다. 흥분을 가라앉히려는 듯 숨을 깊게 들이쉬었다 내뱉었다. 윤수가 화를 내는 건 작년의 끔찍한 사건 이후로 처음이었다. 당시 윤수는 용의자로 지목된 그에 대한 분노에 휩싸여 온갖 욕설을 쏟아냈다. 순하기 그지없던 얼굴이 한껏 일그러진 그때의 모습은, 오해에서 비롯됐다지만 석호에게 씻을 수 없는 상처로 남았다. 친구에게서 처음으로 다혈질의 습성을 발견하게 된 때이기도 했다. 석호는 더 이상 그런 일이 반복돼서는 안 된다고 굳게 마음을 먹었다.

“사정이 있었어. 아직 애들은 모르는… 심각한 사정이.”

윤수가 짐짓 노려보다가 픽 웃음을 흘렸다.

“아니기만 해봐라. 내가 엉덩이를 뻥 차줄 거니까.”

윤수가 황소를 연상시키는 과장된 동작으로 발을 바닥에다 굴렀다. 이제야 원래대로 돌아온 윤수의 모습이 석호를 편안하게 해주었다.

"믿어도 좋아. 어떻게 된 거냐면."

위에서 쿵쿵 울리는 소리가 나서 윤수에게 오라는 손짓을 하고 아래층으로 내려갔다. 중앙복도로 통하는 문을 열자 돌아다니는 몇몇 환자만 보일 뿐이었다. 윤수가 의심을 완전히 지우지 못한 얼굴로 그를 따라왔다. 전화가 왔는지 핸드폰을 귓가에 대고 뭐라고 말하더니 끊고 역정을 냈다.

"돌겠네. 드레싱 반도 못 끝냈는데 자꾸 콜이 온다. 그나저나 말해."

석호는 수련교육부장에게 불려가서 들은 이야기를 차근차근 전했다. 감정을 떨쳐내고 최대한 담담하게 말하려 했지만, 징계위원회에 이르자 저도 모르게 손과 발이 떨리더니 마침내는 눈가에 물기가 고였다. 부끄럽다는 생각은 없었다. 숨긴다고 해서 해결되는 문제가 아니었고, 중대한 비밀을 누군가에게 고백하는 데서 찾아오는 아늑함이 석호의 마음에 평온함을 선물했다. 석호는 스스로 인지하지 못했지만 아무나 붙잡고 얘기하고 싶은 충동을 오랜 시간 억눌러왔음을 알아차렸다.

"진작 말하지 그랬어. 그런 일이라곤 생각도 못 했잖아."

다가온 윤수가 안쓰럽다는 듯 바라봤다. 석호가 눈물을 삼키며 떨리는 목소리로 말했다.

"부끄러웠어. 징계위원회에 회부된 것만으로도 나는 이제 끝장이잖아."

"야, 그럴 거까진 없잖아. 교수님들이 암만 그래도 그렇게 가혹하겠어? 끽해야 주의 정도 주겠지."

석호가 힘없이 고개를 저었다.

"오태준 교수님이 그러셨어. 처벌받으면 인턴 수련이 중단될 수 있다고. 그럼 이제 너희랑 같이 인턴도 못 하게 되는 거야."

"에이, 설마."

어깨를 토닥이는 그의 눈은, 그러나 석호를 기다리는 장래가 그리 밝지만은 않으리라는 걸 암시했다. 윤수가 이상하다는 말을 연발했다.

"이상해, 최병우 교수님은 왜 그런 거짓말을 한 거지? 목격자도 있는데."

"보나 마나 뻔하지. 장호영 교수님이 시술한 환자니까 피해 안 주려고 숨기는 거겠지. 그래서 혼자 뒷수습하려고 우리를 처치실 밖으로 보낸 거라니까."

윤수가 영문을 모르겠다는 듯 양 손바닥을 내보였다.

"아무리 그래도 그렇지. 자기 은사님한테 어떻게 그럴 수 있냐고!"

"세상은 원래 그런 거야."

석호가 체념의 뜻을 담아 한숨을 내쉬었다. 자신도 최병우 교수의 입장이라면 동료의 손을 잡았을 거라는 말은 구태여 하지 않았다.

"어쭈, 인생 통달한 사람 같다?"

"어쨌든 너한테 부탁할 일이 있는데 들어주면 좋겠어."

"…부탁?"

윤수가 침을 꿀꺽 삼켰다. 의과대학에 입학하고 지난 칠 년간 이런저런 일들이 있었지만, 누군가에게 이토록 간절하게 부탁하기는 처음이었다. 석호는 자신의 요구가 녹록지 않다는 것을 알면서도 그래도, 라는 생각에 입을 열었다.

"나 혼자면 힘들 거로 생각했는데, 윤수 너랑 함께면 해볼 만할 것 같아서."

"그게… 뭔데?"

기어들어 가는 목소리에서 윤수가 내켜 하지 않는다는 것을 알았다.

"최병우 교수님께 부탁하려고. 내 상황을 알게 되면 그래도 수련교육부장님한테 한 진술을 번복해주지 않을까 해서."

"…."

시큰둥한 윤수의 얼굴이 백 마디 말보다 거부 의사를 강하게 드러냈다. 석호는 초조한 마음을 급조한 웃음으로 가렸다. 분위기를 부드럽게 풀려고 평소처럼 주먹 쥔 손을 앞으로 내밀었다. 윤수는 주먹을 맞대기는커녕 뒤를 돌아보고 닫힌 문을 힐끔 살폈다. 이 자리를 빠져나가고 싶은 게 여실히 전해졌다. 윤수의 마음이 흔들리는 틈을 노려 졸랐다.

"나랑 같이 가줄 거지? 한 명이라도 더 있어야 먹힐 거야. 교수님도 사람이니까."

윤수의 얼굴에 낭패한 기색이 역력했다. 유쾌함의 대명사인 그에게서 울음과 짜증 섞인 음성이 튀어나왔다.

"하, 석호야…."

"…."

"진짜 미안한데, 내 입장도 생각해주라. 흉부외과 돌았던 용재한테 들었는데 최병우 교수님, 아랫사람이 토 다는 거 무지 싫어한대. 게다가 속도 좁고 뒤끝 작렬이라서 그 교수님한테 한 번 찍히면 끝이야, 끝."

석호는 비참함에 젖어 윤수의 가슴께를 바라봤다. 그의 말이 옳다는 건 석호도 알았다. 그런데도 부탁한 것은 오랜 시간에 걸쳐 다져진 우정을 믿어서였는데, 윤수에게는 그보다 더 중요한 게 있는 듯했다. 몸을 사리는 것이 이해되면서도 석호는 배신감을 느끼지 않을 수 없었다.

"말은 내가 할게. 너는 옆에서 맞장구만 쳐주면 돼. 목격한 사람이 둘이면 교수님도 함부로 덮진 못할 거야. 혹시 모르잖아, 마음 바꾸실지."

"나도 너 돕고 싶은데…. 솔직히 곤란해. 아직 신경외과 픽

스된 것도 아닌데 함부로 나섰다가 소문이라도 나면…. 교수님한테 따지는 이미지 되긴 싫단 말이야."

"윤수야…."

나지막하게 이름을 불러봤지만, 윤수는 똑바로 눈을 마주치지 않고 어물쩍거렸다. 이곳에 있다는 것 자체가 마음을 불편하게 만드는 것 같았다. 석호는 이만 그를 보내줘야겠다고 생각했다. 섭섭함을 드러내지 않으려 억지로 입꼬리를 올렸다.

"이해해, 네 심정. 나라도 이런 일에는 엮이고 싶지 않을 거야. 혼자 교수님 찾아가야지, 별수 있나."

윤수가 두 손을 포개고 고개를 살짝 숙였다.

"못 도와줘서 미안. 정말 돕고 싶은데 내가 너무 소심해서…."

"아, 괜찮다니까. 내 부탁이 무리했던 거지."

석호가 가도 괜찮다고 등을 떠밀었지만, 윤수는 쉽사리 발길을 돌리지 못했다. 하고 싶은 말이 아직 남은 듯 빼끔거리는 입술이 그의 진심을 전해주었다. 희망이 한순간에 절망으로 바뀌어버린 지금, 석호는 자신이 아닌 다른 누군가를 원망하는 건 도움이 되지 않는다는 걸 잘 알았다. 처음부터 혼자 헤쳐 나갔어야 할 일에 친한 동기를 끌어들이려 한 것이 문제였다. 엘리베이터로 힘없이 걸어가려는데 윤수가 뒤에서 이름을 불렀다. 눈가가 촉촉해지려는 것을 꾹 참고 석호가 고개를 돌렸다. 윤수가 석호야, 하고 물꼬를 텄다.

“너 지금 일 밀렸지?”

“좀 많이.”

남아 있는 일을 생각하면 석호는 막막했다. 콜이 걸려 오는 속도를 해결하는 속도가 전혀 따라잡지 못하는 형편이었다. 수련교육부장과의 면담 이후로 특히 그랬는데, 일이 더 많아졌거나 힘들어서가 아니라 지금으로서는 어떤 일도 마음 편히 할 여력이 없어서였다.

“네가 4, 5, 10, 12병동 담당이야?”

“응, 왜?”

“내가 오늘 당직인 거 알지?”

석호가 걱정하지 말라는 뜻으로 손을 크게 휘저었다.

“그건 걱정하지 마. 늦게 퇴근하는 한이 있어도 다 끝내고 갈 거니까.”

윤수가 통통하고 옴팡진 손으로 자기 가슴을 톡톡 쳤다.

“오늘은 급한 콜 위주로만 해. 나머지는 내가 당직 때 커버할게.”

“말만으로도 고맙다. 근데 내가 다 하고 갈게. 너한테 폐 끼치기는 싫어서.”

윤수가 야, 하고 짓궂은 미소를 입가에 띠었다.

"폐 끼치기 싫다는 애가 그 무서운 교수님한테 같이 가자고 하냐?"

"미안."

"그 사건 땜에 이래저래 시간 뺏길 텐데 적당히 일하고 퇴근해. 징계위원회로 마음도 심란하잖아. 안 그래?"

부정할 수 없는 사실에 석호가 고개를 떨어뜨렸다. 그의 말이 옳았다. 최병우 교수에게도 찾아가야 했고, 소명서를 작성해서 오태준 교수의 원내 메일로도 보내야 했다. 이 속도로 일했다가는 밤 여덟 시가 되어도 첫 문장도 쓰지 못할 지경이었다.

"그렇긴 해도…."

"최대한 돕고 싶어서 그래. 내가 해줄 수 있는 범위 내에서 말이야. 오키?"

"정말 괜찮겠어?"

윤수가 걱정하지 말라는 표시로 윙크했다. 커다란 덩치와 어울리지 않는 느끼한 행동은 평소 같으면 구박의 대상이었겠지만, 지금 석호의 눈에는 듬직하게 보였다. 뭉클함에 석호가 힘차게 고개를 끄덕였다.

"고맙다. 이번 일 잘 해결되면 맛난 거 사줄게."

"애슐리, 콜?"

"콜."

벌써 입장하기라도 했는지 윤수는 군침이 도는 표정이었다. 뷔페를 먹기 위해 결혼식에 참석한다는 명언을 남겼을 만큼, 윤수는 학생 때부터 먹는 거라면 사족을 못 썼다.

계단참에서 헤어지기 직전 윤수가 머뭇거리다 말했다.

“잘 해결되길 빌게. 너랑 끝까지 이 병원에서 같이 일하고 싶거든. 내 마음 알지?”

참고 참았던 눈물이 터진 것은 그때였다. 석호는 밀려오는 슬픔을 떨쳐내지 못해 응, 한마디만 남기고 계단을 내려갔다.

✚

탈의실로 통하는 문간에 발을 디딘 석호는 내부의 동향에 귀를 기울였다. 수저가 부딪히는 소리가 간간이 들려올 뿐 말소리는 들려오지 않았다. 식사하기에는 한참 늦은 시간대였다. 누군가 수술이 늦게 끝나서 이제 막 혼자서 먹는 듯했다. 사람이 없기를 간절히 바랐던 석호에게는 절호의 순간이었다. 천장 부근까지 닿은 신발장에서 슬리퍼로 갈아 신은 석호가 들어가다 말고 걸음을 멈췄다.

한 명만 있는 줄 알았던 테이블에 셋이서 앉아 밥을 먹고 있었다. 개중에는 정형외과 치프인 주정석도 포함되었다. 수북하게 자라난 털을 깎지 않아 다소 지저분한 인상이었다.

맞은편에 앉은 이들은 뒷모습만 보였는데, 보지 않아도 정형외과 레지던트라는 게 분명했다. 개중 하나가 납복을 걸치고 있었기 때문이다. 숟가락으로 국물을 뜨는 둥 마는 둥 하는 게 영 식욕이 없어 보였다. 석호는 그들의 시야에 들어가지 않도록 뒷걸음질로 물러났다. 선배들 눈에 띄어서 좋을 건 없었다. 내과 인턴으로서 병동에 붙박여 있어야 할 그가 수술실에 나타난 것은 희귀한 일이었다. 설명을 요구할 것이 뻔했고 석호는 그런 난감한 상황에 부닥치고 싶지 않았다.

여러 선택지 가운데 하나가 날아간 이상 석호도 차선책을 택해야 했다. 탈의실에서 수술복으로 갈아입는 정석적인 방법 외에도 수술실로 통하는 경로는 더 있었다. 석호는 그중에서도 회복실의 샛문을 이용하는 게 좋겠다고 판단했다. 오히려 이편이 동기나 선배들 눈에도 적게 띄고 의심도 받지 않을 거라는 생각이 들자 마음이 편안해졌다.

샛문을 열자 환한 조명 아래 환자들을 실은 이동 침대가 일렬로 보였다. 수술이 많았는지 한 자리를 제외하고는 모두 차 있었다. 수술이 끝나고 마취에서 깨어난 그들은 저마다 다양한 방식으로 기력을 회복하는 중이었다. 바로 앞의, 오른쪽 다리를 붕대로 꽁꽁 감싼 남자는 입을 쩍 벌린 채 코를 골았고, 건너편의 젊은 여자는 침을 흘리면서 알아들을 수 없는 소리를 중얼거렸다. 석호는 샛문 바로 앞의 옷장을 열어 가운을 넣은 다음 비치된 덧가운을 근무복 위에 둘렀다. 수술실에서 전화가 울리는 불상사를 막기 위해 핸드폰은 진동으로 맞춰 꺼내두었다.

마스크와 수술 모를 장착한 그는 회복실을 가로질렀다. 마취과 스테이션에서는 여느 때처럼 한가한 레지던트들의 티타임이 열렸다. 석호는 의도적으로 반대쪽을 둘러보는 시늉을 하며 수술실로 걸어갔다. 다행히 아무도 그에게 말을 걸어오지 않았다. 수술 일정이 기록된 화이트보드 앞에서 석호는 어렵지 않게 최병우의 이름을 발견했다. 6번 룸에서 대동맥 치환술이 진행되고 있었다.

자동문 앞에 선 석호는 밀려오는 서늘한 공기를 온몸으로 받아내며 함부로 걸음을 떼지 못했다. 한 발짝만 더 갔다가는 돌아올 수 없는 세계로 영영 떠나버릴지 모른다는 우울함이 가슴을 옥죄었다. 머뭇거리는 모습이 호기심을 끌었는지 뒤에서 한 여자가 말을 걸어왔다. 산부인과 1년 차 진혜리였다. 병원에 출근할 때마다 눈 화장을 과하게 하고 와서 눈깔 요정이라는 별명이 붙은 인물이었다. 화장했을 때와 안 했을 때의 차이가 크게 나서 병원 밖에서 보면 알아보지 못할 정도였다.

"어라, 석호 선생님? 오랜만이에요."

"네, 반갑습니다."

석호가 고개를 꾸벅 숙였다. 5월에 산부인과에서 근무하며 자연스럽게 친해진 둘이었다. 혜리가 가려운지 이마를 긁적이면서 그를 위아래로 훑어봤다. 살며시 감겼던 눈은 어느새 원래의 거대한 형태를 되찾았다. 부담스럽기는 그때나 지금이나 마찬가지였다.

"선생님, 지금 무슨 과 돌아요? 통 못 봤는데."

올 것이 오고야 말았다. 석호가 소리를 낮춰 말했다.

"…내과 돌고 있습니다."

"아하, 그래서 덧가운을 입었구나. 왜일까 생각하고 있었어요."

"네…."

석호가 적당히 얼버무리고 안으로 가려는데 듣고 싶지 않았던 질문이 혜리의 입에서 튀어나왔다.

"내과 인턴이 여기 올 일이 있어요?"

하긴 누구라도 같은 반응을 보였을 것이다. 석호는 이곳에 오기 전 준비해둔 말을 떨지 않고 꺼냈다.

"동기 하나가 전화를 안 받아서요. 급한 일이라서 잠깐 내려왔습니다."

이름을 물었다면 곤란해질 뻔했는데 그런 일은 일어나지 않았다. 혜리는 쉽게 수긍하고는 안으로 들어갔다. 석호도 그 뒤를 따라 그녀의 반대 방향으로 꺾었다. 겨우 한숨을 돌린 그는 떨려오는 두 손을 꽉 맞잡고 걸음을 옮겼다.

중앙통로는 물품을 들고 움직이는 간호사와 새로 수술받을 환자들로 붐볐다. 2번 룸 앞에서 모퉁이를 돌자 6번 룸이 보였다. 미친 듯이 가슴속에서 날뛰는 심장이 지금 그가 얼마나 긴장해 있는가를 여실히 드러냈다. 속내는 아무리 숨기려 해도 숨겨지지 않는다는 것을 뼈저리게 느꼈다. 석호는 긴장을 풀기 위해 괜히 개수대에서 두 손을 미지근한 물로 적셨다. 그렇게라도 요동치는 가슴을 가라앉히려는 생각이었다.

6번 룸에 다가간 석호는 비참한 기분에 젖어 우두커니 서 있었다. 수술실이 이처럼 끔찍한 장소로 느껴지기는 처음이었다. 한 번 들어오면 웬만해서는 안 나가고 싶은, 아늑하고 열기 넘치는 공간. 학생 실습 때 억지로 발을 들여놓은 뒤로 수술실은 석호에게 있어 마음의 고향과도 같은 곳이었다. 주변 동기들과 좁은 공간에서 생활하며 알게 모르게 쌓인 스트레스도 수술실만 들어오면 눈 녹은 듯 사라졌다. 시간의 흐름에 얽매이지 않고 다양한 수술 도구들로 자기만의 왕국을 구축하는 교수들은 누구보다도 위대해 보였다.

그런 수술실의 서늘한 공기도 오늘만큼은 석호에게 위안을 안겨주지 못했다. 그의 육체와 정신을 옥죄는 중대한 문제와 뒤섞여 불안을 가중할 뿐이었다. 석호는 목과 겨드랑이가 땀으로 축축해지는 것을 느꼈다. 무엇보다 그를 두려움에 떨게 하는 건 예측하기 어려운 최병우 교수의 태도였다. 석호는 그가 자신의 거짓말을 순순히 인정할 리 없다고 생각했다. 그것을 인정하는 순간 유쾌하지 않은 사건에 엮여 들어가는 건 석호가 아닌, 김창진과 관련된 두 교수였기 때문이다. 서로 입을 맞추고 단단히 다짐받은 그들의 입을 열게 하는 건, 병원에서의 계급을 고려했을 때 불가능에 가까웠다.

그런데도 석호가 수술실에 온 건 이게 최선이라는 믿음이 있었기 때문이다. 동료 교수를 감싸려는 목적으로 한 거짓말이 다른 이에게 무자비한 칼날로 변해 들이닥친 것을 알려준다면, 냉혈한이라도 마음을 바꿔주지 않을까 하는 기대에서였다.

물론 들어간다고 해서 교수와 이야기를 나눌 기회가 주어질지는 확신할 수 없었다. 그렇다고 무턱대고 기다릴 수만은 없었다. 오랜 시간이 소요되는 흉부외과 수술의 특성상 두세 시간을 넘기는 것도 우스웠다. 일분일초가 소중한 지금, 수술이 끝나기를 바라며 일에만 매달리기란 그에게 너무나 잔혹한 처사였다. 석호는 용기를 끌어 내려 자신에게 기합을 넣었다.

문이 열리면서 난 개폐음이 스크럽 간호사의 눈길을 붙들었다. 최병우 교수와 맞은편의, 레지던트로 보이는 빈약한 몸집의 남자는 필드에 집중하고 있어 그가 들어온 것도 모르는 눈치였다. 귀엽다면 귀엽다고도, 통통하다면 통통하다고도 할 수 있는 볼살을 지닌 간호사는 거즈를 개고, 수술 도구를 건네는 동안에도 그를 곁눈질로 살폈다. 입술이 보이지는 않아도 마스크가 들썩이는 게 주위의 의사들에게 뭐라고 속삭이는 듯했다. 이름은 모를 테지만 수술실에서 몇 번 마주쳐 간호사도 그가 인턴이라는 것을 알 터였다.

'지금이라도 도망쳐야 하는 걸까.'

가로세로 10미터도 안 되는 좁은 공간을 가득 메운 열기가 석호에게도 전해져 왔다. 심장에 고인 피가 흡인기를 통해 흘러 들어가는 소리, 환자의 활력 징후를 시시각각 전해주는 모니터의 알림음, 교수가 낮게 읊조리는 지시사항. 온갖 소음들 속에서 석호는 함부로 걸음을 떼지 못했다. 기합까지 불어 넣으면서 들어온 이곳에서 그는 난생처음 수술실에 들어온 학생처럼 어정쩡하게 서 있었다. 그들이 만들어낸 견고하고 고고한 장막을 깨뜨리기에 그의 문제는 사소하게만 느껴졌다.

"거기, 선생님. 할 말 있어요?"

치열한 사투의 현장 끄트머리에서 울려 퍼진 높은 톤의 목소리가 이곳에 찾아온 목적을 상기시켰다. 석호는 도망칠 수 있었던 절호의 기회를 걷어차 버렸음을 깨달았다.

마스크 위로 툭 튀어나온 뭉툭한 코가 유독 눈에 띄었다.

응급실을 돌면서 몇 번 마주쳤던 레지던트로 이름은 문영도인 게 기억났다. 동기 가운데 흉부외과를 지망하는 인턴이 하나 있는데, 왜소한 체격으로 힘든 수련을 어떻게 버티는지 경이롭다고 말하는 걸 들은 적이 있었다. 석호는 조심스럽게 앞으로 한 걸음 내디뎠다. 이제부터 그에게 필요한 건 어떤 어려움에도 굴복하지 않는 의지였다.

"교수님께 드릴 말씀이 있어서 왔습니다."

"나한테?"

양손을 환자의 가슴 깊숙이 넣고 있던 최병우가 고개를 들었다. 석호는 그와 눈이 마주치자마자 시선을 아래로 떨어뜨렸다. 찌릿한 것이 목덜미를 타고 내려가 온몸으로 퍼진 듯 기분이 이상했다. 자신감 넘치는 눈빛이 석호를 기죽게 했다. 우울하고 무기력한 분위기는 좀처럼 찾아볼 수 없었다. 슬픔을 강요할 수는 없는 노릇이지만, 석호는 그의 태연하고 힘찬 표정이 비인간적으로 느껴졌다. 어쩌면 그에게 은사의 죽음 따위는 안중에도 없을지 모른다는 생각이 들었다.

"오늘 돌아가신 김창진 님에 대해 여쭙고 싶은 게 있습니다."

"선생님이 누군지부터 밝히는 게 예의 아닌가요?"

최병우가 숨 돌릴 틈도 주지 않고 받아쳤다. 여유롭고 온화하던 모습은 사라지고 그 자리를 냉혹함이 차지했다. 석호는 붙들고 있던 희망의 끈이 얇아지는 걸 느꼈다. 씁쓸함을 삼키면서도 그는 허리를 조아려 예를 갖췄다.

"죄송합니다, 교수님. 저는 내과 인턴 강석호라고 합니다."

"선생님이 보기에는 이 자리가 대화를 나누기에 적절해 보이나요?"

나지막한 그 말은 석호가 알아서 나가기를 독촉했다. 최병우는 대화를 이어 나갈 의지가 없어 보였다. 차마 부정할 수 없어 석호는 침묵을 지켰다. 그도 알았다. 한 번의 실수가 치명적인 사태로 이어질 수 있는 상황에서 수술과 무관한 일로 신경을 빼앗기는 게 얼마나 위험한 일인지.

"죄송합니다. 하지만 저로서는 절박한 상황인지라, 실례를 무릅쓰고 찾아오게 되었습니다. 수술이 언제 끝날지 몰라서…."

"바로 본론으로 들어가시죠."

석호는 천천히 허리를 폈다. 최병우의 눈은 더 이상 그를 향해 있지 않았다. 그가 앞으로 할 말은 자신에게 아무런 영향도 끼칠 수 없다는 걸 잘 아는 사람의 눈빛이었다. 석호는 불리한 싸움의 판도를 바꿀 만한 무기가 자신에게 없다는 것이 한스러웠다. 텐팅되어 있는 폴대 옆으로 마취통증의학과 3년 차 이제국이 고개를 내밀었다. 무료하던 와중에 등장한 새로운 구경거리를 반기는 표정이었다.

“수련교육부장님께서 연락하신 것으로 압니다. 제가 들은 바로는….”

“인턴 선생님!”

최병우가 날카롭게 말을 끊었다. 근처에 있던 스크럽 간호사가 도구를 떨어뜨릴 만큼 커다란 소리였다. 처치실에서 레지던트들을 대하던 젠틀한 분위기와는 딴판이었다.

“우리가 통화한 사실을 선생님이 어떻게 아는 거죠?”

말을 하면서도 크고 섬세한 손은 쉴 새 없이 움직였다. 스크럽 간호사는 다음에 건넬 도구들을 미리 준비하느라 정신이 없어 보였다. 석호는 그가 이번 사건의 세부적인 내용은 듣지 못했다는 걸 알아차렸다. 동시에 의도적으로 정보를 숨긴 오태준에 대한 분노가 치밀어 올랐다.

“수련교육부장님께서 알려주셨습니다.”

최병우가 슬쩍 고개를 들어 그를 보더니, 눈가에 잔주름이 번졌다. 혼자 웃고 있는 듯했다.

“요즘 인턴들은 왜 하나같이 이 모양이지? 핵심을 짚어서, 남들이 이해하도록 전달하는 능력이 부족해요. 저번 달에 우리 과 돌았던, 이름이 뭐였죠? 그 인턴 선생님도 그렇고요.”

“아직 사회생활을 많이 안 해봐서 그럽니다, 교수님.”

맞은편의 영도가 거들었다. 삑삑거리는 모니터의 경고음이 규칙적으로 흘러나오는 가운데 고통의 시간이 지나갔다. 석호는 애꿎은 입술만 물어뜯으며 두 손을 가지런히 모으고 어쩔 줄 몰랐다. 이 순간 그는 누구의 도움도 받을 수 없는, 철저히 고립된 존재였다. 교수에게 반기를 들어 올리는 행위를, 그것도 남들이 보는 앞에서 대놓고 하는 건 그로서도 부담스러운 일이었다. 복종만이 살길이라는 철칙 아래서 살아온 그이기에 더욱 그랬다. 최병우가 비꼬는 투로 말했다.

"인턴 선생님은 커뮤니케이션 능력을 기르도록 하시고. 그래, 선생님이 처했다는 절박한 상황이란 게 뭐죠?"

석호는 가슴 깊숙이 숨어 있던 용기를 끌어모아 말했다.

"저는 김창진 님이 계셨던 10병동을 담당했습니다. 오늘 아침 그분에게서 중심정맥관을 제거하고 배양 검사를 시행했었습니다. 그런데…."

그가 만들어낸 침묵은 곧 수술실 내부의 소음들에 휩쓸려 묻혀버렸다. 석호는 자신에게 쏠린 주위의 눈길을 의식할 수 있었다. 비로소 자기 행동이 얼마나 겁 없고 무모했는지 절실하게 와 닿았다. 이 자리에는 그를 제외하면 네 사람이 있었고, 그들은 수술실 내에서 각자 확고한 인간관계를 구축한 이들이었다. 석호의 입에서 징계위원회가 오르내리는 순간 그 흥미진진한 소식은 몇 시간 만에 수술실 전체에 퍼지고 말 터였다. 그것이 대학병원의 속성이었다. 지루할 정도로 되풀이되는 일상에서 그들은 어떤 사소한 일도 흘려보내지 않고 자칫하면 비장해질 수 있는 분위기를 부드럽게 만드는 데 사용했다. 석호는 자신의 일화가 그런 식으로 이용되는 것이 견딜 수 없이 싫었다.

"인턴 선생님, 말을 할 거면 하고, 안 할 거면 당장 나가세요."

석호는 좌우를 두리번거렸다. 교수에게로 향하는 길은 좌측, 스크럽 간호사를 돌아 안으로 들어가는 방법뿐이었다. 그리로 발의 무게중심을 이동하면서도 허락을 구해야 한다는 강박감이 발길을 붙잡아두었다.

"교수님 옆으로 가도 괜찮을까요? 공개적으로 말씀드리기가 곤란해서요."

최병우가 눈길 한 번 주지 않고 혀를 찼다.

"이렇게 막무가내인 인턴은 오랜만인데, 안 그래요?"

"저도 처음입니다."

영도가 옆으로 몸을 뒤틀자 구부러진 등과 말린 어깨가 모습을 드러냈다. 사오십 대라고 해도 이상하지 않은 신체 상태였다. 석호는 그의 길쭉한 눈매에서 분노의 흔적을 발견했다.

"선생님, 어디 어플라이예요?"

석호의 숨통이 조여들었다. 그 질문은 사소한 실수를 한 인턴에게 경각심을 주는, 가장 보편적이면서도 강력한 말이었다. 석호는 매서운 눈길을 외면하며 대답했다.

"정형외과입니다."

기다렸다는 듯 영도가 구박했다.

"거기서는 교수님께 이런 식으로 행동하라고 가르치던가요?"

"아닙니다, 죄송합니다."

"선생님 이러는 거 선배들은 알아요?"

석호가 해야 할 말은 정해져 있었다.

"죄송합니다. 앞으로 제대로 하겠습니다."

소모적인 대화를 중재한 건 최병우였다. 그가 두 손을 날렵하게 움직이며 말했다.

"그만하면 됐어요. 인턴 선생님, 제 옆으로 와보세요."

석호는 수술준비대를 빙 돌아갔다. 소독된 포에 닿지 않도록 몸을 벽에 바짝 붙여서 최병우의 뒤로 다가갔다. 가까이에서 본 환자의 몸은 좌측이 천장을 향하도록 돌려 눕혀져 있었다. 노출된 심장의 움직임은 완전히 멈춰져 있고, 인공심폐기가 환자의 체내 순환을 대신하며 시끄러운 소리를 냈다. 어디가 어디와 이어졌는지 모를 많은 수의 튜브가 흉강에 있어 눈이 핑핑 돌았다. 대동맥이 있어야 할 자리에는 하얀색의 인조 혈관이 삽입되어 있었다. 최병우는 빠르고 정확한 동작으로 문합을 마무리하는 중이었다.

"이 환자한테 사죄의 마음을 가지세요. 이분은 선생님의 하잘것없는 사정 때문에 최선의 치료를 받을 기회를 놓치고 있습니다. 이 순간에도요. 알겠습니까?"

"죄송합니다, 교수님."

"지금부터 한 마디라도 쓸데없는 말을 한다면 무슨 짓을 할지 모릅니다. 말씀하세요."

석호는 목 안에서 끓어오르는 비명을 억누르며 낮게 속삭였다.

"술기를 하는 과정에서 포지션을 잘못 잡는 실수가 있었습니다. 그로 인해 공기색전증이 발생했다고, 주치의 선생님은 생각하신 것 같습니다. 그 때문에 제가…."

업무상 과실치사, 라는 말을 하려다 석호는 마음을 바꿨다. 묵묵히 있으면서도 누구보다도 귀를 열어둔 이들이 신경 쓰였다. 그래서 완곡한 표현으로 대체했다.

"책임을 져야 하는 상황이 되었습니다. 하지만 저는… 제 술기가 원인이 아닐지도 모른다고 생각합니다."

"그렇다면, 선생님의 생각은?"

"교수님께서 개흉 심장마사지를 하셨잖습니까. 그때 저는 목격했습니다. 좌회선지 주위의 천공을요."

"천공이라…."

"네, 교수님도 분명 보셨으리라 생각합니다."

면전에 들이대고 이야기를 꺼내면 사람인 이상 당황할 거로 생각한 것은 오산이었다. 석호는 어깨를 들썩이며 웃는 그를 두려움에 사로잡혀 바라봤다. 은사를 살리기 위해 흉부를 절개하고, 심장을 쥐어짜던 그와 동일 인물이라고 보기 어려울 만큼, 눈앞의 그는 달라져 있었다.

"어떻게 생각해요, 문영도 선생은? 이렇게 당찬 인턴 보신 적 있어요?"

"없습니다."

석호는 맞은편에 선 영도의 눈빛에 기가 꺾였다. 왜소한 체격을 상쇄하는 강렬한 눈빛이었다. 교수가 앞에 없기라도 했다면 욕설을 퍼부을 기세였다. 최병우는 웃음기가 걷힌 딱딱한 어조로 다그쳤다.

"인턴 선생, 방금 그 말은 취소해주면 좋겠는데. 누가 들으면 내가 심장에 있던 천공을 숨겼다고 오해하겠어."

발뺌하는 그는 뱀을 연상시켰다. 마스크에 감춰진 입술 안에서 기다란 혓바닥이 꿈틀거리는 역겨운 상상이 들었다. 석호는 그가 인정할 때까지 물러서지 않겠다는 일념으로 단호하게 말을 이어갔다.

"저는 확실히 봤습니다. 천공을 발견하신 교수님이 망연자실하는 것을요. 교수님은 이후로 처치를 포기하시고, 저희 인턴을 비롯한 레지던트들을 밖으로 내보내셨지요. 제 말이 틀렸나요?"

"무엇 때문에 그런 말을 하는지 모르겠군요. 나는 더 이상의 처치는 의미가 없다고 판단해서 그만둔 것뿐인데요. 선생님, 조만간 눈알을 갈아 끼워야겠어요. 안 그래요?"

문영도가 조소 어린 눈길로 그를 흘겨봤다. 진지하게 받아들일 가치조차 없는 말이라는 인상이었다. 최병우는 순순히 사실을 인정할 생각이 없어 보였다. 동요의 빛이라고는 보이지 않는 그의 얼굴은 석호의 가슴에 절망을 흩뿌렸다. 이대로라면 자신에게 일이 불리하게 흘러갈 게 분명했다. 석호는 이판사판이라는 생각으로 반격을 가했다.

"그렇다면 왜 장호영 교수님을 찾아가신 거죠?"

"뭐라고요?"

수처를 하던 최병우의 손가락이 미세하게 꿈틀거렸다. 바로 옆에서 들려오는 숨소리 역시 그때를 기점으로 거칠어졌다. 사소한 빈틈도 허용하지 않던 그도 기습적인 질문에는 속수무책이었다. 심혈관 조영실 앞에서 마주친 최병우는 상념에 젖은 눈길이었다. 맞은편에서 다가오는 그의 얼굴을 못 본 게 분명했다. 최병우는 동작을 멈추고 그쪽으로 몸을 틀었다. 여태껏 보여주지 않았던 적극적인 행동이었다. 그건 찔리는 구석이 있음을 드러내는 결정적인 증거이기도 했다.

"심혈관 조영실을 나서는 교수님을 봤습니다. 그때의 교수님 얼굴은 상당히 어두워 보였습니다. 장호영 교수님과 어떤 이야기를 나누셨는지 궁금합니다."

침묵을 지키는 동안 머릿속에서 상황을 정리한 듯 최병우는 순식간에 원래의 여유로움을 되찾았다. 한바탕 웃음을 터뜨리더니 어이구, 하고 조롱하는 소리를 냈다. 석호는 그의 경박한 모습 저편에 분노로 일그러진 얼굴이 보였다.

"은사님을 담당한 교수와 슬픔을 나누는 게 잘못인가 보군요."

최병우가 갑작스럽게 분통을 터뜨렸다.

"내가 왜 인턴 선생한테 이런 일을 일일이 보고해야 하죠? 선생이 내 상관이라도 됩니까?"

"이대로라면 제가 누명을 쓰기 때문입니다. 교수님께서 목격하신 그대로를 수련교육부장님께 말씀해주시면 감사하겠습니다."

"이봐요, 선생님. 염치가 있으면 그 입 닥치세요. 선생님이 씨라인을 제거하는 과정에서 잘못이 있었던 것은 명백합니다. 그것이 내 은사님께 치명적인 영향을 준 것 또한 명확하고요. 그런데 선생님은 천공 탓으로 본인의 책임을 돌리려 하고 있어요. 그건 자기 자신을 속이는 일이기도 합니다. 더 이상 말장난할 생각 없으니 나가보시죠. 내가 지금 얼마나 분을 삭이고 있는 줄 압니까?"

무차별적으로 퍼붓는 악담이 마음의 동요를 드러냈다. 석호는 자신이 가는 길이 험난하고, 자칫하면 더 깊은 파멸로 이를 수 있다는 걸 인지하면서도 꿋꿋이 앞으로 나아갔다.

"은사님한테 죄송한 마음은 조금도 없으신가요?"

죄책감을 자극하려고 한 말이었는데 잘못 짚었다. 최병우는 더는 견딜 수 없다는 듯 필드에서 벗어나 그에게로 몸을 완전히 돌렸다. 붉게 물든 글러브에서는 피가 뚝뚝 떨어져 내렸다. 다음 순간 석호의 명치에 엄청난 충격이 가해졌다.

"악!"

손 쓸 틈도 없이 쓰러진 석호가 바닥에 널브러졌다. 수술도구가 떨어지면서 나는 금속성의 소음이 실내에 울렸다. 심장이 멎어버릴 듯한 통증에 신음이 입술 밖으로 새어 나왔다. 눈을 뜨자 흐릿한 시야로 최병우가 보였다. 울분에 찬 얼굴의 그는 팔을 앞으로 내밀고 있었다. 스크럽 간호사가 오염된 글러브 위로 새것을 끼워주었다. 그런 다음 뒤로 밀려난 수술준비대를 다시 이쪽으로 끌고 왔다. 쓰러진 그에게 관심을 보이는 이는 아무도 없었다. 간호사는 바닥에 떨어진 도구들이 아까운지 울상을 짓더니 문가로 달려갔다.

"6번 룸이요!"

석호가 벽에 몸을 기대어 가까스로 일어나는 사이 들어온 간호사 둘이 바닥에 떨어진 도구들을 주웠다. 스크럽 간호사가 들으라는 듯 크게 푸념을 늘어놓았다.

"인턴이 떨어뜨렸지 뭐야. 새것 뜯어야겠다."

석호는 자신을 향한 조롱 어린 눈길을 맞닥뜨렸다. 그는 칼자국처럼 몸속을 파고든 통증을 가라앉히려 숨을 골랐다. 명치 부근에 손을 얹고 그곳을 문질렀다. 하지만 누를수록 고통만 더해질 뿐이었다. 글러브를 갈아 낀 최병우는 트로트를 흥얼거리며 두 팔을 날렵하게 움직였다. 맞은편의 영도도 그를 보고 있지 않았다. 이 자리에 있는 모두가 일종의 공범이었다.

고심 끝에 벌인 일이 최악의 선택이 되고 말았다는 것을, 석호는 이제 인정해야만 했다. 여기서 그가 얻을 수 있는 건 더는 없었다. 문을 향해 비틀거리며 걸어가는 그의 심장은 아까의 충격으로 박동이 느려져 있었다. 최병우가 자신의 승리를 선언하듯 우렁차게 말했다.

"수술 끝나는 대로 오태준 교수에게 전화할 테니, 그렇게 알고 있으세요."

협박이나 다름없는 말이었다. 석호는 말대꾸도, 돌아보지도 않고 빠져나왔다. 간호사 둘이 잡담을 나누다가 그를 보고 뿔뿔이 흩어졌다. 이곳에서 일어난 일에 대해 수다를 떨고 있었던 모양이다.

회복실에 이른 석호는 얼이 빠진 채 원래의 가운으로 갈아 입었다. 핸드폰을 확인하니 부재중 전화가 다섯 통 와 있었다. 4병동에서 하나, 10병동에서 하나, 12병동에서 셋이었다. 마지막 전화는 2분 전에 왔고, 몇 분 간격으로 이어져 있었다. 샛문을 빠져나온 석호는 핸드폰을 그대로 주머니에 쑤셔 넣었다. 될 대로 되라는 심정이었다. 내일이면 징계위원회에 회부되어 어떤 수위로든 처벌이 예정된 그였다. 그런 석호에게 병동에서 걸려 오는 전화는 전과 달리 별다른 강제력을 행사하지 못했다. 고된 노동도 보상이 약속되어 있을 때야 기분 좋게 할 수 있는 법이었다.

통로를 빠져나온 석호는 주머니에서 핸드폰을 꺼냈다. 급한 일만 해결해주면 나머지 일은 당직 때 자신이 처리하겠다던 윤수의 말이 떠올랐다. 그와의 약속을 저버릴 수는 없어 석호는 일단 병동에 전화를 걸어보기로 했다. 통화목록을 살피던 그때 바로 위에 있던 스피커에서 날카로운 소리가 울렸다.

– 인턴 강석호 선생님. 12병동, 12병동. 인턴 강석호 선생님. 12병동, 12병동.

병원에 입사하고 나서 이런 식으로 자신의 이름이 호출되는 건 처음이었기에 이만저만 기분이 상한 게 아니었다. 선배와 인턴 동기들에게 게으르다는 이미지를 주는 것만큼은 피하고 싶었다. 석호는 짜증이 치밀어 올라서 통화 버튼을 눌렀다. 곧바로 전화가 연결되었다. 그가 자신의 신상을 밝히자 간호사가 다그치듯 카랑카랑한 소리로 물었다.

"선생님, 지금 어디 있어요? 왜 안 받아요?"

석호가 화를 이기지 못하고 목청을 높여 대답했다.

"급한 술기 하느라 못 받았어요. 원내 방송까지 할 건 없었잖아요."

"선생님이 잘못해놓고 왜 저희보고 그래요? 누가 전화 받지 말래요?"

"아, 진짜!"

석호는 더 이상의 말다툼은 누구에게도 도움이 되지 않으리라는 걸 알았다. 간호사와 종종 크고 작은 갈등을 겪어온 그였지만, 오늘만큼은 그들을 자극하지 않는 게 좋겠다고 생각했다. 그가 술기를 한 후 사망한 환자만 둘이었다. 그의 이름이 지금 간호 스테이션에서 가장 많이 오르내리는 이름일 거라는 점은 의문의 여지가 없었다. 그들이 내뿜는 불길에 기름을 끼얹는 일은 피해야 했다. 석호는 평소의 그답지 않게 먼저 백기를 들었다.

"죄송해요, 선생님. 제가 딴 병동에 일이 너무 밀려서 그런데요, 조금만 이따가 갈게요. 급한 일이에요?"

갑자기 누그러진 태도에 간호사는 갈피를 잡지 못했다.

"아아, 그건 아닌데요. 보호자가 극성이어서요. 저희가 처치실에 할머니 한 분 빼놓았거든요? 관장만 해주시면 돼요."

"그게 다예요?"

석호가 입술을 지그시 깨물었다. 응급도 아닌 사소한 일로 병원 전체에 그의 이름을 시끄럽게 광고해댄 것이 못마땅했다.

"애들아, 인턴잡 뭐 있어?"

핸드폰 저편의 소리가 희미해졌다가 다시 커졌다. 알아들을 수는 없어도 깔깔거리는 웃음소리가 어렴풋이 들려왔다.

"선생님, 딴 건 안 급하대요. 컬쳐랑 폴리 있긴 한데… 일단 관장부터 해주세요. 컴플레인이 장난 아니라서요."

"알겠어요. 이따 갈게요."

"언제쯤 올 수 있어요?"

"30분 후요."

조금만 더 일찍 와 달라며 아양을 떠는 목소리를 뒤로하고 석호는 천천히 걸음을 옮겼다. 그의 발길은 엘리베이터가 있는 쪽이 아닌, 반대편을 향했다. 석호는 자신이 어디로 가고 있는지, 앞으로 무엇을 해야 할지 어느 때보다 명확하게 알았다.

집에 돌아온 뒤로 할아버지는 기분 좋은 일이라도 있는지 계속 싱글벙글했다. 할아버지가 흥얼거리는 노랫소리를 들으면서 소녀는 무슨 일이 있었을까 곰곰이 생각해봤지만 떠오르는 게 없었다. 심심해서 거실 바닥에 누워 데굴데굴 구르던 소녀가 문 열리는 소리를 들은 건 잠시 후였다. 거실로 나온 할아버지와 눈이 마주친 순간 약속이라도 한 것처럼 배에서 꼬르륵 소리가 흘러나왔다. 얄미운 소리에 흠칫 놀라서 동작을 멈췄지만, 어느새 다가온 할아버지가 무릎을 굽히더니 히죽 웃었다.

"우리 지수, 배고프겠구나. 먹고 싶은 거 할애비한테 말해봐요."

"카레라이스!"

"으음, 실은 할애비가 카레는 만들어 본 적이 없단다."

그럼 그렇지. 소녀는 또 한 가지 먹고 싶은 걸 말했다.

"돈까스!"

"미안해요. 냉장고에 재료가 없구나."

조금 전만 해도 자신만만하던 할아버지는 어느새 의기소침해져 있었다. 머리를 긁적이는 할아버지를 빤히 보던 소녀가 환하게 웃었다. 마침내 정답을 알아낸 것이다.

"지수, 달걀 프라이 먹을래!"

"허허, 식탁에 가서 앉아 있어요. 이제 할애비가 솜씨를 발휘할 시간이로구나."

소녀는 휴, 하고 작게 한숨을 내쉬며 식탁으로 향했다. 아빠, 엄마가 유럽으로 여행을 떠난 며칠 동안 소녀가 할아버지 집에서 먹은 음식이라고는 라면, 만두, 달걀 프라이가 전부였다. 먹고 싶은 것을 말하면 도깨비처럼 뚝딱뚝딱 만들었던 엄마와 달리 할아버지가 만들 수 있는 건 아무리 봐도 그 세 가지가 전부였다. 방학 전만 해도 하루 한 끼만 집에서 먹어 표가 덜 났는데 방학을 하니 할아버지의 음식 솜씨가 적나라하게 드러났다.

모락모락 김이 피어오르는 달걀 프라이와 밥을 앞에 두고 소녀는 식사 기도를 하고 먹기 시작했다. 식탁에 마주 앉은 할아버지가 밥도 먹지 않고 흐뭇한 표정으로 바라보는 게 부담스러웠지만, 티 내지 않고 열심히 먹었다. 노른자의 달콤한 맛이 입안에 가득 번진 순간 소녀는 생각했다.

'역시 할아버지가 달걀 프라이는 잘 만든다니깐!'

"지수야, 어떠냐?"

"짱 맛있어!"

소녀가 엄지를 치켜들자 할아버지의 얼굴에 행복한 미소가 떠올랐다.

"그래, 그래. 어서 먹으려무나. 그러고 보니 할멈이 제일 좋아했던 음식도 달걀 프라이였지."

그야 할아버지가 요리할 줄 아는 게 몇 없으니까, 하고 소녀는 혼자서 생각했다.

"아아, 할머니?"

"대학교 때 우리 집에 놀러 오면 항상 달걀 프라이를 해달라고 했었지. 암, 이 할애비 실력은 여전하다니까."

추억에 잠긴 듯 눈을 감은 할아버지의 얼굴에서 쓸쓸한 기운이 묻어났다. 소녀가 태어난 직후 세상을 떠났기 때문에 할머니의 얼굴은 전혀 기억나지 않았다. 사진에서 한 번 봤을 뿐 할머니에 대해 아는 것이라고는 엄마, 아빠에게 전해 들은 게 전부였다.

"할아부지, 할머니 보고 싶어?"

눈을 뜬 할아버지의 시선이 천천히 소녀에게로 옮겨왔다. 문득 소녀는 자신이 괜한 걸 물어본 건가, 하고 후회했다. 그 눈길에 이제껏 보지 못한 절절한 그리움이 담겨 있었다.

"암, 보고 싶지. 보고 싶고말고. 이 나이가 되니까 소중한 사람들이 하나둘씩 곁을 떠나는구나."

"소중한 사람들?"

"할멈이랑 할애비 친구들 말이다. 지수는 아직 모르겠지만 사람은 나이가 들면 하늘나라로 여행을 떠나게 돼요."

할아버지의 말이 얼른 이해가 가지 않아 소녀는 두 눈을 깜빡였다.

'그분들은 다들 하늘 위에 모여서 놀고 있는 걸까?'

고개를 들고 하늘을 바라봤지만, 눈에 들어온 건 하얀 천장뿐이었다. 멍하니 천장을 보던 소녀가 조금 전의 종이를 떠올렸다.

"맞다, 할아부지 친구 중에 지수랑 생일 똑같은 사람 있었어!"

"생일?"

할아버지의 눈썹이 꿈틀거리더니 구불구불한 선이 이마에 그려졌다. 할아버지가 고민에 잠길 때면 나타나는 지렁이였다. 소녀는 고개를 끄덕였다.

"지수랑 생일이 같다니?"

"12월 5일! 이름이 뭐였더라? 조… 맞다, 조향희! 그분 생일도 12월 5일이던데."

할아버지의 얼굴이 먹구름이라도 낀 듯 급격히 어두워졌다. 놀란 소녀는 자신도 모르게 들고 있던 젓가락을 떨어뜨렸다.

"할아부지, 아파?"

"아니, 아니다. 할애비가 체한 모양이구나. 그래, 아까 그 종이를 봤구나."

"으응, 궁금해서…."

그다음 할아버지의 입에서 나온 소리를 듣고 소녀는 입을 벌렸다. 미처 생각지도 못했던 그 말은 이랬다.

"조향희, 그분은 오늘 돌아가셨단다. 허허, 덧없는 인생이지."

웃음이 터져 나오려는 걸 억지로 참는 듯한 할아버지의 섬뜩한 얼굴에 소녀는 눈만 깜빡였다.

6장

투명한 유리문 너머로 뻗은 좁고 긴 통로와 심혈관 조영실이 한눈에 들어왔다. 무기력하게 걸어 나오던 최병우 교수의 모습이 눈에 어른거렸다. 문가에 부착된 열림 버튼을 누르며 석호는 쓴웃음을 삼켰다. 안에서 두 교수 사이에 어떤 밀담이 오갔는지도 모르고 최병우에게 잠시나마 연민을 품은 자신에 대한 조소였다. 이곳에 온 것은 오늘로만 두 번째였으나 석호는 전에 비할 수 없이 긴장감에 사로잡혀 걸음을 옮겼다. 장호영 교수를 만나기라도 한다면 어떤 반응을 보여야 할지 자신도 모르는 상태였다.

물론 이곳에 온 것이 장호영 때문은 아니었다. 최병우가 입을 다물고 진실을 밝히지 않는 이상 장호영에게서 자신의 혐의를 덜어줄 만한 진술을 얻기는 어려운 상황이었다. 이제 석호에게 필요한 것은 누구라도 고개를 끄덕일 수 있는 객관적이고 눈에 보이는 증거였다. 하지만 그것을 찾아내기에는 의학 지식이 한없이 부족하다는 것이 문제였다.

수술실에서 나와 난간으로 다가갔을 때 시야에 들어온 심혈관 조영실은 석호에게는 계시나 다름없었다. 재욱이라면 성심성의껏 지원해줄 거라는 믿음이 그에게는 있었다. 혼자서 헤쳐 나가기 버거운 지금, 재욱에게 모든 사정을 털어놓고 도움을 요청하는 것은 선택이 아닌 필수였다.

김창진을 시술하는 과정에서 실수가 있었음은 부정할 수 없는 사실이었다. 그러나 사망과 직접적인 연관이 있는가는 면밀히 살펴볼 문제였다. 적절한 자세를 취하지 않고 중심정맥관을 제거했다고 해서 모든 환자에게 공기색전증이 유발되는 건 아니었다. 설령 공기색전증이 일어났다고 해서 환자가 사망에 이르는 것도 아니었다. 극도로 확률이 낮은 개별적인 사건이 석호에게는 백 퍼센트로 닥쳤다는 것은, 아무런 의심 없이 받아들이기는 어려운 일이었다.

석호는 쓰라린 명치를 엄지로 문질렀다. 통증이 가라앉기를 기다려 심혈관 조영실 안으로 들어섰다. 에어컨 바람이 흘러내리는 땀줄기를 식혀주었다. 문 앞에서 몇 번이고 선배에게 할 말을 비장한 마음으로 준비한 노력은 허사가 되었다. 백발의 남자와 오전에 봤던 간호사를 제외하면 스테이션은 한산했다. 마주 보는 방들의 전광판에는 모두 시술 중 표시가 떠 있었다. 뻣뻣하게 서 있는 그를 발견한 간호사가 소리 내지 않고 입 모양으로 왜요, 하고 물었다. 곁에서 집중해 모니터를 보는 남자에게 방해가 되고 싶지 않은 듯했다. 펑퍼짐한 엉덩이 탓에 그녀가 앉은 의자는 아래로 꺼져 있었다. 석호는 그녀의 곁으로 빠르게 다가가 꾸벅 인사했다.

"인턴 쌤, 여긴 왜요? 콜 받았어요?"

"아뇨, 차재욱 선생님을 뵙고 싶어서…."

간호사가 부리부리한 눈으로 옆의 남자를 살피며 조심스럽게 말했다. 그에게 눈길 한 번 주지 않는 남자는 모니터를 유심히 보고 있었다. 실시간으로 불규칙한 심전도 파형이 요동쳤다. 시술을 앞둔 환자의 것이 분명했다.

"재욱 쌤 방금 드랩[15] 들어갔어요. 이따가 조영술 시작하거든요."

시술 중이라 생각해 낙담했던 석호에게는 희소식이었다. 그는 안도감에 가슴을 쓸어내렸다. 눈길이 저절로 유리 너머로 향했다. 무균 가운에 갑상샘 보호대를 두른 재욱이 보였다. 그는 간호사가 건넨 무균포를 받아들고는 신성한 제물인 양 두 손으로 떠받든 채 환자에게로 다가갔다. 시술대에 누운 환자의 시커멓게 변색한 발가락이 보였다. 먼발치에서도 발의 상태가 안 좋은 것이 당뇨족처럼 보였다.

"그럼 잠깐만…."

---

15) 소독 후 멸균 천으로 덮음

"인턴 쌤!"

간호사의 만류를 무시하고 석호는 문을 열고 들어갔다. 더는 이것저것 재고 있을 시간이 없었다. 난데없이 침입한 그에게로 모두의 시선이 쏠렸다. 일시적으로 공기의 흐름이 정지하는 느낌이었다. 두상이 특이하게 생긴 간호사는 어처구니없다는 표정으로 그를 흘겨봤고, 재욱의 반응 역시 다를 게 없었다. 그를 다시 보게 되리라고는 꿈에도 생각 못 한 얼굴이었다.

"어이, 강석호. 방송에서 너 찾던데?"

"그게, 사정이 있어서요."

"내가 잘하랬지. 페이징이나 띄우고 잘하는 짓이다."

그 말만 남기고 재욱은 하던 일을 마저 계속했다. 시술이 이뤄질 환자의 우측 손목을 제외한 다른 부위를 무균포로 덮었는데, 다리의 대퇴동맥 부근은 손목을 통한 접근이 실패했을 경우를 대비해 남겨두었다. 초조함에 심장이 터질 듯한 석호의 마음도 몰라주고 재욱은 농담을 건넸다.

"그건 그렇고, 여기는 웬일이냐? 이참에 스텐트 배워보려고?"

뒤에서 헛웃음 소리가 흘러나왔다. 자신을 둘러싼 유쾌한 공기에도 석호는 편히 웃을 수 있을 만한 마음의 여유가 부족했다.

"그게 아니고…."

석호는 입을 열고 나서야 자신의 목소리가 얼어 있음을 깨달았다. 미래에 대한 불안은 그에게서 많은 것을, 일상적인 영역에서부터 서서히 앗아가고 있었다. 선배에게 조언을 구하고 싶다는 마음 하나로 여기까지 온 석호였다. 출구가 보이지 않는 구덩이에서 빠져나오기 위해서는 어떤 부끄러움도 무릅쓸 용기가 있다고 생각했는데 그게 아니었다. 기대에 부푼 초롱초롱한 간호사의 눈길이 석호의 비참하고 절망적인 기분을 증폭시켰다. 석호는 징계위원회에 관한 이야기를 그녀가 보는 앞에서 끄집어낼 용기를 끌어내지 못했다. 재욱은 심상치 않은 분위기를 감지한 듯 고개를 외로 꼬았다.

"나한테 할 말 있냐?"

"형, 개인적으로 의논드리고 싶은 게 있는데 잠깐만…."

재욱의 미간이 살짝 찌푸려졌다. 귀찮은 기색이 역력했다.

"여기서 말하기 곤란한 일이냐?"

"네…."

재욱이 한숨을 쉬고는 턱으로 환자가 누운 침대를 가리켰다.

"그런데 어쩌냐. 보다시피 곧 시작할 거라서."

이쪽에서는 보이지 않는 유리 너머를 응시한 채 재욱이 중얼거렸다.

"김유성 교수님도 와 계시고…."

스테이션에 있던 백발의 남자가 김유성인 모양이었다. 고통스러운 듯 몸을 들썩이는 환자의 신음이 석호에게 죄책감을 안겨주었다. 그는 자신의 요구가 무리라는 걸 인지했다. 석호는 또다시 쑤셔오는 명치를 짓누르며 눈을 질끈 감았다. 마음의 갈피를 잡는 데는 오랜 시간이 걸리지 않았다.

"형, 실은 제가 상황이 안 좋아서요. 오늘 돌아가신 김창진님 기억나시죠?"

"…그래."

재욱의 표정이 눈에 띄게 어두워졌다. 말하지 않아도 뒤에서 있는 간호사를 의식하는 게 느껴졌다. 단둘이 있을 때 한 이야기를 꺼내는 걸 두려워하는 눈치였다. 석호 역시 천공에 대한 부분을 물고 늘어질 생각은 없었다. 그것은 장호영의 스텐트 시술을 보조한 그를 궁지로 몰아넣고, 더 나아가 교수를 배신하도록 유도하는 셈이었다. 석호는 아무리 자신을 아끼고 사랑하는 선배라도 그리 호락호락하게 자신이 원하는 대로 움직여주지는 않으리라 생각했다.

"돌아가시기 전에 제가 씨라인을 제거했는데요, 그게 공기색전증을 유발했다고 주치의 선생님이 생각하신 것 같아요."

착각인지는 몰라도 재욱의 굳어진 빰이 풀리는 듯했다. 후배가 어떻게 되든 자신에게 불리한 이야기가 나오지 않은 것이 안도감을 준 걸까. 석호는 야속한 마음을 거둘 수 없었다.
“지침 따라서 안 했어?”
“자세 조정을 안 하고 앉은 상태 그대로 했어요. 여태껏 그렇게 해도 아무 문제가 없었거든요. 실제로 환자분은 제가 나갈 때까지 멀쩡하셨고요.”
“짜식, 똑바로 하지 그랬냐?”
재욱이 엄한 표정으로 나무랐다. 웃음기 걷힌 목소리가 그에게는 낯설게 느껴졌다. 그동안 보여줬던 선배로서의 친근함과 푸근함은 이 순간 자취를 감췄다. 재욱이 입구와 간호사 쪽을 훑으며 초조한 듯 물어왔다.
“강석호, 그래서 여긴 왜 온 건데?”
“형이라면 저를 도와주실 수 있을 것 같아서요.”
“내가?”
떠나줬으면, 하면서도 의리 때문에 마지못해 하는 뉘앙스였다. 엮이고 싶지 않아 하는 것이 눈빛으로도 느껴졌다. 석호가 의미심장한 어조로 입을 열었다.
“오늘 제가 말씀드렸던 거… 기억하시죠?”
간절함이 담긴 그의 눈빛을 재욱은 애써 외면했다. 그가 뜸을 들이다가 천천히 말을 이었다.
“음, 그러니까 네 생각은 그게 원인이라 이 말이지? 네가 한 술기 때문에 그런 게 아니고.”

핵심적인 단어에 대한 언급은 삼가는 눈치였다. 바로 뒤에서 간호사가 엿듣는 한 교수들의 귀에 들어갈 수 있기에 그로서는 최선을 다해 숨기려 드는 게 당연했다. 재욱이 잠깐 생각에 잠기더니 껄끄럽다는 듯 고개를 저었다. 단호한 거절의 표시였다. 석호는 울컥해서 눈물이 핑 돌았다. 그의 난감한 입장에 충분히 공감하면서도 속상한 마음을 숨기기가 어려웠다. 재욱이 별안간 헛웃음을 지었다.

"강석호, 제대로 본 거 맞냐? 천공 같은 소리 할 때부터 이상하더라니."

흥분한 나머지 석호가 목청을 높였다.

"형, 진짜예요. 최병우 교수님도 보셨는데."

"그럼 뭐가 걱정이지? 교수님이 알아서 하시겠지."

"최병우 교수님이 잡아떼셔서요. 천공 같은 건 처음부터 없었다고 주장하고 계세요."

"이 새끼가."

재욱이 눈을 부릅떴다.

"말은 똑바로 하자. 교수님이 네 친구냐?"

"죄송해요."

거칠어진 선배 앞에서 석호는 꼬리를 내렸다.

"책임지지 못 할 말은 하지 말자, 응?"

"네."

이전에는 한 번도 보지 못한 격한 모습에 석호는 기가 죽었다. 그는 재욱이 의과대학에 입학하기도 전에 군대를, 그것도 육군으로 다녀왔다는 것을 상기했다. OB 모임에서는 유들유들한 모습만 보여준 그였기에, 지금의 거친 모습은 낯설기만 했다. 군대의 험악한 환경에서 몸에 밴 것이 화가 날 때면 튀어나오는 듯했다. 석호는 겁이 나는 한편으로 억울한 마음에 항변했다.

"형, 그런데 생각해보세요. 제가 왜 거짓말을 했겠어요? 형한테 털어놓았을 때는 아직 제 술기에 실수가 있었다는 것도 몰랐는걸요."

"꼼수 부린 거는 아니고? 석호 네가 불리해질 경우를 대비해서 밑밥 깔아둔 거 아니냐고."

"형…."

서러움이 북받쳐 오른 석호가 말을 잇지 못했다. 이대로라면 눈물을 보일 듯해서 괜히 고개 돌리고 딴청을 피웠다. 다른 사람은 몰라도 대선배인 그에게마저 신뢰를 얻지 못한다는 사실이 그를 극도의 외로움으로 몰아넣었다. 재욱도 모진 말을 내뱉고 마음이 편치 않았던지 한 손을 들어 사과의 뜻을 전했다.

"미안, 말이 심했네. 그래도 이번 건 네가 너무 멀리 나갔다. 인정하지?"

"…네."

재욱이 심드렁한 얼굴로 그를 쳐다보다가 한마디 뱉었다.

"그만 나가줄래? 그 사건에 네 책임이 없다면 알아서 잘 해결될 거니까 너무 걱정하지 마라."

그 말은 석호에게 일말의 안도감도 전해주지 못했다. 이미 흐름은 그의 편이 아니었고, 석호를 실은 배는 불행이 입을 벌린 낭떠러지를 향해 빠르게 흘러가고 있었다. 어떻게든 상황을 반전시킬 수 있는 요소가 필요했다. 재욱이 뒤에 있던 방사선사에게 교수님을 불러 달라고 하자 그가 문으로 향했다. 석호는 그 앞을 가로막고 떨리는 목소리로 울부짖었다.

"하나만 부탁드려요, 형. 공기색전증이 사인이 아니라는 걸 증명할 방법은 없을까요?"

지푸라기라도 잡고 싶은 심정으로 매달리는 그를, 간호사와 방사선사 모두 안쓰럽다는 얼굴로 바라봤다. 둘은 당혹스러운 눈빛을 주고받았다. 단 한 사람, 재욱만은 여전히 냉정한 눈길을 그에게서 거두지 않았다. 팔짱을 끼고 고개를 떨어뜨린 그가 헛기침하고는 그를 들여다봤다. 침울한 얼굴이 석호를 기다리는 장래가 밝지 않음을 암시했다. 재욱이 침묵을 깨고 물었다.

"부검하면 깔끔하겠지. 네가 원하는 게 그거냐?"

"…아뇨."

부검이 이번 사태를 해결할 근본적인 대책이라는 점은 자명했다. 그러나 석호는 그것만큼은 최후의 수단으로 미루고 싶었다. 아니, 애초에 그가 원한다고 해서 할 수 있는 게 아니었다. 고인의 시신에 또 한 번의 메스질을 하고, 그것도 모자라 체내의 장기를 모조리 꺼내어 잘게 자른다. 그것은 유가족의 가슴에 커다란 대못을 박고, 병원과 교수들의 얼굴에는 먹칠을 하는 일이었다.

"빈대 한 마리 잡자고 초가삼간을 다 태울 수는 없잖아. 내 말 이해하지?"

"네, 형."

"환자분 돌아가시기 전에 초음파 같은 건 안 찍었지?"

"네, 안 했어요."

재욱이 낮고 덤덤한 어조로 설명했다.

"일단 가장 중요한 게 증상이 나타나기 직전의 상황이야. 대표적인 위험인자가 오늘 너처럼 씨라인을 삽입하거나 제거하는 과정에서 문제가 발생한 경우지. 그래서 주치의가 너를 원인으로 지목한 거고."

재욱이 숨을 고르고 말을 이었다.

"에어 엠볼리즘을 가장 확실하게 진단하는 방법은 심초음파인데, 그걸로 혈관에 침투한 공기를 찾는 거야. 그거 말고도 몇 개 있긴 한데… 그걸 처치실에서 했을 리는 없으니깐."

전혀 기대하지 않는 듯 재욱의 눈빛은 회의적이었다.

"어떤 걸 말씀하세요?"

"폐동맥 카테터나 호기말 이산화탄소 분압 같은 거. 하기야, 그거 할 정신이 어디 있었겠냐. 또 그걸 한다고 해서 확진할 수 있는 것도 아니고."

"혈액 검사에서 알 방법은 없을까요?"

재욱이 가볍게 고개를 저었다.

"에어 엠볼리즘은 랩으로 확진하는 건 아니어서. 다만 막힌 위치를 간접적으로 알 수는 있겠지. 색전이 어디를 막느냐에 따라 다른데 폐동맥으로 가서 심부전 일으키면 비엔피[16]가 오를 거고, 관상동맥으로 넘어가면 심근경색으로 골로 가고. 그때는 심근 효소가 오르겠지?"

석호는 완벽히 이해하지도 못하면서 고개를 끄덕였다. 김창진의 검사 결과를 확인해야겠다고 마음속에 메모해두었다. 재욱이 문득 생각난 듯 손가락을 치켜들었다.

"한 가지 희망적인 부분은 석호, 네 처치가 공기색전증을 일으켰고, 그것이 심정지로 이어졌을 가능성이 지금으로서는 다분하지만, 누구도 백 퍼센트라고는 단정할 수 없다는 거지. 예를 들어서 네가 술기를 하고 나서 갑자기 심정지가 왔을 수도 있다는 말이지. 재수 옴 붙으면 그렇게 될 수도 있지

---

16) BNP(Brain natriuretic peptide, 뇌나트륨이뇨펩티드)

않겠냐?"

어쩐지 석호에게는 그 말이 빈정대는 것처럼 들렸다. 그는 네, 하고 대답하면서도 속마음을 들킨 기분이었다. 조향희의 죽음에 대해서는 그런 식으로 변명하는 게 최선이라고 판단했기 때문이다.

"주치의는 별생각 없이 넘긴 단서가 랩에 남아 있을 수도 있지. 석호 네가 해야 할 일은 그걸 찾는 거고. 알겠냐?"

"네, 형. 당장 찾아봐야겠어요."

"운만 잘 따라주면 네 술기가 잘못된 점에 대해서만 책임을 묻고 넘어갈 거야. 환자분이 사망한 것까지 네 책임이라고 하기엔 결정적인 단서가 부족할 거야, 희망 사항이지만."

석호는 저도 모르게 기대하고 있는 자신을 발견했다.

"그렇게 됐으면 좋겠어요. 형, 귀한 시간 내주셔서 감사합니다."

"그래, 건투를 빈다."

석호가 나가려고 몸을 튼 순간 김유성 교수가 문을 열고 들어왔다. 백발에다 허리를 꼿꼿이 세운 모습에서 받은, 점잖다는 첫인상은 이후 들려온 욕지거리에 처참히 부서졌다. 석호는 몇 분에 걸쳐 온갖 폭언으로 샤워를 한 다음에야 심혈관 조영실에서 벗어났다. 두 번 다시 오고 싶지 않은 곳이라고 중얼거리며 석호는 복도로 나왔다.

✚

엘리베이터로 가는 짧은 시간 동안에도 호출이 연거푸 왔다. 3층에 내려와 있는 사이 벼르고 별렀는지 쉴 틈 없이 쏟아졌다. 동맥혈 채혈과 심전도 등 평소라면 재촉하지 않아도 득달같이 매듭지었을 일도, 석호는 조금만 미루겠다고 양해를 구했다. 병동마다 다른 병동에서의 일이 많다는 식으로 핑계를 댔다. 퉁명스럽고 뻔뻔한 답변에 간호사들은 하나같이 어이없다는 듯 선생님, 하고 투덜거렸다.

환자와 보호자, 거기에 주치의들의 원성이 빗발칠 것은 충분히 예상할 수 있었다. 그러나 징계위원회에서의 처벌만 가벼워진다면야 석호는 백 번이고 같은 짓을 할 수 있었다. 지금의 그는 물불을 가릴 처지가 아니었다. 김창진이라는 산을 무사히 넘는다고 해도 조향희라는 또 다른 산이 버티고 있는 형국이었다. 더군다나 그 산은 석호가 넘기에는 지형이 가파르고 험준했다. 그 사건만큼은 별다른 탈출구를 찾기 어려울지 모른다고, 석호는 마음속으로 단단히 각오한 상태였다. 그가 시행한 술기와 이변 사이에 존재하는 몇 초의 틈새. 오태준의 앞에서는 이상한 열기에 들떠 궤변을 늘어놓았지만, 그는 자신이 아닌 다른 요소로 책임을 돌릴 만큼 염치없지는 않았다.

석호는 지치고 고된 몸을 엘리베이터에 싣고 벽에 기대어 쪼그려 앉았다. 외부와 차단된 공간에 있자 그간 외면해온 것들이 한순간에 밀려왔다. 온몸의 뼈마디가 으깨질 듯 아파져 왔고, 충분한 수면을 취하지 못한 눈꺼풀은 그대로 감겼다. 잠시라도 이렇게 머리를 비우고 있을 수 있다면 좋겠다는 생각이 들었다. 엘리베이터가 층마다 멈춰 서서 환자들이 들락거리는 와중에도 석호는 앉은 자세로 가만히 있었다. 그를 향해 의혹에 찬 시선을 보낼 이들도, 그에 대해 수군거릴 이들도 상념을 방해하기에는 역부족이었다.

'이미 내 미래는 결정된 게 아닐까.'

밤새 발버둥을 치고 쫓아다닌다고 해서 그리 많은 것이 바뀌지는 않을 거로 생각하자, 석호는 다 내팽개치고 훌쩍 떠나버리고 싶은 충동이 일었다. 헛된 상상으로만 치부할 수 없는 강렬한 이미지가 뇌리를 스쳤다. 훈련소에서 왼발, 왼발을 외치면서 행군하는 남자들의 초라한 옆모습이었다. 동기들과 농을 주고받을 때만 해도 자신만큼은 해당하지 않는다고 생각한 일이 이제는 코앞까지 바짝 다가와 있었다.

고작 몇 시간 만에 한 사람의 처지가 이처럼 극단적으로 바뀌는 것이 지독한 꿈만 같았다. 병원에 입사하기 전 석호는 의무사관후보 서약서를 작성했었다. 그것은 다음 해에 레지던트로 승급하지 못할 경우, 조국의 아들로서 군에 입대하겠다는 맹세이기도 했다. 석호는 이번 사태를 어떻게 부모님에게 알려야 할지 가늠이 서지 않았다. 아직 가까운 이들은 그의 곤경에 대해 전혀 몰랐다.

석호는 입대보다도 심각한 문제가 있다는 것을 깨달았다. 모교 병원에서 인턴 수료증조차 챙기지 못한 채 퇴출당할지 모른다는 점이었다. 수련 중단 결정이 내려지면 석호는 처음부터 인턴을 다시 시작해야만 했다. 5개월에 걸쳐 뼈를 묻은 병원에서의 치열한 나날이 한순간에 재가 되어 흩날릴지도 모른다. 석호는 떨려오는 손발을 추스르며 오늘 하루가 앞으로의 인생을 결정하는 데 있어 중요한 날이라고, 다시금 각오를 다졌다.

11층에 도착했음을 알리는 음성에 석호는 천천히 몸을 일으켰다. 신체 내부에서 크고 작은 비명이 터져 나왔다. 인턴 당직실로 향하던 그때 요란한 소리와 함께 문이 열리더니 안에서 민세중이 달려 나왔다. 석호를 볼 새도 없이 그는 날렵한 움직임으로 비상계단 쪽으로 사라졌다. 묘하게 시간이 안 맞아서 인턴 숙소에서나 병원에서나 그를 본 지도 오래되었다. 석호는 물끄러미 그를 보다가 걸음을 재촉했다. 당직실 안이 비어 있기를 바랄 뿐이었다.

어제, 아니 오늘 아침까지만 해도 석호는 인턴들 가운데 좋은 평판을 가졌다는 나름의 자부심이 있었다. 그동안 돌았던 과에서 그는 성실하고 빠릿빠릿하다는 이유로 칭찬을 듣는 것이 일상이었다. 간호사들과의 관계는 썩 좋다고 할 수 없는 수준이지만, 그건 다른 인턴들도 마찬가지여서 그 점에 대해서는 크게 걱정한 바가 없었다.

자교 출신에 좋은 평판으로 올해 정형외과에 지원할 예정인 인턴들 가운데 우위를 점한 상태라는 것을, 석호는 친한 정형외과 선배한테 들어서 알고 있었다. 그렇기에 오늘 일어난 모든 일들이 이름도, 얼굴도 모르는 거대한 존재가 악질적인 장난을 치는 것처럼 여겨졌다.

인턴 당직실에 하나뿐인 컴퓨터 앞은 다행히 공석이었다. 산부인과 인턴 정민주가 수술복 차림으로 2층 침대에서 코를 거칠게 골고 있었다. 산부인과에 배정된 인턴은 둘이었다. 매일 교대로 수술실에 들어가고 한 명은 남아서 잡다한 병동일만 하면 그 외의 시간은 잠으로 때웠다. 오늘은 민주가 그 특권을 누리는 중이었다. 그녀의 평온한 얼굴을 바라보던 석호는 한숨을 내쉬며 모니터로 시선을 돌렸다. 아무런 근심 없이 잠든 그녀와 절체절명의 위기에 빠진 자기 모습이 머릿속에서 선명하게 대비되었다.

OCS / EMR 프로그램에 로그인한 석호는 환자 목록을 뒤졌으나, 이미 사망했기 때문인지 김창진이라는 이름이 보이지 않았다. 한참을 헤맨 끝에 퇴원 환자 목록에서 이름을 발견했다. 타과의 의무기록을 열람하려면 거쳐야 하는 신청 절차를 밟자 입원 기록지와 경과 기록지, 간호기록지 등이 산발적으로 화면에 나타났다. 사건의 핵심에 다가가는 데는 큰 도움이 안 되는 기록들이었다.

석호는 커서를 옮겨 검사 결과 항목을 클릭했다. 입안이 건조해지는 것을 느끼며 오늘의 검사 결과를 두 눈을 부릅뜨고 살폈다. 일렬로 배열된 검사 수치들을 석호는 스크롤을 내려 빠르게 넘어갔다. 그가 필요로 하는 항목은 따로 있었다.

가장 먼저 눈여겨본 것은 심장 근육의 괴사 정도를 나타내는 심근 효소였다. 심장형 크레아틴키나제, 트로포닌 I, 트로포닌 T, 미오글로빈은 내원 당시만 해도 정상 범위를 훌쩍 넘겼지만, 오늘 오전 여섯 시에 시행된 랩에서는 현저하게 호전된 상태였다. 병실로 옮겨진 후 환자가 통증을 호소한 적이 없었다는 것은 1007호 병실 환자들의 진술뿐 아니라 간호기록지로도 다시 한번 확인할 수 있었다. 심장에 부하가 가해졌을 때 분비되는 호르몬인 뇌나트륨이뇨펩티드 역시 입원 당시와 비교하면 현저히 줄어든 상태였다.

심근 효소는 어레스트 직후 대퇴동맥에서 얻은 혈액 샘플에서도 미오글로빈의 소폭 상승을 제외하면 정상 범위에 속했다. 이는 석호에게 다소 의외로 다가왔다. 그가 목격한 장면과 배치되는 결과였기 때문이다. 좌회선지의 윗부분이 절단된 만큼, 심근에는 혈류 공급이 줄어들고 심근 효소 수치가 오르는 게 당연했다. 눈앞의 수치는 그가 보았던 것이, 최병우 교수나 재욱의 말처럼 헛것에 불과하다고 지적하는 듯했다. 두 시간 사이에 벌어진 끔찍한 일을 암시하는 건 급격하게 상승한 뇌나이트륨이뇨펩티드의 수치뿐이었다.

석호는 10병동 처치실에서의 충격적인 광경을 되짚어봤다. 여섯 시간이 넘게 흐른 지금도 그는 모든 것을 세세한 부분까지 기억했다. 사망 선고가 내려진 그때, 기막힌 타이밍에 들어온 최병우 교수부터 에피네프린이 든 실린지를 과감하게 심장에 내리꽂아 일시적으로 리듬이 돌아왔던 기적 같은 순간. 심장 뒤쪽에 형성되어 있던 조그만 천공, 은사와 단둘이 있게 해달라며 모두를 내보내던 최병우의 눈물. 그 가운데서도 석호의 뇌리에 가장 깊이 박힌 것은 심장의 천공이었다. 석호는 자신이 그 중요한 것을 혼동하는 실수를 하지 않았다고 확신했다.

김창진의 혈액 검사는 오늘 아침에 두 번 시행되었다. 정규 샘플 채혈이 있는 오전 6시와 어레스트가 터진 8시 10분 무렵이었다. 별다른 변동이 없는 심근 효소의 수치는 아쉬운 대로 뒤로 하고 석호는 아래에서부터 찬찬히 훑었다. 두 시간의 간격을 두고 급변한 수치를 확인하는 것이 지금으로서는 최선의 방법이었다.

적혈구침강속도나 C-반응성단백 같이 염증을 반영하는 항목 외에도 젖산탈수소효소가 상승해 있었다. 맨 위쪽을 본 석호는 저도 모르게 흥분해서 자리를 박차고 일어났다. 그의 눈길을 끈 것은 헤모글로빈 수치의 저하였다. 1.3g/dL이 감소했을 뿐이지만, 그것이야말로 체내에 출혈이 있었음을 암시하는 지표였다.

'역시 잘못 본 게 아니었어.'

석호는 한결 마음이 가벼워지면서도 아쉬움을 떨쳐내지 못했다. 시간차를 두고 혈액 검사를 한 번만 더 시행했다면 유의미한 비교가 가능했을 터였다. 사망 직전에 헤모글로빈 수치가 훨씬 떨어져 있었다면 자신의 누명을 완전히 벗겨낼 수 있었다고 생각하자 괜스레 억울했다. 그래도 이걸로 공기색전증에 대한 혐의가 다소 열어진 게 다행이라면 다행이었다. 공기색전증과 체내 출혈을 연관 짓기는 어려우니까, 라고 생각하던 석호는 문득 한 가지 가능성을 떠올리고 얼어붙었다. 중심정맥관을 제거하는 과정에서 쇄골하정맥에 손상을 주었고, 거기에서 출혈이 일어났을지 모른다는 반론이었다. 추적 검사를 소홀히 한 것은 내과 레지던트들인데 똥물은 자신이 뒤집어쓰는 게 억울할 따름이었다.

"돌아버리겠네."

답답한 마음에 석호는 주먹 쥔 손으로 관자놀이를 꾹 짓눌렀다.

– 제 사건으로는 업무상 과실치사로 최소 감봉에서 심할 경우 수련 중단까지 징계가 내려질 수 있을 것 같습니다. 특히 이번 사안의 경우 환자의 생명이 관여되어 있었기 때문에 추후 경찰이 개입할 수 있다는 점 명심하세요.

오태준에게서 그 말을 처음 들었을 때의 충격은 여전했다. 이러다가는 한 건도 아니고 두 건의 사망에 대한 책임을 오롯이 져야 할 판이었다. 조만간 수련이 중단되고 동료들의 곁을 떠나야 할지 모른다고 생각하자 가슴이 답답해졌다. 울컥한 마음에 고개를 파묻은 그에게 어떤 단어가 스치고 지나갔다.

업무상 과실치사.

국가고시를 준비하며 의료법을 공부했지만, 그 죄에 대해서는 어디에서도 본 적이 없었기에 의아하다는 생각이 들었다. 그간 많은 의사가 의료 과실로 고소당할 때 죄목이 업무상 과실치사였다는 기억은 있지만 실제로 어떤 처벌이 내려졌는가는 무지한 그였다. 석호는 떨리는 손으로 핸드폰을 쥐고는 포털 사이트에 단어를 입력했다. 한 로펌의 블로그에서 처벌에 관한 규정을 발견한 그는 놀라서 숨을 들이마셨다.

업무상과실 또는 중대한 과실로 사람을 사망이나 상해에 이르게 한 자는 5년 이하의 금고 또는 2천만 원 이하의 벌금에 처한다. (형법 제268조)

5년 이하의 금고, 2천만 원 이하의 벌금이라는 문구가 좀처럼 와 닿지 않았다. 예상했던 것보다 훨씬 무거운 형량에 현기증을 느낀 석호는 다른 내용을 계속해서 읽어 내려갔다. 업무상 과실치사는 의료법이 아닌 형법에 속해 이에 따라 처벌받아도 의사 면허는 유지되는 듯했다. 의료사고를 내고 소송에서 패한 의사가 다른 곳에 멀쩡히 개원하는 것도 이로 인한 폐단이었다.

'여기서 이럴 게 아니라 변호사를 구해야 하는 건가.'

그때 핸드폰이 요란하게 울었다. 화면을 보니 12병동에서 걸려 온 전화였다.

"여보세요."

"강석호 쌤 맞으시죠?"

가슴이 터질 듯이 뛰었지만, 석호는 침착함을 가장하고 대답했다.

"네, 그런데요?"

"쌤, 빨리 좀 와주세요. 12병동에 핑거 에네마 있다고 말한지 한참 됐는데."

"바빠서 이따가 간다고 했잖아요."

"그게 언제 일인데요. 이분 하루 종일 변을 못 봐서 힘들어하세요."

전화를 걸어온 간호사는 그의 처지 따위는 안중에도 없었다. 울컥한 마음에 뭐라고 한마디 내뱉으려던 그때 석호는 뒤에서 느껴지는 기척에 분을 삭이고 알겠다는 말과 함께 전화를 끊었다. 기다렸다는 듯 발랄한 목소리가 들려왔다.

"오빠, 지금 무슨 과였더라?"

"나, 내과."

고개를 돌린 석호의 눈에 졸린 표정으로 기지개를 켜는 민주의 모습이 들어왔다.

"설마 나 땜에 깬 건 아니지?"

"예리한걸. 덕분에 그녀는 잠에서 깼고 다시는 달콤한 꿈속으로 돌아갈 수 없었습니다."

순정 만화와 뮤지컬을 좋아하는 민주는 종종 연극 투의 대사를 아무렇지도 않게 내뱉는 습관이 있었다.

"무슨 꿈이었길래?"

"그게 기억이 안 나. 분명 기분이 엄청 좋았는데 말이야. 항상 이렇다니까. 멍청해, 진짜."

머리를 손바닥으로 마구 때리는 민주의 동작에 석호는 자신의 처지도 잊고 피식 웃음을 터뜨렸다. 학생 시절부터 과한 리액션을 보여 온 그녀였지만 아직 완전히 적응한 것은 아니었다.

"왜 웃는 건데?"

"몰라. 근데 민주 너, 은근히 코 골더라?"

"너무해!"

민주가 발을 쭉 뻗어 의자를 차버리는 바람에 석호는 하마터면 떨어질 뻔했다.

"조심 좀 해. 이러니까 남자애들이 너한테 고백을 안 하는 거라고. 여자면 여자답게 얌전하고 내숭도 떨 줄 알아야 하는데 말이야."

"조만간 오빠, 나한테 사과해야 할걸?"

"누가 너한테 고백이라도 한다는 거야?"

"내 촉이 맞는다면…. 일주일 안에?"

야릇한 기대감에 부푼 민주의 얼굴은 아까와는 전혀 다른 사람처럼 보였다. 아마 또 어디선가 소개받은 불쌍한 남자애와 한두 번 데이트를 한 모양이었다.

"그래, 잘 되길 바란다. 또 애들 앞에서 차였다고 징징대지 말고."

"병원에서나 이런 이미지지 나도 맘만 먹으면 어지간한 남자애들 혼 빼놓을 자신 있거든?"

"그러셔?"

자리에서 일어난 민주가 모니터를 바라보더니 잠이 덜 깬 목소리로 물었다.

"그 환자분은 누구셔?"

"응?"

모니터에는 김창진의 혈액 검사 결과가 떠 있었다. 당황한 석호는 창을 닫은 뒤 접속을 종료했다.

"그냥. 궁금한 환자가 있어서."

얼버무리는 그의 행동이 자연스럽지가 않았는지 민주가 오호, 하고 기묘한 소리를 내며 눈을 초승달처럼 가느다랗게 떴다. 그녀의 눈빛이 그렇게 변할 때면 긴장해야 한다는 것은 과거의 숱한 경험을 통해 잘 알고 있었다.

"수상한 냄새가 나는데?"

깊게 팬 보조개를 얼굴에 띤 채 민주가 옆에 풀썩 앉았다. 그녀에게서는 조금도 뒤로 물러설 기색이 느껴지지 않았다.

"자수하고 광명 찾자. 오빠는 의식 못 했겠지만 방금 오빠, 동공이 살짝 흔들리고 손을 움찔했어. 당황한 사람들의 대표적인 표식이지. 내 말 틀렸어?"

"…인정."

어쩔 수 없이 석호는 그녀의 말을 시인했다. 민주가 하늘 높이 승리의 브이 자를 손으로 그렸다.

"천하의 석호 오빠도 나한텐 안 된다니까. 나중에 애들한테 자랑해야지."

"누가 들으면 내가 뭐라도 되는 줄 알겠다."

"오빠, 우리 학교 애들 사이에서 스타잖아. 경찰 아저씨도 두 손 두 발 다 든 사건을 그렇게 쉽게 해결할 줄이야. 그때 한나 언니는…."

순간 석호는 얼굴이 급격히 굳어지는 걸 느꼈다. 그 사건, 아니 헤어졌던 그 날 이후로 박한나의 이름을 들을 때마다 석호는 태연한 척하려 해도 잘되지 않는 자신과 마주하고는 했다. 무의식 속에 숨어 있는 뭔가가 그 이름이 나올 때마다 거부반응을 나타냈다. 민주도 자신의 한마디가 불러일으킨 반응에 당황한 기색이 역력했다.

"미안해, 오빠. 일부러 그런 건 아니야."

"그렇겠지."

석호는 애써 담담하게 말했다. 속이 메스꺼워진 그는 시원한 바람을 쐬고 싶어져서 창문가로 다가갔다.

"나 말이야…. 어쩌면 너희들이랑 같이 인턴 못 마칠지도 모르겠다."

"뭐?"

영문을 모르겠다는 민주의 얼굴에 석호는 머뭇거렸다. 어디서부터 털어놔야 할지, 그렇게 하는 것이 맞는지 고민하다가 한참이 지나서야 입을 열었다. 이성은 다른 사람들한테 숨기는 게 유리하다고 말하지만 가슴은 모든 걸 알리라고 했고, 그는 결국 후자를 선택했다.

"사실 아까 그 환자분… 오늘 아침에 돌아가셨던 분이야."

수련교육부장에게 불려간 일부터 최병우와 재욱을 찾아간 것까지 석호는 조금의 숨김도 없이 사실을 밝혔다. 민주의 얼굴에서는 점차 미소가 사라졌다. 이야기를 마친 석호가 숨을 골랐다. 민주는 뭐라고 말을 해야 할지 모르겠다는 듯 난처한 얼굴로 그의 시선을 피했다. 그처럼 진지한 모습은 처음이었던지라 석호 역시 어색함을 떨쳐낼 수 없었다. 무거운 침묵을 깬 그녀의 첫마디는 이랬다.

"나는 오빠 말 믿어. 오빠가 거짓말할 사람은 아니잖아."

"믿어줘서 고맙긴 한데, 천공이 생겼다는 걸 증명할 길이 없는걸."

"아까 보던 게 그분 랩이야?"

민주가 모니터에 눈길을 던졌다.

"응, 헤모글로빈이 떨어져 있고 비엔피가 증가했어. 그런데 의외로 미오글로빈 말고는 심근 효소 수치가 정상 범위더라. 내 눈이 삐었거나 검사 결과에 문제가 있거나 둘 중 하나같은데."

민주가 호들갑스럽게 손바닥을 마주쳤다.

"헐, 미오글로빈은 올랐다고?"

“그게 왜?”

“심근에 손상 생기면 가장 먼저 오르는 게 미오글로빈이잖아. 다른 심근 효소는 몇 시간에 걸쳐서 서서히 상승하고.”

석호는 난데없는 충격에 사로잡혔다.

“그게 정말이야? 난 다 같이 나타나는 줄 알았는데….”

민주가 헤벌쭉 웃었다. 그녀가 혀를 살짝 내밀고는 검지를 좌우로 흔들었다. 약 올리기는 그녀의 전문이기도 했다.

“족보의 폐해를 몸소 증명해주다니. 오빠는 심근 손상되자마자 카디오마커가 오른다고 생각했구나?”

석호는 자존심 상하는 줄도 모르고 고개를 끄덕였다.

“그 말 들으니까 헛공부한 느낌이네. 나, 국시 통과 어떻게 했지?”

“겸손 떨기는.”

“너만 하겠어.”

민주가 그런 말은 마라는 듯 고개를 저었다. 학번 전체에서 3등을 차지해 졸업식 날 단상에 올라 상까지 받은 그녀였다. 그러면서도 평소에는 크게 성적에 연연하지 않고 남들을 배려하는 이미지였기에, 그녀는 언제나 동기들의 애정을 듬뿍 차지했다. 아무튼, 하고 민주가 말을 이었다.

“그래서 심근경색 환자들도 응급실 오면 카디오마커 팔로업하잖아. 그러니까 그 환자도 천공이 있는데 놓쳤을 가능성이 있다는 거지."

"이제 알겠다. 그래도 정확히 무슨 일이 벌어졌는지 알기에는… 여전히 정보가 부족한데."

민주가 그럴까, 하고 의뭉스러운 어조로 말했다.

"적어도 천공이 점진적으로 생긴 게 아니고, 단시간에 발생했다는 건 안 셈이잖아. 오전 여섯 시 때 랩은 정상이었다면서?"

"그랬지."

"오빠가 시술하러 갔을 때 환자분 상태는 어떠셨어?"

"비몽사몽으로 해서 기억도 안 나. 솔직히 처치실에서 봤을 때도 내가 씨라인 뺀 그분인지 몰랐는걸."

"오빠도 떨빵한 구석이 있다니까. 그럼 씨라인 빼고 나서 상태도 기억 안 나? 숨이 찼다거나 소리를 질렀다거나."

"그런 건 없었어. 내가 그 정도로 둔감하지는 않잖아. 또 거기 입원해 있던 환자들한테 확인해 보니까 내가 가고 나서 특별한 일은 없었던 것 같아."

"그럼 대충 좁힐 수 있겠네. 오빠가 거기 간 게 몇 시라고 했지?"

석호는 수련교육부장의 진료실에서 본 기록을 그대로 읊었다.

"오전 7시 36분이었어, 정확히."

"어레스트는 여덟 시가 넘어서 일어났고. 흐응… 좀 애매하네. 주치의가 착각했을 만도 해."

민주가 두툼한 입술을 손가락으로 매만지며 생각에 잠겼다. 잠시 후, 그녀가 튕기듯이 자리에서 일어나 그의 옆에 바싹 당겨 앉았다. 당혹스러워서 쳐다보는 석호에게 그녀는 환자의 차트를 다시 열어보라고 했다. 확인할 것이 있다고 했다. 검사 결과를 띄우자 민주가 마우스를 쥔 그의 손을 들어 옆에다 놓았다. 자기 손이 물건 취급을 받는 것에 항의하려다 석호는 관두었다. 민주가 검사 결과 항목에서 심전도를 클릭했다.

"내 생각에는 심전도가 우리한테 많은 걸 알려줄 것 같아."

"심전도?"

민주가 컴퓨터 모니터를 그쪽으로 돌렸다. 오늘 날짜로 떠 있는 두 개의 심전도 검사 항목이 있었다. 모두 오전 여덟 시 이후에 시행된 검사였다. 민주가 그중 하나에 커서를 올려놓고 그를 힐끔 봤다.

"오빠, 천공을 봤다고 했지. 어느 부위였는지 기억나?"

"뒤쪽…."

그 말을 하고서야 석호는 왜 진작 그 중요한 사실을 말하지 않았을까 후회했다.

"스텐트가 설치된 관상동맥에 있었어. 그러니까, 절단되다시피 한 좌회선지 윗부분을 중심으로 둥글게.”

민주가 그의 어깨를 툭 치면서 발을 굴렀다.

“헐, 헐. 오빠, 뭐야. 그걸 왜 이제 말해!”

“미안, 정신이 없어서. 내가 친한 선배한테서 들었는데, 그래프트 수처 파열이란 게 있대. 스텐트를 이루는 구조물이 파열하는 거지. 내 생각에는 그것 때문이 아닌가 싶어.”

고개를 끄덕이는 민주의 눈빛은 어느 때보다 결연했다. 그녀가 의욕에 넘치는 동작으로 마우스를 움직였다.

“좌회선지에 혈류가 제대로 공급 안 되면 측벽과 후벽에 영향 주잖아. 그럼 해당하는 유도에선 ST 변화가 나타나겠지? 당장 확인해 보자.”

모니터에 하나의 심전도가 떴다. 8시 15분에 시행된 마지막 검사였다. 두 사람은 숨을 죽이고 가만히 바라봤다. 석호가 거기에서 읽어낼 수 있는 건 절망뿐이었다. 병동에서 봤던 것처럼 무의미한 곡선의 출렁거림만이 보였다.

“이건 패스하고.”

다음으로 민주가 클릭한 건 8시 7분에 시행된 검사였다. 코드블루 방송이 울려 퍼지고 나서 첫 검사인만큼 석호는 거기에 일말의 단서가 숨겨져 있기를 기대했다. 모니터에 뜬 심전도는 방금 본 것과는 다른 양상을 띠었다. 붉은 용지 위로 춤추는 곡선은 전보다 맥락이 있었으나, ST파가 상승했거나 하강한 것으로 보이는 영역은 없었다. 민주가 흐응, 하며 고개를 갸웃거렸다.

"심실세동이잖아. 생각한 거랑 다른데."

"이건 폐색이 아니고 전도계에 이상 있다는 걸 나타내는 소견 아냐?"

"잠깐만 있어 봐. 내가 혹시 잘못 알고 있을 수도 있으니까…."

민주가 창을 내리고는 구글을 띄웠다. 관상동맥 천공에 대한 미국 심장협회 저널이 모니터를 메웠다. 족보 위주의 편한 공부를 선호해온 그로서는 그런 그녀의 모습이 신기하게 다가왔다. 스크롤을 내리던 민주가 금세 찾았다며 탄성을 내질렀다. 테이블 1이라는 표에 각종 수치가 나열되어 있었다.

"여길 보면… 관상동맥 천공 환자에서 시술 적응증이 되는 것이 적혀 있는데, 스테미가 24.7%, 논스테미가 28.7%네. 나머지는 협심증이고. 사실 천공에 대한 건 학부 강의에서 제대로 안 다뤄졌잖아. 근데 역시 기전으로는 폐색이랑 비슷한가 보다."

"그럼 어떻게 되는 거야? 이 심전도가 나한테 유리하게 작용하는 셈인가."

민주가 한 손으로 턱을 받치고 한숨을 내쉬었다.

"그건 미지수인데. 의학에 백 퍼센트라는 건 없듯이 에어 엠볼리즘이 원인이 되어서 ST파에 변화가 올 수도 있지만, 또 부정맥을 일으킬 수도 있어서. 잠깐만."

민주가 검색창에 영어로 뭔가를 검색하더니 눈을 찌푸렸다. 희소식은 아닌 듯했다.

"에어 엠볼리즘이 심실세동을 유발할 수 있다는 리포트야. 에잇, 심전도도 큰 도움은 안 되겠다."

그녀가 인터넷 창을 닫고는 석호 쪽을 돌아봤다. 무슨 좋은 아이디어가 없느냐는 표정이었지만, 머리 나쁜 그가 마땅한 대책이 있을 리가 없었다. 어색한 시간이 둘 사이에 차곡차곡 쌓여가던 그때 민주의 얼굴이 밝아졌다.

"왜, 좋은 생각 있어?"

고개를 끄덕인 민주가 그의 눈치를 보며 조심스럽게 입을 열었다.

"영안실에 가보면 어떨까? 지금은 안치실에 있으려나."

상상만으로도 뒷덜미가 섬뜩해졌다. 석호가 단칼에 거절했다.

"그게 무슨 생뚱맞은 소리야."

민주의 얼굴에서 장난기는 찾아볼 수 없었다.

"오빠가 천공을 봤다면서. 그럼 실제로 있었는지 확인을 해봐야 할 거 아냐. 이럴 때 부검을 안 하면 언제 하는데?"

"그건 오버 같은데. 내가 펠로우 선배한테 자문을 구했는데, 그건 도리에 어긋나는 것 같더라고. 빈대 한 마리 잡자고 초가삼간 다 태우는 격이잖아. 나 한 사람 의혹 해결하자고 돌아가신 분 몸에 다시 칼을 대는 건 양심상…."

민주가 이해한다는 듯 고개를 끄덕였다.

"오빠 말이 맞긴 해. 유족이 부검 신청한 게 아닌 이상. 그래도 이대로는 억울하잖아."

"이제는… 너무 늦어버렸어. 이렇게 될 줄 알았으면 최병우 교수님이 수처 하시기 전에 사진이라도 찍어놓을 걸 그랬다. 휴…."

"오빠, 벌써 포기하면 안 돼."

민주는 금방이라도 울음을 터뜨릴 것처럼 눈물을 글썽거렸다. 언제나 활달하고 명랑한 그녀지만 심성이 여리다는 건 예전부터 익히 들어서 알고 있었다. 타인의 고민에 쉽게 감정이입 하는 성격 덕분에 민주는 여자 동기들 사이에서 연애 컨설턴트의 역할을 톡톡히 해왔다.

"한 가지 물어보고 싶은 게 있는데…."

민주가 망설이다 말고 입을 열었다.

"이분 말고 조향희 님은 오빠 땜에 어레스트 일어난 거 확실해?"

"내가 엘튜브를 넣던 중에 갑자기 호흡을 멈추셨으니까… 아마 맞을 거야."

"휴, 그렇구나. 그럼 조금이라도 처벌 수위를 낮추려면 김창진 님의 죽음에 오빠가 책임이 없다는 걸 증명해야겠다."

"그래, 한 사람과 두 사람의 차이는 분명 있으니까."

"석호 오빠 불쌍해서 어떡해…."

민주가 바라보는 표정을 보고 있으려니 석호는 벌써 감옥에 갇힌 죄수라도 된 듯한 기분이었다.

"야, 나중에 나 병원 놀러 오면 맛있는 거 사줘야 한다?"

"…."

민주가 이번 일에 지나치게 신경 쓰지 않도록 부담을 덜어주기 위해 한 말이었는데 오히려 부작용만 낳았다. 고개를 숙이고 있던 민주가 흐느끼기 시작한 것이다. 그녀의 연약한 면을 처음으로 목격한 석호로서는 당혹스러울 따름이었다. 민주와는 언제나 시시껄렁한 장난을 쳐왔기 때문일까. 지금 단둘이 나누는 진지한 대화는 다른 세계에서 벌어지는 일처럼 느껴졌다. 석호가 컴퓨터 앞의 민주에게로 다가가던 그때 전화벨이 울렸다. 그는 잠시 망설이다 전화를 받았다.

"쌤, 대체 어디서 뭐 하는 거예요!"

전화를 받기 무섭게 거친 목소리가 총알처럼 쏟아져 나왔다. 보아하니 조금 전의 간호사가 그새를 참지 못하고 또 번호를 누른 모양이었다.

"아까 알겠다면서요. 근데 30분이나 지났는데 왜 아직도 안 오세요?"

"후…."

답답한 마음에 석호가 깊은 한숨을 내쉬었다. 지금까지는 전화를 건 간호사에 대해서 별다른 생각을 하지 않았는데 곰곰이 목소리를 떠올려보니 12병동의 민은지 간호사가 분명했다. 자신이 담당한 환자에게 내려진 레지던트의 오더를 빠르게 해결하기 위해서라면 인턴을 갈구는 것도 마다하지 않는 그녀가, 석호는 전부터 마음에 들지 않았다. 급한 불부터 꺼야겠다는 생각으로 석호는 지금 가요, 라는 말을 뱉고 통화를 종료했다.

"누군데?"

한숨 소리를 들었는지 민주가 걱정스러운 눈빛으로 보고 있었다.

"너, 12병동 간호사 중에 민은지라고 아냐?"

"그 아줌마, 유명하잖아."

"아줌마?"

"응, 인턴한테 생떼 쓰는 모습이 꼭 시장에서 생선 파는 아줌마 같아서. 내가 3월에 내과 처음 돌았을 때도 그 아줌마 땜에 얼마나 힘들었는데."

"네가 힘들다고 할 정도면 보통내기가 아닌가 보다. 난 이제 가봐야겠다. 더 이상 할 수 있는 것도 없고…."

작별 인사를 건네고 당직실을 나서려던 그때 민주가 말을 걸어왔다.

"오빠, 나한테 방금 굿 아이디어가 떠올랐는데…."

만화 속 등장인물이라면 머리 옆에 불이 켜진 전구가 반짝일 법한 표정이었다.

"무슨 생각?"

"심초음파를 해보는 거야."

"뭐?"

석호는 자기 귀를 의심했다. 해맑은 표정의 민주는 조금 전 그녀가 뱉은 말이 맛집이나 해수욕장 같은 단어라고 착각하게 했다. 석호는 설마 하는 생각으로 떠보았다.

"방금 뭐라고 했어?"

"그러니까 안치실에 가자는 거야. 부검 안 하는 대신 심초음파는 해도 되는 거잖아? 그거 한다고 시신에 상처가 생기는 것도 아니고."

민주의 연애 컨설턴트로서의 면모를 톡톡히 확인하는 순간이었다. 평소 그녀는 여자 동기들 사이에서도 공격적이고 대담한 처방으로 명성이 드높았다. 석호는 민주가 말한 해법이 다소 기괴하면서도 넘지 말아야 할 선을 잘 지켰음을 인정했다.

"확실히… 그러면 천공을 볼 수도 있겠어. 공기색전증도 심초음파로 그 유무를 확인할 수 있을 테고…."

"장례식장 시스템은 모르겠지만, 내일이면 염습하는 거 아니야? 할 거면 빨리, 지금 당장 하는 게 좋겠지."

"아이디어는 좋은데, 과연 초음파를 구할 수 있을까?"

응급실의 소생실 한구석에 비치된 초음파 기계가 석호의 머릿속에 떠올랐다. 엄격하고 철저한 감시 아래에 있는 그곳에서 어떻게 빼올까. 그런 석호에게 민주가 눈을 찡긋했다.

"나한테 다 생각이 있어."

✚

신생아 중환자실 앞을 맴돌며 전화를 받는 그를 본다면 누구나 소아청소년과 인턴이라고 생각할 것이다. 하지만 그건 민주가 치밀하게 짜놓은 계획의 일부였다. 석호는 누구와도 통화하고 있지 않았다. 두 발만 그곳에 머물 뿐 시선은 옆의 분만실에 고정된 상태였다. 민주가 들어간 지도 2분이 흘렀는데, 문은 여전히 꿈쩍도 하지 않았다. 석호는 계획이 틀어진 게 아닌지 초조한 마음을 숨기려 아무 소리도 안 나오는 핸드폰을 귀에 바짝 붙였다.

그가 이번 계획에서 맡은 역할은 망보기였다. 수술을 마친 산부인과 교수가 이쪽으로 올 경우를 대비해서 민주가 심어둔 보초였다. 분만실로 향하는 교수가 눈에 띄면 민주에게 전화를 걸어주기로 약속한 그였다. 최선은 민주가 아무런 탈도 없이 빠져나오는 것이지만, 시간이 지체될수록 예상치 못한 일이 안에서 벌어진 게 아닐까 근심스러웠다. 문 앞을 기웃거리고 싶어도 그럴 수 없는 게 수술실 통로에서 나오면 가장 먼저 눈에 띄기 때문이었다.

답답한 나머지 들어가 보려고 생각하는 참에 문 열리는 소리가 났다. 그쪽을 돌아보기도 전에 들려온 바퀴 소리에 석호는 계획이 성공했음을 알아차렸다. 혀를 쏘옥 내민 민주가 초음파 기계를 밀면서 그에게로 다가왔다. 혼자 끌기에는 버거운 듯 으샤, 하는 소리까지 내면서. 달려간 석호에게 바통을 넘겨준 민주가 뒤를 돌아보더니 한숨을 내쉬었다.

"하마터면 망할 뻔했어. 간호사가 나보고 왜 가져가느냐고 묻는 거 있지."

"미리 연습했잖아."

"병실에서 필요하다고 했지. 그런데도 자꾸 누가 오더를 냈냐고 묻지 뭐야, 찰거머리같이."

"어이가 없네. 분만실 간호사가 그건 알아서 뭐 하게."

"내 말이!"

민주가 아무도 없는 분만실 쪽 복도를 째려봤다. 누군가 보기라도 하면 밤잠을 설칠만한 강렬한 독기가 스민 눈빛이었다.

"진혜리 선생님 이름 대기는 했는데 어떻게 될지 모르겠네."

"민주야, 그래도 되겠어?"

석호는 자신을 위해 기꺼이 위험을 감수한 민주가 고마우면서도 걱정이 되었는데 민주는 전혀 긴장한 기색도 없이 어깨를 으쓱했다.

"까먹고 안 물어보길 기대해야지. 걸리더라도 혜리 선생님이라면 이해해주겠지. 아무튼, 이제부터는 오빠가 활약할 시간이야. 30분이면 가능할까?"

"충분하지."

석호는 어렵다는 것을 알면서도 힘주어 말했다. 민주의 희생이 헛되지 않게 하는 건 온전히 그에게 달려 있었다.

"다 쓰면 내가 분만실 가져다 놓을게. 너한테 부탁받았다고 하면 돼."

"응, 또 도울 일 있으면 언제든지 나 불러."

"알겠어."

민주가 그의 어깨 너머에 있는 직원 전용 엘리베이터를 보더니 소리 질렀다.

"엘리베이터도 안 잡고 뭐 했어."

"미안, 긴장해서."

석호가 버튼을 누르자 전광판에 뜬 숫자 옆에 화살표가 떠올랐다. 어느새 다가온 민주가 그의 등에 펀치를 날렸다. 아야, 하는 석호의 곁에서 그녀가 웃어 보였다.

“왜 그렇게 힘이 없어. 오빠답지 않게.”

“내가 그렇게 보여?”

“응, 많이.”

민주가 눈을 찡긋하자 석호는 자신의 처지가 얼마나 애처로운지 더욱 실감이 났다. 그녀가 새끼손가락을 앞으로 내밀었다.

“무사히 살아 돌아오기.”

석호가 시큰둥하게 있자 그녀가 재촉했다.

“약속해. 빨리!”

“유치하게 왜 이래, 정말.”

민주의 손이 축 처지는 것을 보고 석호는 자신이 실수했음을 깨달았다. 고개를 든 민주의 눈은 어느새 촉촉하게 젖어 있었다. 코를 삼키며 훌쩍이는 그녀의 모습이 낯설게 다가왔다. 그는 뒤늦게야 민주의 팔을 붙들고 새끼손가락을 걸었다. 그런 다음 어깨를 살며시 다독였다. 둘 사이에서는 좀처럼 보기 힘든 광경이었다.

“걱정하지 마, 내가 누구야. 강석호잖아.”

민주의 입가에 웃음기가 번졌다. 그녀가 흘러내리는 눈물

한줄기를 닦아내고는 응, 하고 고개를 끄덕였다.

"저번에 한나 언니 그렇게 만든 범인 잡았을 때처럼, 이번에도 오빠는 잘 해낼 수 있을 거야! 나는 그렇게 믿어."

"고맙다. 정말… 은혜 잊지 않을게."

마침 엘리베이터가 도착하면서 눈물겨운 이별은 막이 내렸다. 석호는 계획이 성공하는 대로 전화를 걸어 낭보를 알려주기로 하고 엘리베이터에 몸을 실었다. 그를 태운 직육면체의 거대한 금속 물체는 천천히 하강하기 시작했다. 유리 너머로 손을 흔드는 민주를 실망하게 해서는 안 된다는 생각에 석호는 마음이 한없이 무거웠다.

✚

지하 1층에서 내린 석호는 초음파 기계를 끌고 앞으로 나아갔다. 편의점 앞에 모여 간식을 먹는 환자와 보호자들 틈에 인턴 동기들이 보였다. 그들의 눈에 띄면 안 된다는 생각에 석호는 고개를 숙이고 지나쳤다. 장례식장으로 연결되는 통로는 30미터쯤 더 가서 왼쪽이었다. 석호는 조금이라도 빨리 가기 위해 달려 보았지만, 위에 달린 모니터가 흔들거리는 느낌이 들어서 속도를 늦추었다. 괜히 무리하다가 망가뜨리기라도 하면 기물파손까지 추가되는 건 일도 아니었다.

재활의학과 외래와 물리치료실은 사람들로 붐볐다. 석호는 그를 발견하고 반갑게 인사를 하는 강민영을 보고 고개만 숙이고 지나갔다. 재활의학과 1년 차인 그녀는 오케스트라 한 해 선배였다. 학생 때보다 광택이 나는 피부가 삶의 질을 알려주었다. 석호는 천장에 달린 표지판이 안내하는 대로 예배당 맞은편에서 오른쪽으로 꺾었다. 양옆으로 사회사업팀과 석고붕대실이 보였다. 수개월 동안 인턴을 돌았음에도 와볼 일이 없던 곳이었다. 석호는 손잡이를 붙든 채 숨죽이고 앞으로 나아갔다. 장례식장이라고 적힌 안내판 아래는 글자에서 배어 나온 공기 때문인지 어디보다도 음울해 보였다. 그간 많은 시신이 사람들의 눈길이 적게 미치는 이곳을 드나들었다고 생각하자 석호는 온몸의 털이 곤두서는 느낌이었다. 석호는 검은색 장막으로 둘러쳐진 입구를 향해 조심스럽게 나아갔다.

어둠 속으로 섞여 들어온 석호를 서늘하고 건조한 공기가 맞았다. 앞으로 나아가 오른쪽으로 틀자 천장을 장식한 희미한 조명이 보였다. 석호는 흐릿한 불빛에 의지해 계속해서 앞으로 향했다. 바닥이 울퉁불퉁한지 걸음을 옮길 때마다 바퀴에서 마찰음이 났다. 적막한 공기 속에서 움직이는 건 혼자뿐인 것 같았다. 석호는 바닥에 아무렇게나 널린 하얀 천들을 밟고 지나가며 앞으로 마주할 광경을 머릿속에 단단히

새겼다. 무엇을 봐도 충격받지 않아야 한다고, 자신에게 가혹할 정도의 주문을 입력했다.

그가 기억하는 장례식장은 병원 본관과 이삼십 미터 정도 떨어져 있었다. 그런데도 왜 이렇게 통로가 길게 느껴지는지 석호는 알다가도 몰랐다. 오래되고 헤진 벽면에는 금이 커다랗게 나 있었다. 희미한 불빛도 잠시, 정수기가 있는 곳을 경계로 조명의 밝기가 눈에 띄게 밝아졌다. 동굴 속에 숨어 살다가 세상으로 뛰쳐나가는 원시인의 기분이었다. 통로를 나아가던 석호는 문득 흥얼거리는 노랫소리를 듣고 멈춰 섰다. 처음으로 마주친 생명의 흔적이 그는 반가우면서도 내심 두려웠다. 정체불명의 기계를 끌고 지하 세계를 방문한 이는 그가 처음일 터였다. 그를 향한 감정은 적대적일 수밖에 없었다.

석호는 왜 지하에 화살표 같은 안내하는 역할을 담당하는 문구가 없는지 속으로 불평을 쏟아내다가 그쳤다. 이곳은 산 자가 아닌 죽은 자들을 위해 만들어진 공간이었다. 더욱이 지하에 있는 이곳은 병원 직원들만이 오가는 통로였다. 그들에게 안내 같은 것이 필요할 리가 없었다. 가사를 알아들을 수 없는 노래는 더욱 커졌다. 석호는 이제 불과 몇 미터도 떨어져 있지 않다는 걸 확신했다.

가까워질수록 고약한 악취가 콧속으로 스며들었다. 석호는 그의 앞에 오물을 뒤집어쓴 부랑자가 있다고 해도 놀라지 않으리라 마음먹었다. 뒤늦게 마스크를 안 쓰고 온 것이 후회스러웠다. 무엇보다도 더 큰 문제는 시신을 마주했을 때였다. 사망한 지 여섯 시간이 훌쩍 넘은 환자의 시신은 이미 부패가 시작했을 터였다.

코너를 끼고 우측으로 꺾은 석호의 시야에 거대한 체격의 남자가 들어왔다. 발음이 뭉개져서 가사는 제대로 귀에 박히지 않았지만, 그대나 사랑 같은 단어들은 알아들을 수 있었다. 키는 185cm 정도 되어 보였고, 모자 밖으로 치렁치렁한 검은 머리카락이 보기 싫게 삐죽 튀어나와 있었다. 군청색 계열의 칙칙한 상·하의를 입었는데, 그게 장례식장의 유니폼인 듯했다. 흐릿한 조명에 묻혀 눈이나 코, 입술이 명확히 분간하기 어려웠다.

석호는 그에 대해 아무것도 몰랐지만 적어도 귀가 안 좋거나 둔감하다는 것은 알아차렸다. 복도에 울려 퍼지는 바퀴의 시끄러운 소리가 가까이에서 멈췄는데도 남자는 조금도 눈치를 챈 기미가 없었다. 그저 물기가 듬뿍 묻은 대걸레로 바닥을 닦는 데 집중했다.

"저기요."

석호의 부름에도 남자의 대답은 돌아오지 않았다. 예상대로 귀가 안 좋은 걸까. 그런 생각을 하는 그의 눈에 귀에 꽂은 이어폰이 들어왔다. 죽음의 기운이 물씬한 이곳의 영향을 차단하고 즐거운 마음으로 작업을 하려는 의도인 듯했다. 체념한 석호가 다가가 앞에 서자 비로소 남자는 놀라서 고함을 질렀다.

"에이씨, 누구야?"

가까이에서 본 그의 얼굴은 생각보다 지저분했다. 일주일은 면도를 안 한 듯 입가에 무성한 수염이 나 있었고, 눈썹에는 비듬으로 보이는 하얀 것이 점점이 박혀 있었다. 석호는 구역질이 나는 걸 참으며 말했다.

"이 병원 의사입니다."

"의사가 여긴 왜? 쥐새끼도 아니고 그렇게 살금살금 오면 어떡해."

그쪽이 이어폰 끼고 있었잖아요, 하고 반박하려다 석호는 억지로 웃음을 흘렸다. 거친 사람에게 똑같이 대응하는 것은 현명한 방법이 아니었다.

"그건 또 뭐고?"

남자의 눈길이 그가 붙든 초음파 기계에 꽂혔다. 신기한 골동품이라도 보는 듯 그의 눈이 동그래졌다. 그럴 만도 했다. 장례식장에 이런 기계를 끌고 나타난 사람은 여기서 일한 뒤로 처음이었을 테니까. 석호는 떳떳해 보이기 위해 가슴을 앞으로 내밀고 어깨를 뒤로 젖혔다. 불법적인 일을 행한다고 느끼게 하는 건 자칫 일을 그르칠 위험이 있었다.

"초음파입니다."

"골치 아프게, 그딴 건 왜 갖고 와."

남자가 대걸레를 쥔 손에 힘을 주었다. 그것으로 초음파가 있는 자리를 싹 밀어버리고 싶은 듯했다.

"사망진단서에 문제가 있어서 다시 검사할 필요가 있어서요."

극한의 상황에 이르면 사람이 변하는 법일까. 석호는 술술 입에서 흘러나오는 말도 안 되는 거짓말에 자신도 놀랐다. 병원 사람이 들으면 누구나 의심의 눈길을 보낼 법한 말이었지만, 남자는 조금도 의심하지 않고 고개를 끄덕였다.

"그랬구먼."

"혹시 안치실이 어디 있는지 아세요?"

"다 와놓고 왜 그래. 저쪽으로."

남자는 말을 끝맺는 것조차 귀찮다는 투로 머리를 까딱거렸다. 그의 머리가 향한 쪽에는 아니나 다를까, 폭이 넓은 복도가 펼쳐져 있었다. 벽면에 문 같은 게 여럿 붙어 있는 것이 보였다.

"감사합니다."

초라한 외모에 어울리는 흐리멍덩한 눈이 석호의 얼굴에 머물렀다가 바닥에 꽂혔다. 남자는 그에게 흥미를 잃은 듯

이어폰을 한쪽 귀에 꽂았다. 첫 번째 장애물을 무사히 넘겼다는 안도감이 밀려왔다. 석호는 고개를 꾸벅 숙이고 그를 지나쳐 걸음을 재촉했다.

오른편에 일렬로 나타난 문들을 석호는 주시했다. 입관실 1, 입관실 2, 안치실 등 방마다 이름이 붙어 있었다. 벽면을 거의 다 차지할 정도로 커다란 황토색 빛깔의 문에는 '관계자 외 출입 금지'라는 표시가 되어 있었다. 석호는 주위를 두리번거리다가 부검실이 없는 것을 보고 의아해했다. 몇 년 전 할아버지가 돌아가신 대학병원 장례식장 지하에는 부검실이 있었기 때문이다. 문득 법의학과가 따로 없어 외부에서 교수들을 초빙해 강의를 들었던 작년의 기억이 났다. 대학병원에 부검실이 반드시 있어야 하는 건 아닌가 보다고, 석호는 짐작했다.

안치실의 문은 굳게 닫혀 있었다. 요행을 바라고 힘껏 문고리를 잡고 당겨 봐도 팔만 아플 뿐 꿈쩍도 하지 않았다. 석호는 두세 번 시도하다 포기했다. 청소하던 남자에게로 가서 열쇠가 있는지 물었지만, 남자는 가지고 있으면서도 그에게 넘겨주기를 한사코 거부했다. 윗사람의 허가 없이는 누구도 들어가지 못하도록 지시가 내려와서라고 설명했다. 석호가 있는 말 없는 말을 동원해서 마음을 바꿔보려 했지만, 남자의 시큰둥한 태도를 바꾸기에는 그의 모습이 영 수상쩍었던 모양이다.

"에이씨, 나 좀 내버려 두라고."

꽁무니를 내뺀 남자는 또 그가 말을 걸어올 것이 귀찮았는지 시야에 들어오지 않는 저 멀리 사라졌다. 석호는 좌절감에 찌들어서 문에 등을 기대고 주저앉았다. 위층에서 흘러나오는 잔잔한 클래식 음악이 석호를 애처로운 감상에 젖게 했다.

'어쩐지 술술 풀린다 했네.'

기대하고 있을 민주를 생각하면 한숨밖에 안 나왔다. 석호는 남자를 쫓아가 훔쳐서라도 열쇠를 가져와야 하는지 생각에 잠겼다. 머릿속에서 온갖 이상한 상상이 엎치락뒤치락하고 있을 무렵 그를 향해 다가오는 발소리가 들렸다.

자세를 고쳐 잡고 일어나자 어둠에 잠겨 있던 우측 통로에 불이 들어왔다. 주기적으로 울리는 딩동 소리가 장례식장에서의 일을 기억 속에서 끄집어냈다. 마지막으로 할아버지의 시신을 보러 친지들과 함께 안치실로 향하던 순간이었다. 나선형 통로에는 일정한 간격마다 천장에 센서가 설치되어 있어서 아래를 지나면 종소리가 났다. 그 소리가 마치 죽은 자에게 가는 걸 알리는 소리처럼 들려 석호는 어린 마음에 섬뜩한 기분에 젖었다. 그런 기억이 지금의 석호에게도 그날과 같은 효과를 일으키고 있었다. 그는 몸을 숨길 곳을 찾아 사방을 살폈지만 마땅한 곳이 없었다. 도망칠 수 없다면 즐기라는 명언을 받들어 석호는 두려움을 떨치고 정면을 바라봤다.

이윽고 발소리가 가까워지더니 회색 정장을 차려입은 젊은 여자가 나타났다. 석호는 저도 모르게 입을 벌리고 다물 줄 몰랐다. 장례식장과는 어울리지 않는 생기 넘치는 얼굴에 놀란 건데, 놀란 건 여자 쪽도 마찬가지인 듯했다. 당황해서 입을 막은 그녀가 도움을 청하려는 듯 뒤를 돌아보더니 아무도 없는 것을 확인하고 다가왔다. 그녀의 시선은 이틀간 씻지 못해 꾀죄죄한 그의 얼굴이 아닌, 초음파 기계에 고정되어 있었다. 조금 전의 남자도 그렇고 장례식장에서 이 요물을 만나는 건 처음일 테니 그럴 만도 했다. 여자가 기가 막힌다는 얼굴로 물었다.

"대체 여기서 뭐 하시는 거예요?"

"돌아가신 분 사망진단서에 오류가 있어서요. 심초음파를 다시 하게 되었습니다."

"그게 정말이에요?"

하얀 셔츠의 칼라가 멋스럽게 튀어나온 게 패션 센스가 나쁘지 않아 보였다. 석호는 그녀가 자신과 나이 차가 얼마 나지 않을 거로 생각했다. 말투나 표정 같은 게 결코 삼십 대로는 보이지 않았기 때문이다. 여자가 호감형이라고 해서 석호가 쉽게 안치실로 들어갈 수 있는 건 아니었다.

"이런 사례가 없어서요. 함부로 허락해드릴 수가 없어요."

석호는 명찰로 그녀가 장례지도사 신정혜라는 걸 알았다. 반대로 그녀가 그의 신분을 알아낼 방법은 없을 터였다. 이곳에 오기 전에 이름과 소속 부서가 적힌 출입증을 주머니에 넣어뒀기 때문이다. 석호는 무슨 수를 써서라도 안에 들어가야겠다는 각오로 여자를 구슬렸다.

"부탁드립니다. 내일이면 더 이상 진단이 바뀔 수 없는데, 그런 사태만은 피해야 하지 않겠어요?"

신정혜는 그가 쳐놓은 그물에 쉽사리 걸려들지 않았다.

"그럼 잠깐 기다리시겠어요? 저 혼자 결정할 수는 없는 문제라서요. 곧 있으면 다른 선생님들도 오실 거예요."

"선생님이라니 누구요?"

은연중에 겁을 먹고 석호가 한 걸음 물러났다.

"입관식 준비해야 해서요. 다른 지도사 선생님들도 여기 오실 거예요. 괜찮으시죠?"

"아, 네…."

얼떨떨한 대답을 듣고 신정혜는 가볍게 고개를 끄덕이고는 외투에서 열쇠를 꺼냈다. 문이 열리자 어둠에 잠긴 공간이 드러났다. 안에 고여 있던 냉기가 기다렸다는 듯 그들에게로 밀려왔다. 죽음의 냄새. 말만 그런 게 아니라 실제로 시신들이 그곳에 있으니 아주 정확한 표현이었다. 석호가 뒤를 따라가려 하자 여자가 돌아서서 두 팔을 대각선으로 뻗었다.

"입장 불가니까 앞에서 기다리고 계세요."

"예…."

당돌한 동작에 석호는 할 말을 잃고 뒤로 물러났다. 조명이 켜지자 실내 공간이 한눈에 들어왔다. 정확히 열두 개의 커다란 상자가 조금의 오차도 없이 부둣가의 화물처럼 쌓여 있었다. 위아래로 두 개씩 여섯 칸으로 나누어져 있었다. 저곳이 시신이 잠들어 있는 안치 냉장고인 듯했다. 벽면에는 스트래처로 보이는 기다란 것이 놓여 있었다. 신정혜는 그쪽으로 다가가서 브레이크를 풀고는 가운데에 있는 상자 앞으로 끌고 갔다. 호기심에 사로잡혀 그 광경을 보는데 문득 고개를 돌린 그녀와 눈이 마주쳤다. 같은 또래라고 생각해서 말이 잘 통할 거로 생각한 게 오산이었다. 그녀는 그의 갖은 노력에도 불구하고 그를 침입자로 규정했고, 그것이 둘 사이의 거리를 좁혀주지 못했다. 그녀가 못내 신경이 쓰였는지 다시 그에게로 왔다.

"찾으시는 망자분 성함이 어떻게 되죠?"

"김창진입니다."

"김창진 님…."

신정혜가 중얼거리며 안치 냉장고로 다가갔다. 오른쪽에서부터 왼쪽으로 훑다가 이름을 발견한 듯 여기 있네, 라며 허리를 굽혔다. 정장을 입어서인지, 아니면 신체 사이즈가 안 맞는 건지 허벅지가 터질 듯이 부풀어 올랐다. 석호는 민망해서 시선을 돌렸다. 잠시 후, 돌아온 그녀의 눈에는 전보다 경계심이 더욱 어려 있었다.

"발인은 이틀 후네요. 부검은 안 하고요."

"네, 맞습니다."

"아무래도 이상해요. 김창진 님, 제가 보호자분이랑 벌써 말씀 나눠봤는데요, 우리 병원 흉부외과 교수님 은사분이라면서요?"

"…그렇죠."

석호는 어쩐지 기대하는 방향에서 점차 멀어지는 기분이었다.

"사인에 대해서는 별다른 의문이 없어 보이시던데요. 오히려 마지막까지 최선을 다하신 의료진에게 감사하다고 하셨거든요."

노골적인 질책이 깃든 눈빛이었다. 석호는 이 직원에게만큼은 더는 궁핍한 변명이 통하지 않으리라는 것을 깨달았다.

"네, 그건…."

뭐라도 지어내야 하는데 아른거리는 건 민주의 울음 섞인 목소리였다. 석호는 손에 축축하게 배어난 땀을 가운 표면에 닦아냈다.

"아무튼, 선생님 병원 직원은 맞으신 거죠?"

"그, 그럼요."

하필이면 이 중요한 순간에 말까지 더듬다니. 석호는 백기를 들기 직전이었다.

"선생님 이름이랑 과를 알려주세요. 무슨 과 선생님이시죠?"

핸드폰을 주머니에서 꺼낸 신정혜는 당장이라도 어디론가 전화를 걸 기세였다. 석호는 당돌한 그녀의 모습에 초조해졌다.

"저는…."

인턴이라고 사실대로 알려야 할지, 내과라고 속여야 할지 석호는 확신할 수 없었다. 그가 상대하는 직원은 보통의 사람과는 달리 융통성이라고는 눈곱만큼도 없었다. 크고 작은 일을 모조리 원칙대로 처리하는 마인드를 지닌 듯했다. 신분을 솔직히 밝힐 경우 그녀라면 단연코 윗사람에게 보고할 거라는 위기감이 발동했다.

"선생님에게 이런 지시를 내린 분의 이름은 또 뭐고요?"

"…."

그가 대답을 망설이는 시간이 길어질수록 여자의 얼굴은 굳어졌다.

"처음부터 수상하다고 생각했어요. 지하 통로로 몰래 오신 것도 이상한데, 초음파까지 들고 오시다니."

"…."

"여기 CCTV 있는 거 아시죠? 선생님이 하는 행동 하나하나가 찍히고 있단 거 알아두세요."

위압적인 말투에 석호는 두려움마저 느꼈다. 석호는 떨리는 팔을 초음파 기계를 붙듦으로써 가까스로 진정시켰다. 신정혜가 뭐라고 타박하려는 순간 딩동, 하는 소리가 위에서 울려왔다. 이번에는 한 명이 아니었다. 수없이 많은 발소리가 예고도 없이 그를 향해 밀물처럼 밀려왔다. 석호는 그들이 마치 자신을 체포하려고 들이닥치는 경찰처럼 느껴졌다. 직감이 그에게 당장 이 자리를 피하라고, 피하지 않으면 더 큰 화가 닥칠 거라고 알려주었다.

"이만 가겠습니다."

석호는 단숨에 초음파 기계의 방향을 돌려 쏜살같이 질주했다.

"이보세요, 멈추세요!"

목소리를 무시하고 달린 끝에 석호는 그들이 내려오기 직전에 모퉁이에서 모습을 감출 수 있었다. 병원 본관으로 향하는 통로에서 석호는 악몽에서 빠져나오기 위해 전력으로 질주해야만 했다. 어둠에서 빛의 세계로 돌아왔을 즈음, 석호의 전신은 소나기를 맞은 듯 물기가 뚝뚝 떨어졌다. 그를 맞이한 건 생명력과 빛줄기만이 아니었다. 수많은 부재중 전화가 저승에서 살아온 그를 반겼다. 그중에서 윤수의 이름이 있어 전화를 걸었더니 칭얼거리는 목소리가 귓가를 때렸다.

"야, 야. 너무한 거 아냐? 석호 네가 급한 콜은 해결한다면서. 간호사들이 그러는데 아예 전화를 안 받는다던데, 그게 정말이야?"

"미안…. 내가 사정이 좀 안 좋아서."

"상황이 매우 나빠?"

석호는 장례식장에 다녀간 일을 제외하고 모든 것을 털어놓았다. 윤수는 뭐라고 해줄 말이 없다고 안타까워하면서도 끝내 자신이 증인이 되어준다는 약속은 하지 않았다. 석호는 다시 한번 배신감에 젖는 한편으로 그의 입장이 이해돼서 군말하지 않았다. 9등급에서 10등급에 걸친 성적으로 간신히 인턴이 된 윤수로서는 이런 일에 휘말리지 않는 게 미래를 고려하면 당연한 선택이었다. 스트레스가 사무친 윤수의 목소리는 평소보다 격앙되어 있었다. 석호는 그가 자청해서 맡은 짐을 자기라도 덜어줘야겠다고 생각했다.

"윤수야, 아까 한 약속은 신경 안 써도 돼. 퇴근 시간 지나도 내 일은 끝내고 갈 테니까. 마음 편하게 일해."

윤수는 그래도, 하면서 머뭇거리더니 결국에는 그의 제안을 받아들였다. 이로써 석호는 꼼짝없이 지금부터 콜을 해결해야 하는 상황에 부닥쳤다. 허무하게 날려버린 시간 동안 쌓인 콜을 끝내려면 그는 오후 아홉 시가 되어도 퇴근하기 어려울 판이었다.

병동으로 올라가기 전 분만실에 들러 초음파 기계를 반납하고 엘리베이터로 향했다. 결과를 알려주기로 한 약속을 기억했음에도 석호는 민주에게 전화를 걸지 않기로 했다. 그녀를 또다시 울리고 싶지 않다는 단순한 이유에서였다.

소녀는 오들오들 떨면서 두 손을 가지런히 모으고 있었다. 병원 모형의 곁에 서서 허리를 굽히고 있던 할아버지가 나무 막대를 집어 들면서 물었다.

"지수가 벤치로 옮겼어요?"

"모, 모르고 그랬어."

소녀는 울먹거리며 고개를 끄덕였다. 과자인 줄 알고 깨물었다가 화가 나서 집어 던진 걸 들킬까 봐 가슴이 조마조마했다. 하지만 할아버지는 조금도 화를 내지 않고 다가와서 소녀를 안아 올렸다. 하늘에 붕 뜬 소녀는 다시 한번 넓은 병원의 풍경을 볼 수 있었다. 아까는 안 보였던 옥상의 헬리콥터가 보였다.

"우야동동, 울지 마요. 할애비가 이제부터 문제를 낼 건데 맞혀 봐요."

"웅, 지수는 퀴즈라면 자신 있어."

어느새 소녀는 눈물을 뚝 그치고 초롱초롱한 눈을 빛냈다.

할아버지가 들고 있던 나무 막대를 눈앞으로 가까이 가져왔다.

"이건 뭘까요?"

사람 얼굴을 연상시키는 두 개의 점과 기다란 선이 커다랗게 보였다. 소녀는 자신도 모르게 기분이 나빠져서 얼굴을 찌푸리고 고개를 홱 돌렸다.

"막대기잖아."

"땡!"

할아버지가 이상한 콧소리를 내면서 몸을 들썩이기 시작했다. 놀이기구를 타는 기분에 소녀는 까르르 고함을 질렀다. 시간이 꽤 지나고서야 할아버지는 흔드는 것을 멈췄다. 숨을 헐떡이는 게 체력이 부족한 것 같았다.

"틀릴 때마다 단계가 올라갈 거예요. 두 번째 기회, 정답은 뭘까요?"

소녀는 조금만 더 타고 싶었지만 이러다간 할아버지가 쓰러질까 봐 걱정됐다. 결국, 생각하고 있던 답을 입 밖으로 냈다.

"사람!"

"딩동댕! 우리 지수, 참 잘했어요."

할아버지가 소녀의 엉덩이를 톡톡 두드려주었다. 소녀는 기분이 좋아져서 손뼉을 치다가 아리송한 게 있어서 고개를 갸웃거렸다. 눈치 빠른 할아버지도 금방 소녀의 변화를 알아차렸다.

"지수, 왜 그래요?"

소녀가 손가락으로 병원 모형을 가리키며 물었다.

"할아부지, 이 사람들은 왜 여기에 세워둔 거야? 불쌍해."

할아버지가 허허 웃으면서 소녀의 머리를 쓰다듬었다.

"불쌍할 것 없어요. 저 사람들은 나쁜 주인을 만나서 천벌받는 거예요."

소녀는 나쁜 주인이라는 게 누군지 궁금해서 알려달라고 졸랐지만, 할아버지는 웃기만 할 뿐 한사코 가르쳐주지 않았다. 호기심이 껑충 머리 위로 뛰어오른 소녀가 씩씩 소리를 내며 째려봤다. 물론 그건 할아버지의 입을 열기 위한 연기였다. 땀을 뻘뻘 흘리던 할아버지는 구석에 쌓여 있던 네모난 상자를 꺼내왔다. 뚜껑을 열자 사촌오빠의 집에서 갖고 놀았던 조이스틱과 비슷하게 생긴 물건이 튀어나왔다. 소녀가 우와 소리를 지르며 손뼉을 쳤다. 할아버지가 컴퓨터의 전원을 켜고는 킥킥거리면서 말했다.

"이제부터 할애비랑 재밌게 놀아보자꾸나. 준비됐어요, 지수?"

"응, 재밌을 것 같아. 근데 이거 무슨 장난감이야?"

"위험한 장난감이지요."

할아버지의 말에 소녀는 고개를 갸웃거렸다. 이렇게 조그맣고 귀여운 장난감이 뭐가 위험하다는 건지 이해가 되지 않았다.

7장

장례식장에 몰래 잠입한 인턴을 찾으려는 시도는 무위로 돌아간 듯했다. 한 시간이 지난 지금, 석호는 그와 관련된 어떤 연락도 받지 못했고 술기를 처리하느라 바빴다. 의무감도 의무감이지만 더는 그가 해볼 수 있는 일이 없었기 때문이다. 석호는 막막한 안개 속을 거니는 기분으로 머리에서 생각이라는 걸 제거하고 콜이 오는 대로 출동했다. 5병동 간호사로부터 들은 바로는 장례식장에 간 사이 그를 찾는 원내 방송이 두 번이나 더 울렸다고 했다. 심지어 인턴장까지 전화가 와서 왜 전화를 안 받는지 물어왔다. 석호는 설명할 의욕이 없어 적당히 얼버무리고 전화를 끊었다.

지금 그는 12병동에 수지 관장을 하기 위해 와 있었다. 두 시간이 넘게 지체된 탓에 간호사들은 그의 등장에 짜증을 내면서도 열화와 같이 맞아주었다. 어쨌거나 그가 일을 처리하지 않으면 피를 보는 건 그들이었다.

글러브를 낀 석호가 가까이 다가가자 침대에 누운 중년의 여자가 그를 물끄러미 올려다봤다. 골짜기처럼 깊게 팬 볼과 다크서클이 녹록지 않은 삶을 살아온 인상을 주는 아주머니였다.

"무슨 일이우?"

"최윤희 님 맞으시죠?"

"그란디요."

"관장 받기로 하신 거 아니에요?"

"에익."

괴상한 소리를 내며 고개를 돌리는 모습에 실수한 건가 싶었지만, 하반신 아래에 넓게 깔린 포를 보고 착각한 게 아님을 알았다. 변을 제대로 보지 못해 고통스러워한다는 간호사의 말대로 그녀는 두 손으로 배를 움켜쥔 채 혼자서 주물럭거렸고 땀으로 환자복이 흠뻑 젖은 상태였다.

"많이 불편하시죠? 옆으로 돌아누우신 다음 옷 내려주세요."

"여자 선생님 좀 불러달라우. 응?"

그제야 조금 전 그녀의 이상한 행동의 의미를 이해할 수 있었다. 성별이 다른 의사에게서 처치를 받는 것을 불편해하는 환자들이 있는데 이번에도 그런 경우였다. 석호는 나긋나긋한 목소리로 설득을 시도했다.

“어머님, 이번 달 내과 인턴이 전부 남자라서 어쩔 수 없어요. 죄송해요.”

“그러면 간호사 불러달라우. 앞에 잔뜩 모여 있더만.”

“저도 늘 불만을 품고 있는 거지만, 우리 병원에서 관장은 간호사가 아니라 인턴이 하기로 돼 있어서요. 제가 금방 빼드릴 테니까 걱정하지 마세요.”

“사람 민망허게.”

실랑이를 벌인 끝에 최윤희가 옆으로 돌아눕고는 하의를 끌어 내렸다.

“그럼 시작할게요. 숨 참으시고요, 차가울 수 있어요.”

윤활제를 손가락에 듬뿍 묻힌 석호가 항문에 손가락을 깊이 집어넣자 악, 하는 신음이 그녀에게서 흘러나왔다. 손가락 끝으로 만져지는 딱딱한 덩어리의 상태로 보아 그녀의 변비는 심각한 수준이었다. 손가락을 시계 방향, 반시계 방향으로 번갈아 돌려가며 석호는 들러붙은 변을 포에 떨어뜨리는 단순 작업을 반복했다.

시간이 지날수록 처치실 내부를 좀먹기 시작한 악취에 석호는 마스크를 착용하지 않았다는 것을 뒤늦게 깨달았다. 수지 관장을 할 때마다 그 중요한 사항을 잊는 바람에 그는 번번이 자신의 의지와는 상관없이 다양한 변의 냄새를 맡는 처지에 놓이고는 했었다.

'한심하다니깐.'

손가락으로 항문의 벽에 남아 있던 변 찌꺼기를 남김없이 긁어내자 최윤희가 소리를 질렀다. 그 소리가 어머니의 어깨를 주물러드릴 때마다 나오는 그것을 연상시키는 바람에 석호는 상황에 맞지 않는 웃음을 내뱉었다. 그녀가 이상하다는 시선으로 바라봤다. 석호는 나쁜 짓을 하다 들킨 아이처럼 어색하게 말을 붙였다.

"어머님, 시원하시죠?"

"그려, 이제 살갔어. 아휴, 시원해라."

"거의 끝났으니까 잠시만 계세요."

가져온 휴지로 항문 주위를 깨끗이 닦아낸 석호가 글러브를 벗어 포와 함께 의료폐기물 통에 버리고 돌아왔다.

"어머님, 다 끝났어요. 제가 간호사 선생님 불러드릴 테니까 옷 입고 계세요."

"수고하셨우."

간호 스테이션으로 나오자마자 기다렸다는 듯 간호사 민은지가 고개를 돌렸다. 짤막한 목에 게을러 보이는 눈빛이 자라를 연상시켰다.

"쌤, 핑거 에네마 벌써 다 하셨어요?"

"네, 이제 병실로 옮겨주세요."

"변은 얼마나 나왔는데요?"

"달걀 여섯 개 정도 크기요."
"헉, 대박."
그녀의 해맑은 표정에 석호는 기분이 썩 좋지 않았다.
"그럼 전 가볼게요. 앞으로는 그런 식으로 콜하지 마시고요."
"뭐라구요? 쌤, 방금 뭐라구 말했어요?"
민은지가 코웃음을 치면서 다가왔다. 대책 없이 뽀글뽀글한 파마머리에 한쪽 귀에만 달린 귀걸이가 형편없는 미적 감각을 드러냈다. 그녀의 눈을 똑바로 마주 보며 석호가 세게 나갔다.
"제가 분명 나중에 온다고 했잖아요. 그런데 왜 계속 콜을 하세요? 그것도 모자라서 원내 방송까지 하고."
"그야 환자분이 불편하다고 하시니까 그렇죠."
그녀가 능글맞은 미소를 입가에 띤 채 눈 하나 깜빡하지 않았다. 석호는 그 순간 살의에 가까운 감정을 느꼈다.
"그렇다고 고작 관장으로 여섯 번씩이나 전화를 걸고 방송까지 하는 게 옳다고 생각하세요?"
자신도 모르게 언성이 높아졌다. 스테이션에 앉아 있던 간호사들이 하나둘씩 그를 돌아보았다. 민은지는 전혀 기가 죽은 눈치도 없이 말대꾸했다.
"쌤이 일찍 안 오셔서 얼마나 컴플레인 했는지 아세요? 쌤이 잘못하신 건데 왜 제가 그런 말을 들어야 해요?"

"잘못?"

"쌤, 의사잖아요. 환자들이 호소하는 불편을 조금이라도 빨리 해결해주는 게 의사가 해야 할 일 아니에요?"

"그것도 적당히 하셔야죠. 제가 손이 네 개 달린 것도 아니고 다른 병동에 쌓인 콜이 얼마나 많은데."

그녀가 피식 웃었다.

"어디요? 딴 병동 애들이 그러던데 쌤 그 애들한테도 기다리라고 했다면서요. 대체 뭐 하다가 이제 오신 거예요?"

"정 궁금하시면 선생님이 1층부터 13층까지 전화 다 돌려보세요. 전 갈게요."

서둘러 자리를 떠나려던 그때 민은지가 스테이션에 있던 간호사들에게 다 들릴 정도로 큰 목소리로 혼잣말을 했다.

"저 쌤, 진짜 웃긴다니까. 멀쩡한 환자들 골로 보내놓고 부끄럽지도 않나?"

석호의 발걸음이 차츰 느려지더니 스테이션 앞에서 멈춰섰다. 등 뒤로 쏟아지는 무수한 시선을 느끼면서도 돌아볼 엄두가 나지 않아서 우두커니 서 있었다. 돌아봤다가는 그를 향한 조소 어린 눈길과 마주할 테고 그것만큼은 도저히 자존심이 허락하지 않았다.

술기를 하는 동안 잠가 놓았던 빗장이 풀리자 우울한 기억들이 하나둘씩 수면 위로 떠 올랐다. 비위관을 삽입하던 도중 갑작스럽게 눈을 부릅뜨던 조향희의 겁에 질린 얼굴, 힘내라며 따뜻한 위로의 말을 건네던 최유진 간호사의 연민 가득한 눈빛, 내일 있을 징계위원회에서 수련 중단 결정이 내려질지도 모른다고 설명하던 오태준 교수의 엄숙한 표정.

이 모든 것들이 짧은 순간에 머릿속을 휩쓸고 지나갔고, 그 순간 12병동, 아니 병원에서 뛰쳐나가고 싶은 충동이 일었다. 이런 수모를 겪으면서까지 일을 계속하고 싶지는 않았다. 무기력하게 걸음을 옮겨 병동을 빠져나가려던 그때 누군가 석호를 불러 세웠다.

"인턴 쌤, 잠깐만요."

석호는 낯설지 않은 목소리에 긴가민가했다. 고개를 돌려 상대를 확인한 순간 몸에 배어 있는 습관이 저절로 튀어나왔다.

"선생님, 안녕하십니까."

내과 3년 차 허수정이 동의서로 보이는 서류를 잔뜩 집어 든 채 그를 올려다보고 있었다.

"쌤, 많이 바쁘죠?"

"아닙니다."

"아까는 고마웠어요. 최윤희 님 주치의가 저라서…."

석호는 수정이 자신에게 말을 걸어온 이유를 짐작할 수 있었다. 자신이 담당한 환자에 대한 콜을 몇 시간이나 뒤로 미룬 그에게 불평을 쏟아놓을 것이 틀림없다고 석호는 생각했다.

"제가 이런 말 해도 될지 모르겠는데…."

그의 눈치를 살피며 조심스럽게 입을 떼는 수정의 다소곳한 얼굴에는 그에 대한 사소한 악감정도 담겨 있지 않았다. 의아한 마음에 그녀를 가만히 응시하던 석호에게 들려온 건 전혀 생각지도 못한 말이었다.

"방금 간호사가 한 말, 신경 쓸 필요 없어요."

"예?"

"그 할머니, 쌤 아니었어도 조만간 돌아가셨을 만큼 상태 안 좋은 환자였대요. 주치의한테 들었어요."

"…."

"쌤 잘못만은 아니니까. 그러니깐… 너무 자책하지 마요."

눈앞이 뿌옇게 흐려진 바람에 석호는 고개를 떨어뜨렸다. 어떻게든 대꾸하고 싶었으나 목구멍에 뭔가 걸리기라도 한 듯 아무 소리도 튀어나오지 않았다. 다른 레지던트들처럼 신경질적인 반응을 보일 것으로 생각한 탓일까. 석호는 잠시라도 그런 생각을 했다는 것이 부끄러워졌다. 평소 친분이 없었던 그에게 아무런 거리낌 없이 선의를 내비친 수정에게 석호는 깊은 고마움을 느꼈다. 목이 메어 소리를 낼 수 없는 그가 자신의 마음을 표현하는 방법은 고개를 끄덕이는 것뿐이었다.

"그래요, 이런 경험 처음일 텐데 기죽지 말고 씩씩하게 일하세요."

그 말을 마지막으로 수정이 돌아서려던 찰나 석호가 저, 하고 말문을 열었다. 스스로가 듣기에도 자신감이라고는 느껴지지 않는 목소리였다.

"네?"

그를 돌아본 수정의 두 눈이 호기심으로 반짝였다. 조심스럽게 고개를 들어 눈을 마주친 석호가 미처 하지 못했던 말을 꺼냈다.

"감사합니다. 그리고… 죄송합니다."

수정의 얼굴이 서서히 밝아지더니 그에게로 다가왔다. 그 순간 석호는 그녀가 병원의 어떤 여자들보다도 아름답다는 새삼스러운 사실을 깨달았다. 명성대학교병원의 연예인이라는 표현은 결코 과한 게 아니었다. 오히려 화려한 외모에 남을 생각하는 따스한 마음씨가 가려지는 게 문제였다.

"아니에요, 그럴 거 없어요. 이런 말 하면 좀 그렇지만, 실은 저도 인턴 돌 때 사고 친 적 있어요."

"사고…요?"

"네, 외과 인턴일 때였는데, 그때만 해도 외과 레지던트가 한 명밖에 없어서 당직 설 때 저 혼자 외과 환자를 케어하는 일이 많았거든요."

"저도 그 얘긴 많이 들었습니다."

"제가 당직 서던 날인데 한 할아버지께서 소변이 안 나오신다는 거예요. 그래서 폴리 세트를 갖고 가서 평소처럼 준비했죠. 새벽 세 시쯤이었어요, 그때가."

"네에."

"치골 중앙에 커다란 덩어리 같은 게 만져지더라구요. 전 그게 당연히 방광인 줄 알았어요. 제대로 보지도 않고 오줌이 빠져나가지 못해서 생긴 거라고만 생각하고 폴리를 쑤셔넣기 시작했죠. 할아버지가 아프다고 비명을 질러대도 전 빨랑 끝내고 자고 싶단 생각으로 무리하게 삽입했어요. 근데도 잘 되지 않아서 10 프렌치부터 18 프렌치, 20 프렌치까지 온갖 사이즈로 시도했죠. 결국 30분이 지나서야 포기하고 간호사한테 못하겠다고 말했어요."

"가끔 요도가 좁아서 잘 안되는 분들도 있더라고요."

석호 역시 응급실에 근무하는 동안 유사한 경험을 한 적이 있어 그녀가 처한 상황에 쉽게 공감했다. 수정이 그날의 일이 기억났는지 한숨을 내쉬었다.

"될 대로 되라는 맘이었어요. 어차피 세 시간만 더 버티면 오프라서 대수롭지 않게 여기고 자러 갔죠. 그런데 얼마 안 돼서 전화가 왔어요.”

“간호사한테….”

“아니요, 외과 교수님이었어요. 마침 그날 하수현 교수님이 당직이셨는데 간호사가 제가 콜을 무시해버리니까 교수님께 직빵으로 알려버린 거예요.”

“교수님한테요?”

간호사가 교수에게 다이렉트로 콜하는 경우는 없기에 석호는 고개를 갸웃했다.

“네, 교수님이 저한테 전화가 와서 노발대발하셨어요. 당장 병동으로 오라고요. 갔더니 교수님이랑 할아버지 모두 성난 얼굴로 저를 기다리고 있었어요. 교수님이 저한테 왜 이번 일을 노티하지 않았느냐고 묻더군요. 어쩔 수 없이 솔직하게 교수님께 털어놓았어요. 아무리 폴리 사이즈를 바꿔도 소변이 안 나와서 아침이 되면 다른 인턴에게 부탁할 생각이었다구요. 그런데… 교수님은 전혀 다른 걸 지적하셨어요.”

“다른 거라면.”

“제가 단순히 방광이 부푼 거로 생각하고 넘어갔던 덩어리를 만지시면서 교수님은 탈장이 돼서 수술해야 할 것 같다고 말씀하셨어요.”

“정말 뜻밖이네요. 탈장이라니….”

“그러니까요. 방광인 줄 알고 심각하게 여기지 않은 저를 보면서 교수님이 혀를 차면서 면박을 주셨어요. 그땐 얼마나 창피했던지…."

"그런 상황이었으면 저도 못 알아챘을 게 분명해요. 탈장을 한눈에 알아채는 게 더 신기한 거 같은데요."

수정이 이마를 덮은 머리카락을 한쪽으로 넘기며 싱긋 웃었다. 그때의 사태를 떠올리는 것만으로도 무지했던 시절이 생각나 저절로 웃음이 나는 듯했다.

"결국 그날 한숨도 못 잤어요. 그 환자분 엑스레이랑 씨티까지 다 촬영하고 결과 나오는 거 기다리다가 잠이 쏙 달아났지 뭐예요. 검사 결과를 보니까 교수님 말씀대로 소장 일부가 복벽을 뚫고 삐져나와 있었어요. 그날 제가 수술 동의서를 받고 오전에 할아버지는 수술실로 들어가셨어요. 아직도 동의서 받으러 갔을 때 그분이 절 무섭게 노려보던 기억이 생생해요."

"…."

"한동안 심란해서 일에 집중하지를 못했어요. 고객의 소리함에 저에 대한 나쁜 이야기가 들어올까 봐, 어쩌면 그 환자분에게 고소당할지도 모른다는 생각에. 죄송하다고 말하기는 했지만 그분이 저를 용서하셨는지 어떤지는 전혀 알 수가 없었어요."

"힘드셨겠어요."

"쌤도 아시다시피 인턴한테는 평판이 생명이잖아요. 아무리 성적 좋고 평소에 일을 잘했더라도 한 번의 실수로 레지던트나 교수에게 찍혀서 아웃되는 경우를 많이 보고 듣다 보니까, 저도 그렇게 되지 않을까 걱정이 많이 됐어요. 뭐, 다행히 할아버지가 그 이상 일을 크게 키우지 않으셔서 망정이지 하마터면 저… 이 병원에 못 남았을지도 몰라요."

네, 하고 고개를 끄덕이면서 석호는 수정의 우아하고 단정한 얼굴에서 눈길을 거두지 못했다. 레지던트 고년차가 자신의 흑역사를 이처럼 솔직하게 털어놓는 경우는 지금까지 없었기에 이런 상황이 익숙하지 않았다. 사실 석호가 수정에 대해서 아는 것이라고 해봐야 몇 가지밖에 없었다. 내과 레지던트 3년 차에 타 의과대학 출신이라는 것, 어지간한 연예인들 빰칠 정도로 아름다운 미모를 가졌다는 것, 그리고 정형외과 주정석 선배의 애인이라는 것 정도.

내과를 돌기 시작하고 얼마 안 돼 있었던 의국 회식에서 생각도 나지 않는 형식적인 대화를 몇 마디 나눈 이후로, 그는 수정과 개인적으로 이야기를 나눠본 적이 없었다. 왜 이런 이야기를 굳이 해주는 걸까, 하고 생각에 잠겨 있는데 수정이 물었다.

"쌤, 정형외과 어플라이라면서요?"

"네, 맞습니다."

"열심히 하세요. 그러면 좋은 결과 나올 거예요."

"열심히 하겠습니다."

이미 이번 일로 오태준 교수의 눈 밖에 나서 정형외과 레지던트로 향하는 길목에서 밀려난 상태였지만 석호가 할 수 있는 말은 그것뿐이었다.

알듯 말듯 한 오묘한 미소를 입가에 머금은 채 수정이 핸드폰을 살피더니 다시 그에게 눈길을 던졌다. 순간 석호는 수정이 자신에 대해 의외로 많은 것을 알고 있을지도 모른다는 생각이 들었다. 평소 그녀는 주정석으로부터 정형외과 레지던트로 지원할 예정인 후보군에 대해서 귀가 닳도록 들었을 테고, 그의 성적은 물론 학번에서의 평판 및 인턴을 도는 과에서의 평판까지 다 알고 있을 가능성도 배제할 수 없었다. 조금 전만 해도 감사하다는 마음 하나밖에 없었던 가슴 속에서는 미묘한 불안감이 휘몰아쳤다.

그를 대하는 수정의 태도로 미루어봤을 때 그녀는 오늘 있었던 환자들의 사망 사건에 대해 심각하게 생각하는 눈치가 아니었다. 내과 의국에서는 아무래도 정신없이 바쁜 업무 탓에 그에 대한 소문이 제대로 공유되지 않은 모양이었다. 내일 열릴 징계위원회, 그리고 업무상 과실치사로 수련이 정지될 위기에 처한 그의 입지. 그것에 관한 이야기를 들었을 때 수정이 어떤 반응을 보일지 상상하는 것만으로도 석호는 속이 시려왔다.

– 아, 그 쌤 결국 병원 나갔구나.

그렇게 말하며 오늘 그에게 건네주었던 충고가 허사가 되어 버렸다는 걸 깨닫고 허탈해할 수정의 모습이 벌써 눈에 선했다. 최악의 경우, 내일 이후로 수련이 중단된다면 더 이상 그녀는 물론이고 인턴 동기들과도 영영 이별이다. 그런 생각을 하자 석호는 어쩐지 씁쓸해져서 조금이라도 더 말을 붙이고 싶었다. 그렇게 하는 것만으로도 지금의 힘겨운 상황에서 쓰러지지 않고 버텨나갈 수 있는 동력을 얻을 수 있을 듯한 기분이었다.

"다른 선생님들, 저 많이 욕하시겠죠…."

"안 그래요."

수정이 그런 소리 하지 말라는 듯 손을 내저었다.

"병원에 오래 있다 보면 이런 일들 워낙 익숙해서 무덤덤해지는 거 같아요. 저는 쌤하고는 비교도 안 될 정도의 인턴들 많이 봤거든요. 그거에 비하면 쌤은 양호한 편이에요. 적어도 악의를 가지고 그런 건 아니잖아요. 그죠?"

"네…."

"그나저나 요즘 들어서 좀 이상하다는 생각 안 들어요?"

"무슨 말씀이시죠?"

석호는 얼른 수정의 말을 이해할 수 없었다. 무엇이 이상하다는 걸까.

"하긴 인턴 쌤들은 그런 거 생각할 겨를이 없겠네요. 우리가 낸 오더 중에서 간호사들이 콜하는 것만 처리하면 되니까요. 근데요…. 실은 요 며칠 사이에 신기한 일이 벌어지고 있어요."

"어떤…."

"쌤도 코드블루 방송 들었으니까 알겠죠. 이틀 전부터 오늘까지 사흘간 벌써 열다섯 명의 환자들이 세상을 떠났어요. 그것도 중환자실이랑 응급실은 제외하고 병동 환자만 쳐서요."

열다섯 명. 그 숫자가 석호에게는 현실적으로 와 닿지 않았다. 요즘 들어서 죽어 나가는 환자들이 유독 많다는 생각은 했었는데 그 정도일 줄이야. 문득 병원의 의료 시스템에 문제가 생긴 것일지도 모른다는 생각이 머릿속을 파고들었다.

"내과 인턴들 사이에서도 그런 말이 나오긴 했습니다. 보통은 하루에 아무리 많아도 기껏해야 두세 건 정도였는데 최근, 특히 이틀 전 같은 경우에는 코드블루가 네 번이나 터졌으니까요."

"네 번? 아닐걸요. 쌤, 그날 당직 아니었죠?"

"네…."

"그날 쌤 퇴근하고 나서도 두 번 더 있었어요. 제가 당직이었거든요."

당혹스러운 마음을 감추지 못하고 석호가 입을 열었다.

"설마."

"제 기억으론 새벽 두 시 넘어서 방송이 두 번 나왔어요. 아주 죽을 맛이었죠."

"한숨도 못 주무셨겠어요."

"그게 아니어도 당직 때 자는 건 꿈도 못 꿔요."

입술을 오므리고 뭔가를 떠올리던 수정이 아, 하고 웃었다.

"그러고 보니 그때 인턴 쌤이 아예 안 왔어요. 그래서 당직이던 애들끼리 씨피알 했었죠."

"그러면…."

"네, 그 쌤은 아직도 그날 코드블루 터졌는지 모르고 있을 거예요. 쿨쿨 자고 있었나 봐요."

당직실에 누워 곤히 잠들어 있었을 윤수를 떠올리자 석호는 웃음을 참기 어려웠다. 학생 시절부터 윤수는 유독 잠귀가 어둡기로 유명했다. 예과 2학년 때 전공과목이었던 세포생물학 시험이 있던 날 윤수는 시험이 시작하기 직전까지 시험장에 모습을 드러내지 않았고, 감독관으로 들어온 주임 교수의 지시로 동기들이 쉬지 않고 전화를 걸었음에도 연락이 닿지 않자 무슨 사고가 난 게 아닌가 걱정이 된 교수가 조교에게 시험 감독을 맡기고 직접 그의 원룸으로 향했다. 관리인의 도움을 받아 방 안으로 들어간 교수는 침대에 누워 세상 편안한 얼굴로 자고 있던 윤수의 머리채를 잡아 벌떡 일으켜 세웠고 그 바람에 정수리 부근의 머리카락이 한 뭉텅이 뽑혀 나갔다고, 나중에 윤수의 입을 통해서 들었다.

"제가 그래서 찾아봤거든요. 이 말은 아직 아무한테도 한 적은 없지만…."

수정은 주변을 두리번거려 아무도 엿듣고 있는 사람이 없는 걸 확인하고는 목소리를 낮춰서 말했다.

"돌아가신 열다섯 분의 환자들 가운데 여덟 분이 순환기내과 환자더라구요."

"정말인가요?"

"순환기내과 장호영 교수님, 김유성 교수님 알죠?"

"네, 알고 있습니다."

석호는 조금 전 수정에게서 들은 말을 혼자서 곱씹어보았다. 그러고 보니 오늘 사망한 환자 중 이종분도 순환기내과 환자였다.

"의국에서는 이런 말 해본 적이 없어요. 어차피 그분들 주치의는 저희 레지던트들인데 괜히 그런 말 했다가 서로 감정 상할까 봐서요."

"실례지만 두 교수님이 맡은 환자분들이 평소에도 예후가 좋지 않은 편이었나요?"

"아뇨, 그건 절대 아니에요. 물론 과 특성상 심장이 좋지 않은 환자분들이 대다수인 건 맞지만 이렇게 많은 분이 며칠 사이에 돌아가신 적은 없었어요. 오늘만 해도 벌써 세 분이 돌아가셨잖아요."

"세 분이요? 이종분 님, 김창진 님 말고는."

"쌤이 엘튜브 삽입하다가 어레스트 났던 할머니도 김유성 교수님 환자였어요."

조향희 역시 순환기내과 환자라는 건 모르던 사실이었다.

"아, 네."

'그 환자 포함해서 오늘 돌아가신 두 분은 카운트에서 빼는 게 맞지만요.'

수정의 맑은 눈이 그렇게 말하는 듯해서 석호는 괜히 찔렸다.

"혹시 주치의 선생님들 가운데 환자의 죽음에 의문을 가지신 분은 없었나요?"

"장호영 교수님 환자 중에 제가 주치의였던 분이 계시는데, 그분의 경우에는 항상 오늘내일하시던 분이라서 별로 의문 가질 것도 없었어요. 보호자들한테서 미리 디엔알 동의서도 받은 상태여서 따로 씨피알하지도 않았구요. 부정맥이 심해서 아이씨디[17]도 삽입되어 있었던 데다 폐암, 유방암, 백내

장까지 안 갖고 계신 병이 없으셔서 보호자들도 눈물 한 방울 안 흘리더라구요."

"네에…."

"다른 선생님 중에서도 의문을 가지는 경우는… 제가 알기에는 없었어요. 다들 그럴 만하신 분이 돌아가셨다는 분위기였어요. 십 년 동안 심부전을 앓던 분부터 한 달 전부터 패혈증을 앓고 있던 분, 대동맥 협착증을 갖고 계시던 분까지. 평소에도 의료진이 주의를 많이 기울이고 있던 환자들이어서 의심할 이유가 전혀 없었죠."

"그렇군요."

수정이 뭔가 더 말하고 싶은 듯 입을 여는데 방탄소년단의 '불타오르네'가 울렸다. 핸드폰을 주머니에서 꺼낸 그녀가 화면을 보더니 서둘러 전화를 받았다.

"네, 교수님! 바로 가겠습니다. 죄송합니다."

전화를 끊은 수정의 얼굴은 붉게 상기되어 있었다. 오후 회진 때문에 교수로부터 연락이 온 듯했다.

"인턴 쌤, 저 먼저 가볼게요. 교수님이 생각보다 빨리 오셔서."

"네, 선생님. 수고하십시오."

"그럼."

---

17) ICD(Implantable cardioverter defibrillator, 삽입형 제세동기)

고개를 가볍게 끄덕이고는 오른쪽으로 꺾어 뛰어가는 수정의 옆모습이 보이지 않을 때까지 석호는 가만히 바라보고만 있었다.

✚

열다섯 명. 수정과 헤어진 뒤로 석호는 한순간도 그 숫자를 머릿속에서 흘려보내지 못했다. 몇 시간 동안 미뤄놓은 술기들을 차례로 해결하며 여러 환자와 대면하는 동안은 그런 생각이 잠시나마 떠오르지 않았지만, 술기를 마치고 돌아서자마자 또다시 그 숫자가 눈앞에 어른거리는 것이 집요한 파리떼에 쫓기는 기분이었다.

우연이라 넘기려 해도 사흘 동안 열다섯 명의 환자가 사망했다는 사실이, 아직 오늘이 끝나려면 시간이 한참 남았다는 것을 고려했을 때 그냥 넘길 수 없는 일이었다. 더욱이 두 교수의 환자가 절반이 넘는 여덟 명이라는 점 역시 의혹의 불씨를 지피기에 충분했다. 오늘 사망한 두 환자가 그의 책임이라고 하면 여섯 명이 되는 셈이었지만, 그렇다고 해서 대세에 지장을 주는 건 아니었다.

'한 번 알아볼 필요는 있지 않을까?'

누군가 두 교수에게 원한을 품었다면 그것은 틀림없이 일반인이 아닌 의료진 가운데 한 사람일 것이라고, 석호는 생각했다. 의료 시스템에 접속해 교수별 환자 목록을 열람할 수 있는 권한은 의료진에게 있었기 때문이다. 물론 환자나 보호자도 마음만 먹으면 병실 앞에 붙어 있는 담당 교수의 이름을 볼 수 있었다. 그러나 남녀의 병실이 분리된 병동의 특성상 다른 성별의 환자가 입원한 병실에 들어가기는 어려울 테고, 의료진에게 발각되지 않고 악의적인 행동을 할 수 있을 정도로 병원의 시스템이 허술하지는 않다고 석호는 믿었다.

의료진이라면 열람 신청만 하면 얼마든지 타과의 입원 환자에 대한 기록을 볼 수 있다는 것을, 석호는 여러 번 해본 경험이 있어서 잘 알았다. 장호영이나 김유성 교수에게 원한을 품은 의료진이 있었다는 가정하에 그 사람은 입원 환자들 가운데 갑자기 사망해도 의혹을 사지 않을 환자를 선별하는 과정이 있었을 것이다. 그러므로 환자의 의무기록을 한 번이라도 열람한 적이 있으리라고 추측하는 게 합리적이었다.

오후 다섯 시가 넘어서야 석호는 급한 술기들을 어느 정도 해결했다. 나머지 일들은 쌓아뒀다가 퇴근 시간이 지나서 해도 큰 무리는 없을 듯했다. 엘리베이터를 타고 로비로 내려간 석호는 병원을 나서는 환자들 틈에 섞여 바깥으로 향했다. 의무기록팀이 있는 제2 별관으로 가려던 계획은 횡단보도 앞에서 걸려 온 콜에 처참히 무너졌다. CT 촬영 환자의 옆에서 앰부백을 짜는 일이었다. 석호는 분통이 터지면서도 감히 그것만큼은 뒤로 미룰 수 없었다. 간호사가 아닌 형석이 직접 그에게 전화를 걸어 요구했기 때문이다.

"오늘 일은 유감이에요."

형석은 그 말 하나로 모든 걸 정리하고 곧장 일 이야기로 넘어갔다. 특별히 사정을 묻지도, 화를 내지도 않는 게 특별히 관심이 없는 듯했다. 그런 그의 무심한 태도는 석호를 쉽게 거부할 수 없는 상황으로 몰아넣었다.

CT 킵을 마친 석호가 환자를 실은 침대를 끌고 병동으로 돌아왔다. 이제야 바쁜 업무에서 해방된 그는 시간을 확인하고 조급해졌다. 퇴근 시간이 가까워지고 있었다. 석호는 직접 찾아가서 문의하려던 원래의 계획을 수정했다. 그럴 시간이 없었고, 괜히 예의에 얽매이다가 절호의 기회를 놓치고 싶지는 않았다. 의무기록팀 직원들이 모두 퇴근한 썰렁한 건물에서 후회하는 자신의 모습. 그 처량한 광경에 몸을 떨며 석호는 핸드폰을 꺼내 들었다. 교환실을 통해 의무기록팀 번호를 알려달라고 부탁하자 곧 연결되었다.

"의무기록팀 수석 기사 박세준입니다."

"안녕하세요, 기억하실지 모르겠는데 인턴 강석호입니다."

"아, 저번에 그…."

상대는 귀찮아하는 기색을 숨기려고도 하지 않았다. 석호도 이해하는 바였다. 인턴들을 대상으로 한 정기 간담회에서 의무기록팀의 업무에 대해 의문을 제기했던 그의 이름을 잊기란 쉽지 않을 터였다. 박세준이 짧게 한숨을 내쉬더니 딱딱하게 물었다.

"또 제가 도와드릴 일이 있나요?"

"다름이 아니라, 이엠알에 접속해서 의무기록을 열람하면 그 기록이 시스템상에 남아 있다고 그때 말씀하셨잖아요."

"그랬죠. 이번에는 또 뭐가 궁금하셔서 이렇게 연락을…."

"죄송한데 혹시 열람한 사람을 가르쳐주실 수는 없는지…."

"간담회에서도 느낀 거지만, 선생님은 유독 호기심이 많으시네요."

석호가 망설이다가 말했다. 확실히 대면하고 말할 때보다 전화로 연락할 때가 불행을 털어놓기가 한결 수월했다.

"이런 말 하는 게 부끄럽지만, 제가 내일 징계위원회에 회부되어서요. 어떤 환자분에 대한 기록이 필요한 상황이라 부득이 연락드렸습니다."

"징계위원회요?"

당혹감이 묻어나는 물음이었다. 석호가 자세한 내막을 설명해야 할지 망설이는 찰나 그가 한숨을 쉬고는 말했다.

"이거 곤란한데요. 이런 정보를 개인에게 알려드릴 수는 없는 노릇이라."

백남기 농민 사망 사건 당시 환자의 개인 정보를 무단으로 열람한 서울대학교병원 의료진 백여 명이 집단으로 형사처벌을 받은 적도 있었다. 석호는 이것이 단순한 문제가 아니라는 것을 알고 있었다.

"이걸 확인하지 못하면 제가 징계받을지도 몰라서. 이번 한 번만, 딱 한 번만 부탁드립니다. 은혜 잊지 않겠습니다."

"휴…."

전화 너머로 들려온 한숨 소리에는 자신을 곤란하게 하는 석호에 대한 짜증이 고스란히 담겨 있었다. 조마조마한 마음으로 그의 말을 기다리던 찰나 다행히 긍정적인 답변이 돌아왔다.

"뭐, 어쩔 수 없죠. 선생님 사정을 봐서 확인은 해드리겠습니다."

"감사합니다. 정말 감사합니다."

"등록번호 말씀해주시죠."

"잠시만요. 바로 찾아보겠습니다."

석호는 간호 스테이션의 비어 있는 컴퓨터 앞에 자리를 잡고는 프로그램을 실행했다. 최대한 서두른 덕분에 그는 김창진의 등록번호를 찾아냈다.

"142935801입니다."

마우스가 딸칵거리고 키보드 두드리는 소리가 나더니 박세준이 입을 열었다.

"일단 오늘 날짜로는 강석호 선생님, 차재욱 선생님 그리고 장호영 교수님, 박형석 선생님. 이렇게 네 분만 열람하셨네요."

담당의가 장호영 교수, 주치의가 형석이었기에 그들의 이름이 열람자 명단에 있는 건 당연한 일이었다. 그의 옆에서 환자의 기록을 열람했던 재욱도 마찬가지였다.

"어제는요?"

"어제는 박형석 선생님, 최병우 교수님이 열람하셨네요."

환자의 제자였던 최병우의 이름이 명단에 있는 것도 충분히 납득할 수 있는 일이었다.

"혹시 이전에 열람한 사람 가운데 다른 이름은 없나요?"

"어? 잠깐만요."

"왜 그러시죠?"

"흠…."

머뭇거리는 그의 태도에 석호는 목이 타는 듯한 갈증을 느꼈다.

"조원기라는 이름이 있는데요."

"조원기요?"

낯익은 이름이었지만 얼른 떠오르지 않았다. 뒤이어 들려온 상대의 말을 듣고서야 석호는 그 인물이 누구인지 떠올렸다.

"산부인과 소속이라고 표시된 걸 보면 병원장님인 거 같네요."

"원장님이군요…."

"네, 병원장님 지인인가 봅니다."

대수롭지 않게 받아들이는 그의 말에도 석호의 굳은 얼굴은 펴지지 않았다. 김창진이 최병우 교수의 은사라는 사실은 익히 들어 알고 있었지만, 어디에서도 병원장의 지인이라는 말을 들은 적이 없었기 때문이다. 물론 다른 가능성도 있었다. 최병우로부터 특별한 사정을 전해 들은 병원장이 호기심에 기록을 보려고 했을지도 모른다.

"그리고 한 분이 더 계십니다. 김유성 교수님 이름이 맨 아래에 있네요."

"김유성 교수님요?"

"네, 더는 없습니다."

장호영이 담당한 환자의 의무기록을 김유성 교수가 살펴볼 일이 있었던 걸까. 곰곰이 머리를 굴리던 석호는 곧 합당한 이유를 생각해냈다. 최병우 교수의 은사였던 만큼 병원 측에서는 더 특별한 대우를 해야 했고, 그 과정에서 어쩌면 입원 후 담당 교수의 교체가 있었을지 모른다. 자세한 사정은 이후에 찾아보기로 하고 석호는 모험을 계속해보기로 마음먹었다.

“죄송한데 다른 환자 것도 확인해주실 수 있나요?”

“참 집요하십니다. 이왕 한 명 알려드렸으니 불러보시죠.”

석호는 오늘 아침에 사망한 이종분의 이름을 시간이 걸려서 찾아냈다.

“감사합니다. 이종분 님이고 등록번호는 009234551입니다.”

“천천히 불러주세요.”

“아, 넵.”

숫자 하나하나를 분명한 발음으로 전달하는 것과 동시에 키보드를 두드리는 소리가 들렸다. 잠시 후 핸드폰 너머가 고요해졌다. 비정상적인 침묵에서 또 무언가 의아한 사실이 발견되었을지 모른다는 직감이 전해졌다.

“우선, 오늘이랑 어제는 장호영 교수님, 이승원 선생님. 이렇게 두 분뿐이네요.”

이종분의 주치의였던 승원의 이름이 있는 것은 놀라운 일이 아니었다.

“그런데… 사흘 전에 원장님께서 열람하셨네요. 그 외에는 다 이승원, 장호영 두 분 이름으로 도배되어 있고요. 거참, 이상하네.”

이번에도 원장의 지인일 것이라는 추측은 억지임을 본인도 인지했는지 더는 말이 없었다. 의미심장한 정보를 알아낸 석호가 정중히 말했다.

"정말 감사합니다."

"더 부탁하실 건 없죠?"

네, 라고 대답하려던 찰나 석호의 머릿속에 번뜩이는 이름이 있었다. 마음 같아서는 사흘 동안 사망한 모든 환자의 명단을 뒤져서 일일이 대조해보고 싶었다. 그러나 지금은 그런 정보를 구할 수 있는 시간적 여유가 없었다.

"저기, 딱 한 분만 더요. 죄송합니다."

"아뇨, 얼른 말씀하세요."

이제는 기대도 하지 않는다는 듯 부드러운 말투였다.

"네, 조향희 님이고 등록번호는 170354788입니다."

이번에는 더 빠르게 대답이 돌아왔다.

"김유성 교수님, 최규민 선생님 두 분 이름이 번갈아 나오네요. 그런데 음…."

갑작스러운 침묵에 석호는 예사롭지 않은 이름이 있다는 것을 직감했다. 미칠 듯한 불안이 그를 내리눌렀다.

"또 병원장님 이름이 있어요. 날짜는 사흘 전이고요."

이번에도 어김없이 나온 병원장이라는 단어가 머릿속에 뿌리내리고 있던 강렬한 의혹을 굳혀주었다. 이로써 오늘 사망한 세 환자의 의무기록을 병원장 조원기가 모두 열람했다는 것이 밝혀졌다. 병원장이 이번 사건과 어떤 식으로든 모종의 연관이 있다는 예감이 들었다. 석호는 자신의 숨결이 뜨거워지는 것을 느꼈다. 이 순간 그의 본능은 당장 조원기를 찾아가서 해명을 요구하라고 독촉했다.

"더 부탁할 건 없으시죠?"

"네, 없습니다."

석호는 당장 전화를 끊고 병원장이 있을 산부인과 외래로 달려가고 싶은 마음뿐이었다.

"다음에 또 전화하시면 이제 저도 모릅니다?"

석호가 웃음을 터뜨렸다.

"네, 이번에 잘리지만 않는다면 언제 한 번 커피 사 들고 뵙도록 하겠습니다. 감사합니다."

"선생님께 행운이 따르길 바랍니다."

전화를 끊고 난 뒤 석호는 불길한 기운이 마음을 뒤흔들고 있음을 알아차렸다. 원인은 한 가지였다. 조원기라는 이름이 박세준의 입에서 나온 순간부터 그 이름을 가진 주인공의 얼굴이 머릿속에 선명히 각인된 채 떠나가지 않았다.

조원기를 마지막으로 가까이에서 본 것은 두 달 전 산부인과 인턴을 돌던 무렵이었다. 다빈치 로봇 수술의 권위자인 그가 미세한 컨트롤로 환자들의 자궁과 난소를 매끄럽게 떼어내는 모습은, 전공은 다르나 수술과를 하려는 입장에서 깊은 감명을 주기에 충분했다. 더욱이 인턴의 교육에도 깊은 열정과 관심을 가진 그는 어시스트를 서는 그들에게 써전으로서 갖춰야 할 자세에 대해 숱한 조언을 아끼지 않았다. 그를 다른 교수들과 차별화하는 또 하나의 특징은 외모에서 우러나오는 선한 기운이었다. 대학병원의 원장답지 않게 포근하고 친근한 인상을 주는 그의 얼굴이 지금은 석호의 신경을 몹시 거슬리게 했다.

점차 호흡이 불규칙해지는 것을 느끼며 석호는 어느 때보다 필사적으로 머리를 굴렸다. 대학병원의 원장, 그것도 산부인과 교수가 순환기내과 환자들의 의무기록을 열람해야 할 이유가 있을까.

마우스를 움직여 세 환자의 협진 의뢰 내역을 살펴봤지만, 내과에서 산부인과로 컨설트를 낸 이력은 없었다. 그러다 뒤늦게 그들 가운데 두 사람이 남자라는 것을 깨닫고 혼자서 웃음을 터뜨렸다.

'이거 냄새가 나는데.'

예상치 못한 방향으로 흘러가는 상황에 석호는 흥분한 마음을 가라앉힐 수 없었다. 오후 외래가 한창 일 지금 병원장을 만나려면 산부인과 외래가 있는 2층으로 가야만 했다. 병원장의 외래가 언제쯤 끝나는지 알고 싶어 외래 환자 목록에 들어간 석호는 당황할 수밖에 없었다. 여느 때 같으면 당연히 있어야 할 오후 외래 명단에 병원장의 이름이 떠 있지 않았던 것이다. 병원 홈페이지에 접속하고 나서야 그는 병원장이 오늘부터 일주일간 휴가로 병원을 떠난 상태라는 것을 알았다.

전혀 염두에 두지 않았던 가능성이었다. 그는 조원기가 병원 내에 없다는 명백한 사실을 마음속에서 시원히 떨쳐내기가 어려웠다. 마지막으로 붙들고 있던 한 줄기 희망이 허무하게 잿더미로 변해버린 셈이었다. 모니터 앞에서 두 손으로 머리를 싸맨 석호는 이마를 책상에 맞대고 한동안 일어나지 않았다. 간호사들이 그에 대해 속삭이는 소리가 귓속으로 밀려왔다.

'그래도 일단 가보자.'

잠자코 있던 석호가 고개를 치켜들었을 때 마주한 것은 재빨리 눈길을 거두는 간호사들의 새초롬한 얼굴이었다. 아무 일 없었다는 듯 모니터를 들여다보거나 어딘가로 자리를 피해버리는 그녀들의 모습은 석호를 씁쓸하게 했다. 전력을 다해 병동 바깥으로 뛰쳐나간 석호는 엘리베이터에 올라타자마자 2층 버튼을 누르고 다른 환자들이 다가오기 전에 닫힘 버튼을 눌렀다.

✚

산부인과 외래에 도착한 석호는 가쁜 숨을 몰아쉬며 주변을 둘러봤다. 외래 진료가 한창이라 진료실 앞에 배치된 의자에는 중년의 여성 환자들이 저마다 근심을 떠안은 채 앉아 있었다. 혹시나 하는 마음에 진료실 앞을 서성였지만, 조원기의 명패가 붙은 진료실에는 불이 꺼져 있었다.

데스크에서 환자의 이름을 호명하던 젊은 간호사가 그런 그의 모습을 이상하게 여겼는지 말을 걸어왔다. 두 달 전 산부인과를 돌던 때 복강경 수술을 녹화한 영상 CD를 건네주기 위해 외래를 온 적이 있어 안면이 있는 사이였다.

"선생님, 무슨 일로 여기 오셨어요?"

"네, 그게…."

"지금 산부인과 인턴 아니지 않으세요?"

짧은 시간 고민하던 석호가 결국 자신의 의도를 솔직히 밝혔다.

"조원기 교수님을 찾아뵈러 왔습니다."

"원장님? 오늘부터 휴가셔서 진료 없어요."

간호사의 얼굴에 옅은 웃음이 번졌다. 혀를 내밀고 메롱이라는 말이라도 할 것처럼 그녀의 눈은 장난기로 빛났다.

"원장님은 왜 찾으셔요?"

"말씀드릴 게 있거든요."

"그럼 비서실로 연락해보시죠. 혹시 모르니."

"비서실요?"

"네, 원장님 가끔 제1 별관에 있는 원장실에 계시기도 하니깐요."

별관에 원장실이 있다는 것은 처음 듣는 사실이었다.

"비서실은 어디 있는지 아세요?"

"별관 7층이었나, 기억이 안 나네요. 교환실에 여쭤보시는 게 어때요?"

"네, 감사합니다."

그 말만을 남기고 산부인과 외래를 빠져나온 석호는 에스컬레이터를 타고 로비로 내려왔다. 구내 카페에서 커피를 마시며 수다를 떠는 인턴 동기들이 눈에 들어왔다. 석호는 아는 체하지 않고 유령처럼 스쳐 지나갔다. 그는 병원 입구의 회전문으로 걸음을 재촉했다.

교환실을 통해 비서실에 연결이 될 때쯤 석호는 횡단보도에서 신호등이 초록불로 바뀌기를 기다리고 있었다. 교수들의 연구실과 원장실, 회의실 등이 있는 제1 별관과 인턴 숙소 및 수련교육부, 치과 외래 등이 위치한 제2 별관이 나란히 서 있는 광경은 보는 이의 가슴을 설레게 할 만큼 압도적인 데가 있었다. 두 건물을 연결한 구름다리를 둘러싼 투명한 유리 너머로는 흰 가운을 입은, 교수로 추측되는 노년의 남자가 난간에 기댄 채 누군가와 통화를 하는 중이었다.

교환실 직원이 비서실과 연결되었다는 것을 알려왔다. 상냥하면서도 어딘지 사무적인 목소리가 귓속을 적셨다.

"비서실 전희주입니다."

"안녕하세요, 인턴 강석호입니다."

"네, 무슨 일이시죠?"

"다름이 아니라, 원장님께 잠깐 드릴 말씀이 있어서 연락 드렸습니다."

"이거 어떡하죠. 원장님은 오늘부터 휴가셔서 지금 원내에 안 계세요."

마음의 준비는 단단히 했지만, 막상 확답을 받고 나니 입맛이 썼다. 이래서는 그가 가진 의혹의 실타래를 풀 수 없었다. 아무런 말도 하지 않은 채 석호는 잠시 귀에서 핸드폰을 떨어뜨리고 상대방에게 들리지 않을 정도로 작게 한숨을 내쉬었다. 긴장감 때문이기도 했지만 더는 어떤 해결 방법도 없을 것으로 생각하자 막막해져서 저절로 튀어나온 한숨이었다. 전희주의 목소리 톤이 한 단계 높아졌다.

"선생님, 듣고 계세요?"

"네, 네. 죄송합니다. 들었습니다. 그러니까 원장님은 다음 주에 병원에 오시는 거죠?"

"공식적으로는 그렇긴 한데요, 휴가 때도 종종 원장실에 오기도 하셔요. 말씀하시고 싶은 것 제가 메모로 남겨놨다가 혹시 원장님 오시면 전해드릴게요. 그러실래요?"

"아, 아닙니다."

석호는 메모를 남길 만한 사항이 아니라는 생각에 단칼에 거절했다.

"메모는 괜찮습니다. 그냥 원장님 오시는 대로 저한테 바로 연락해주세요. 아무래도 직접 찾아뵙고 말하는 편이 좋을 거 같아서요."

"그렇게 하세요, 그럼. 원장님이 이번에는 따로 해외여행 일정은 없으시니 사흘 안에 한 번은 꼭 오실 거예요. 그때 연락드릴게요."

"네, 감사합니다."

"수고하세요."

통화가 끝났을 때는 이미 신호등의 불빛이 초록색으로 바뀐 후였다. 몇 초만 지나면 빨간불이었으나 석호는 발걸음을 떼지 않았다. 병원장이 없는 제1 별관에 갈 마땅한 이유가 없었다. 물론 비서에게 병원장의 전화번호를 물어볼 수도 있었다. 그러나 일개 인턴이 병원장에게 실례가 될 말을 면전에서가 아닌 전화상으로 할 수도 없는 노릇이었다.

위를 올려다본 석호의 시야에 구름다리의 난간에 기댄 노

교수가 들어찼다. 이 세상이 자기 것이라도 되는 것처럼 그는 입을 커다랗게 벌리고 통화했다. 그 모습을 망연히 바라보며 석호는 자신이 하려는 일이 얼마나 무모한지 깨달았다.

저 높은 구름다리를 지나다니는 교수들이 수십 년간 대학병원에서 환자들을 진료하고 논문을 집필하면서 쌓아온 명성과 평판. 그런 것들에 지금 자신이 감히 별다른 물증도 없이 반기를 들려고 하는 것이었다. 석호의 눈길은 제1 별관으로 옮겨갔다. 내일 오후 그곳에서 자신의 징계위원회가 열린다고 생각하자 마음속에서 그곳을 폭파하고 싶다는 폭력적인 충동이 고개를 들었다. 그러나 곧 학창 시절부터 숙성되어온 강력한 자제심이 곧 그것의 목을 마구 할퀴었다. 가까스로 정신을 차린 석호는 신호등에서 뒤돌아 병원 정문으로 힘없이 걸어갔다.

정문에 있는 벤치에는 많은 환자와 보호자가 나란히 앉아 담소를 나누고 있었다. 환자복 차림의 꼬마와 어머니가 다정하게 빵을 나눠 먹는 모습, 딸로 보이는 소녀가 아버지의 휠체어를 밀면서 산책하는 모습. 석호의 가슴속에서 무언가 미세한 소리를 내며 무너져 내렸다. 진실을 밝히기 위해 겁도 없이 병원장을 찾아가려 했던 자신의 행동이 얼마나 뻔뻔한가 하는 자책이 들었기 때문이다.

오늘 사망한 김창진, 조향희 두 환자에게도 그들을 사랑하고 돌봐주는 가족들이 있었을 것이다. 그리고 그들에게 슬픔과 고통을 안겨준 이는 누구도 아닌 그 자신이었다. 김창진의 경우에는 자신의 처치가 죽음을 유발하지 않았을 것이라는 확신이 있었지만, 중심정맥관을 제거할 때 환자의 자세를 조정하지 않은 것은 부정할 수 없는 그의 실수였다. 그러나 그는 지금, 이 순간까지도 그것에 대한 어떤 양심의 가책도 느끼지 않고 조금이라도 징계 수위를 낮추기 위해 온갖 일을 서슴지 않았다.

환자가 입원해 있던 병실의 환자들을 멋대로 탐문한 행위, 안치실에 몰래 잠입하려고 한 행위, 의무기록을 열람한 의료진의 명단을 얻으려고 한 행위, 그리고 이제는 증거도 없이 병원장을 범인으로 몰고 싶은 나머지 병원을 뛰쳐나와 비서실에 전화를 건 행위.

이 모든 것들이 오랜 시간이 지난 뒤에야 석호의 가슴에 쉽사리 지울 수 없는 흉터를 만들어냈다. 그것이 나타내는 바는 각기 달랐지만 결국은 하나의 말로 귀결되었다. 석호가 모든 일의 원인이고 정해진 규정에 따라 처벌받고 책임져야 한다는 지극히 당연한 논리. 당사자인 자신은 인턴 수련을 그만두고 싶지 않고 군대로 끌려가고 싶지도 않다는 개인적인 욕망으로 인해 그렇게 되기를 필사적으로 거부하고 있었지만, 사실 그가 걸어가야 할 길은 이미 한참 전에 그의 앞에 마련되어 있었다.

석호는 더 이상 병원에 발을 들여놓기가 두려웠던 나머지 로비로 가다 말고 다시 벤치로 돌아왔다. 중간에 몇 번 핸드폰이 울려댔지만, 그것을 받을 여력이 없었다. 내일 오후에 그는 징계위원회의 결정에 따라 병원에서 축출된다. 어쩌면 영원히.

우울한 감정이 온몸의 세포로 퍼져나가는 한편으로 아이러니하게도 편안함이라고 해야 할까, 알 수 없는 감정이 파도처럼 밀려왔다. 이제 어떻게 돼도 상관없다는, 그가 할 수 있는 건 아무것도 없다는 무력감을 절실히 느끼며 석호는 벤치에 털썩 주저앉았다.

'전부 다 끝이구나.'

핏빛으로 물든 석양 진 하늘에는 이제껏 보지 못했던 죽음의 그림자가 어른거렸다. 석호는 생전 처음으로 죽음에 대한 매혹에 사로잡혔다. 내일 자신의 운명이 결정된 이후를 생각하면 삶의 의욕 같은 게 남아 있는 것이 말도 안 되는 일이었다.

인턴 수련이 중단되었다는 사실을 동기들에게 어떻게 알려야 할까. 아니다. 알리지 않아도 한발 앞서 들은 동기들 가운데 친한 이들은 그에게 격려의 메시지를 보낼 것이고, 평소 거리를 두고 지냈던 다른 이들은 그가 받을 상처를 생각해서, 또는 자신과는 무관하다고 생각해서 별다른 말도 꺼내지 않을 것이다. 인턴 카톡방에서도 조용히 물러나야 하는 것은 물론, 병역을 끝마치고 돌아온다고 해도 다시는 모교인 명성대학교병원에서 수련을 이어 나갈 방법은 없을 것이다. 하지만 그러한 불행을 차치하고 그에게 가장 큰 근심을 안겨주는 것은 단연 아버지, 어머니였다.

외동아들인 그에게 온전히 꿈과 희망을 걸고 하루하루 고달픈 현실을 감내하고 있을 두 분을 생각하면 마음이 갈기갈기 찢어발겨졌다. 이 사실을 대체 어떻게 알려야 하는 걸까. 이런 끔찍한 일을 내 입으로 털어놓는 것이 도덕적으로 옳은 일일까. 끝까지 숨기고 나중에 레지던트 선발에서 탈락했다고 거짓말을 하는 게 두 분을 실망하게 하지 않는 최선의 방법 아닐까.

이런저런 생각을 이어 나가던 석호는 불현듯 한 가지 무서운 사실을 깨달았다. 어제까지만 해도, 아니 몇 시간 전까지만 해도 인턴이 된 이래 단 한 번도 해보지 않았던 생각들, 할 필요도 없던 생각들이 지금은 마치 기나긴 일생 늘 함께 해온 것처럼 익숙하게 몸 안을 돌아다니며 빠른 속도로 심장으로, 뇌 속으로 침투하고 있었다. 벤치에 앉아 슬픈 상념에 젖어 있던 석호의 의식을 파고든 것은 걸걸한 남자 목소리였다.

"강, 석, 호!"

석호는 고막이 터질 듯해 귀를 부둥켜 잡은 채 고개를 돌렸다. 자신을 놀라게 한 인물이 방기훈이었음을 확인하고 그는 놀란 가슴을 달랬다. 기훈은 운동선수라고 해도 전혀 위화감이 없을 만큼 체격이 건장하고 험상궂은 인상이었다. 그가 고통스러워하는 석호를 보며 뺀질뺀질 웃고 있었다.

"매너 메잌스 맨 모르냐. 노크 좀 하고 다녀라."

"하, 이 뻔뻔한 자식 보소. 내가 네 이름만 열 번은 불렀는데 양심 없는 부분 인정하냐?"

"무슨 소리야. 언제 날 불렀다고."

"모르는 척하는 거냐, 아님 귓밥이 가득 찬 거냐. 잠깐 담배 피우려고 밖에 나왔는데 너 있어서 완전히 크게 불렀는데 안 돌아봤잖아. 너 땜에 쪽 다 팔렸다."

옆을 가리키는 기훈의 눈짓을 따라 고개를 돌린 석호는 벤치에 앉아 있던 환자, 보호자 여럿과 의도치 않게 눈을 마주치고 눈길을 딴 데로 돌렸다. 인정하기는 싫지만 그를 열 번이나 불렀다는 기훈의 말이 맞는 것 같았다. 그만큼 다른 사람의 말소리조차 듣지 못할 정도로 현재 자신의 상태가 불안정한 것이라고 석호는 생각했다.

"이거나 피우고 잠 깨라."

담뱃갑에서 담배 한 개비를 꺼낸 기훈이 그에게로 내밀었다. 석호는 망연히 바라보기만 할 뿐 선불리 손을 가져가지 않았다. 석 달 전 공개적으로 금연을 선언한 이후 석호는 회식이 있는 날도 담배 한 개비 피운 적이 없었다. 금단증상으로 손도 제대로 가누지 못할 때는 바레니클린을 처방받아 복용했고, 결국 그런 시련을 거친 덕분에 지금은 별다른 어려움 없이 흡연에 대한 욕구를 컨트롤하고 있었다.

"나 금연하는 거 알잖아. 너나 피워라."

"오오, 존나 멋있는데. 그러지 말고 한 대 때려라. 라이터 대줄게."

그의 입술에 담배를 가까이 가져간 채 기훈이 실실 웃었다. 그 모습은 파우스트를 유혹하는 악마처럼 소름 끼치는 구석이 있었다. 석호가 머리를 좌우로 기울였지만, 기훈은 포기하지 않고 집요하게 담배를 입가에 갖다 댔다. 몇 번의 격렬한 움직임 끝에 참다못한 석호가 기훈의 손에 들린 담배를 손으로 쳐서 떨어뜨렸다.

"썅, 안 피울 거면 말로 하지 후려치고 난리냐. 이게 얼마나 비싼 건데. 됐다, 됐어. 내가 피우는 거나 감상해라."

"그러게, 말했잖아. 죽어도 안 피운다니까, 이제."

"나쁜 새끼, 응급실에서 고달프게 일하는 동기 부탁도 안 들어주고."

"내과 인턴 앞에서 할 소리냐?"

기훈이 들은 척도 않고 담배를 입에 물고 라이터를 꺼냈다. 딸칵 소리와 함께 불이 붙더니 담배 끄트머리가 타들어 가기 시작했다. 그의 정면에서 후욱 하고 뿌연 연기를 뿜어 댔지만 어쩐 일인지 석호는 어떤 매캐한 냄새도 맡을 수 없었다. 기훈이 어리둥절한 얼굴로 다시 연기를 살포했으나 석호는 눈 하나 깜빡하지 않았다. 이 순간 그의 시선은 기훈의 주머니에 고정되어 있었다.

"새끼, 뭘 그렇게 쳐다보고, 지랄이냐."

"…."

"오늘따라 애가 이상하네. 귀머거리냐?"

"그래, 처음부터 말이 안 됐어."

고개를 숙인 석호가 혼잣말했다.

"뭐?"

"그때는 너무 안일하게 생각했어."

"이거 무슨 병신도 아니고."

금방이라도 한 대 때릴 것처럼 험악해진 기훈을 외면하고 석호는 그의 가운 주머니로 손을 가져갔다. 라이터의 매끈한 감촉이 손가락 끝으로 전해졌다. 잠시 후 기훈의 라이터는 석호의 손바닥에 놓여 있었다.

"피우고 싶으면 아까 받지, 그랬냐. 하나 줄까?"

"기훈아…."

"왜?"

"한 번만 부탁한다. 라이터 좀 빌릴게."

그 말과 동시에 석호가 뒤돌아 달리기 시작했다.

"미친 새꺄!"

등 뒤로 온갖 욕설이 날아왔지만, 석호는 가쁜 숨을 몰아 쉬며 병원 정문을 향해 전속력으로 뛰어갔다. 외래를 마치고 나가는 이들로 북적이는 회전문을 통과해 로비를 가로질렀다. 테니스 다섯 게임을 뛰기라도 한 듯 격렬하게 두근거리는 심장을 옥죄고 막 닫히려는 엘리베이터를 잡아탔다.

팔을 뻗어 10층 버튼을 누른 그는 방금 떠오른 비현실적이면서도 지극히 현실적인 가능성 하나에 대해 고심에 고심을 거듭했다. 그것은 어떻게 보면 전혀 말이 안 되는 것 같으면서도 한편으로는 그 외에는 이번 사건을 설명할 수 있는 다른 길이 없다는 것을 시사했다.

이제껏 자신은 작은 어항 속에서 익사하기 직전의 벌레처럼 무의미하게 허우적대고 있었을 뿐이라는 것을 석호는 절실히 체감했다. 이대로 시간이 흘렀다가는 언제 또 다른 희생자가 나올지도 모른다. 자신의 가설이 빗나가기만을 석호는 간절히 바랐다. 한시라도 의혹을 빨리 떨쳐버리고 싶은 조급함에 발을 굴렀지만, 층이 바뀔 때마다 사람들이 한두 명씩 내리는 바람에 그가 바깥으로 발을 내디뎠을 때는 예상보다 시간이 지체된 상태였다.

복도를 수놓은 여러 환자와 보호자의 틈을 비집고 달려 1007호 병실의 문을 열자 안에 있던 환자들의 시선이 일제히 그에게 쏠렸다. 숨이 넘어갈 듯 거칠게 호흡하는 그가 이상하게 보였는지 털이 덥수룩한 남자 환자가 입을 열었다.

"아따, 선생님. 거기서 뭐 하십니까. 간 떨어지는 줄 알았심더."

"그게…."

말소리가 제대로 나오지 않았다. 석호는 마음을 가라앉히고 최대한 차분한 어조로 말을 이어 나갔다.

"여러분께 한 가지 여쭤보고 싶은 게 있어서 왔습니다."

갑작스럽게 나타난 불청객을 맞이한 것은 환자들의 호기심 어린 눈빛이었다. 주머니에서 라이터를 꺼낸 석호가 손을 뻗어 앞으로 내밀었다. 멀뚱멀뚱 무슨 일인지 모르겠다는 얼굴을 한 그들에게 석호가 힘주어 말했다.

"오늘 아침에 이상한 소리를 들은 분 없으신가요?"

"이상한 소리?"

이구동성으로 다들 그렇게 말하며 서로를 바라봤다. 석호는 침을 삼키며 그들의 얼굴에 나타난 반응을 조심스럽게 관찰했다. 생전 김창진의 침대에 누운 젊은 남자는 자다가 봉창 두드리는 소리 듣는다는 듯 입을 벌리고 있었다. 보아하니 아직도 모르는 모양이었다. 오늘 아침만 해도 그의 자리는 유쾌한 할아버지의 소유였다는 것을.

“모두 이 소리를 들어주세요.”

석호가 라이터의 뚜껑을 열자 딸칵 소리가 실내에 울려 퍼진 것과 함께 작은 불길이 적막한 병실에 온기를 더해주었다. 여섯 사람이 뚫어져라 보는 가운데 그러고 있으니 모자에서 토끼를 꺼내기 직전의 마술사가 된 기분이었다. 석호는 턱수염의 사내가 낸 아, 하는 외마디 소리를 놓치지 않았다.

“그러고 보이까 들은 거 같은데요. 라이타 소린지는 모르겠심더.”

석호는 다시 한번 라이터를 켰다. 불길이 공기의 움직임에 미세하게 흔들렸다.

“잘 떠올려보세요. 분명 이것과 비슷한 소리가 났을 텐데요.”

그간 조용했던 창가 구석의 환자가 천천히 손을 들었다. 생전 김창진과는 대각선 맞은편의 자리였다. 흉터투성이의 그가 읽던 책에서 눈을 떼고 석호를 바라봤다. 돋보기안경 너머로 전해지는 눈빛에서 지적인 면모가 여실히 전해져 왔다.

“저도 기억납니다. 라이터 소리를 들으니까 비슷하게 들리기도 한데, 처음 들었을 땐 누가 책이라도 떨어뜨린 줄 알았어요.”

석호가 드레싱 했던 중년의 사내도 거들었다.

“그 소리를 말하는 거라면 저도 들었네요. 저는 누가 창문을 세게 닫은 줄 알았죠. 그때는 귀찮아서 확인해 볼 생각도 안 했습니다. 원체 잡음이 많이 들리잖아요, 병원이란 곳이.”

짐작대로 흘러가는 상황이 석호의 초조감을 덜어주었다. 그는 한 가지 문제를 짚고 넘어가기로 했다.

“정확히 언제 그 소리를 들었는지 기억하는 분 계신가요?”

창문이 닫힌 줄 알았다는 남자에게서 금방 대답이 튀어나왔다.

“밥차가 돌기 전이라는 건 기억해요. 밥도 안 먹었는데 힘이 넘친다고 생각했으니까요.”

문에서 가장 가까운 쪽에 앉은 남자도 손을 들었다. 나뭇가지처럼 앙상한 팔은 보는 사람까지 추위를 느끼게 했다.

“에… 밥차 돌기 전이라니까 기억이 나네. 막 잠이 깨서 눈을 뜨니까 시간이 벌써 밥 먹을 시간이데. 그때가 7시 48분쯤이었는데 탁하고 뭐가 부러지는 소리가 들렸다오.”

“부러지는 소리요?”

남자가 고럼, 하고 고개를 위아래로 끄덕였다.

“난 또 누가 바닥에 뭘 떨어뜨렸나 그렇게만 생각했다오. 그때 우연히 시계를 봤으니까 확실할 거요.”

한 사람에게는 책 떨어지는 소리로 들린 것이 누군가에게는 창문 닫히는 소리로, 또 다른 이에게는 뭔가가 부러지는 소리로 들릴 수 있는 걸까. 석호는 그들이 들었다는 소리가 같은 시각에 난 것인지 확인해야 했다. 그의 시선이 털북숭이 남자에게로 옮겨갔다.

"아버님, 라이터 소리가 들린 시간이 언제쯤이었는지 기억하세요?"

"그카이까, 저쪽에 민구 아재 소리 들으니까 기억이 납니더. 저도 그쯤에 들었던 거 같심더. 그 소리 듣고 다시 잠들라는데 고 난리 통이 났으이까."

"그렇군요."

태연한 척 말했지만, 석호는 쉽사리 흥분을 감출 수 없었다. 주먹 쥔 손이 부들부들 떨려왔고 관자놀이에서는 땀이 비 오듯 쏟아졌다. 병실로 달려오는 내내 석호는 마음속으로 자신의 가설이 들어맞지 않기를 여러 차례 기도했다. 그러나 한 사람도 아닌 네 사람이 비슷한 시간대에 수상한 소리를 들은 이상 더는 뒷걸음질 치거나 모른 척할 수 없는 노릇이었다. 연약해지려는 마음을 다잡은 석호가 문을 열고 나가려던 그때 환자들이 의문을 제기했다.

"선생님, 그런데 갑자기 무슨 일이세요? 그 소리가 뭐였는지 선생님은 아세요?"

"궁금해 죽겠십더."

웅성거리는 소리로 병실 안이 들끓었지만, 석호는 죄송합니다는 형식적인 말만 반복할 수밖에 없었다. 환자들의 원성을 뒤로한 채 병실을 나선 석호의 발걸음은 어느 때보다 무거웠다. 의무기록을 열람했다는 이유만으로 이번 사건과 관련이 없는 병원장을 잠시라도 의심했던 자신의 무지를 원망하는 한편, 곧 있으면 맞닥뜨리게 될 무서운 광경을 상상하는 것만으로도 오금이 저렸다.

'어쩔 수 없잖아.'

불안한 마음을 진정시키기 위해 한동안 벽에 등을 기대고 있던 석호가 비상계단으로 걸음을 옮기기 시작했다. 그의 눈동자는 진실에 대한 열의로 불타올랐다.

할아버지의 푹신한 무릎에 앉은 소녀는 컴퓨터에서 눈을 떼지 못했다. 한 번도 보지 못한 놀라운 풍경이 눈앞에 펼쳐져 있었다. 초록빛으로 물든 울창한 숲과 그사이에 난 산책로를 따라 걷고 있는 많은 사람. 화면에서 금방이라도 튀어나올 듯한 생생함은 영화관에서 영화를 보는 느낌 못지않았다.

"우리 지수, 여기가 어딘 줄 알겠어요?"

"엉…. 뒷산?"

"허허, 좀 더 가보자꾸나."

"으응."

고개를 끄덕이던 소녀의 눈길이 할아버지의 손에 들린 이상한 장난감에 닿았다. 문구점 앞을 지날 때면 오락기 앞에 옹기종기 모여 있는 남자애들이 보였는데 기다란 막대기 두 개와 다섯 개의 버튼이 있는 걸 보니 분명 그런 종류의 장난감인 듯했다.

"자, 이번엔 좀 더 밑으로 가볼까."

할아버지의 말에 소녀가 고개를 들어 올려 다시 화면을 응시했다. 조금 전까지는 점점이 흩어져 있는 사람들의 머리만 보였을 뿐인데, 점차 크기가 커지더니 이제는 얼굴을 알아볼 수 있을 정도로 가까워졌다. 알라딘이 가진 마법의 양탄자에 올라탄 황홀한 기분에 소녀는 꺄아 소리를 내질렀다.

산책로를 거니는 사람들 가운데 대부분이 같은 옷차림이었다. 하얀색 상·하의에 알록달록한 무늬, 가슴 부위에는 동그란 마크. 정체를 알 수 없는 기다란 봉 같은 것을 땅에 질질 끌고 다니는 사람들이 많았는데, 봉 옆에는 물통처럼 보이는 물건이 과일처럼 주렁주렁 매달려 있었다.

'저건 뭘까?'

곰곰이 생각했지만 떠오르지 않자 약이 올랐다. 소녀는 컴퓨터에 닿을 정도로 머리를 앞으로 쑥 내밀었다. 그러자 허허 웃으면서 할아버지가 그녀를 안고 원래의 위치로 돌려놓았다.

"가까이서 보면 지수 눈 나빠져요."

"뭐야, 뭐야. 궁금해."

바닥에 닿지 않는 짧은 두 다리를 버둥거리면서도 소녀는 여전히 화면에 집중했다. 이렇게 재미난 놀이가 있으면서도 지금까지 한 번도 보여주지 않은 할아버지가 얄미웠다.

‘칫, 맨날 재밌는 건 방에서 혼자 하구.’

입을 삐죽 내밀고 있던 소녀의 입술이 벌어진 건 잠시 후였다. 울창한 숲을 벗어난 듯 시야가 탁 트이더니 나무들의 모습은 온데간데없고 둥근 모양의 분수대가 나타난 것이다. 규칙적인 리듬으로 위로 솟았다가 아래로 떨어지는 물줄기를 보며 소녀는 고개를 갸웃했다. 왠지 저런 형태의 분수대를 어디선가, 그것도 오늘 본 것 같았기 때문이다. 화면에는 곧 초록색 바닥이 나타나더니 빠른 속도로 뛰어다니며 공을 주고받는 사람들의 고함이 들려왔다. 비로소 여기가 어디인지 알아차린 소녀의 두 눈이 휘둥그레졌다. 병원 뒤쪽에 조성된 초록빛의 숲, 농구장, 그리고 분수대까지. 방구석에 마련된 병원 모형을 소녀가 손가락으로 가리키며 외쳤다.

“병원이다! 병원!”

“딩동댕. 잘했어요.”

할아버지가 부드럽게 머리를 쓰다듬어주자 기분이 좋아진 소녀가 히죽 웃었다. 그런데 할아버지가 한 손을 뗀 사이에 기계에 무슨 이상이 생긴 건지 지진이 난 것처럼 화면이 흔들렸다.

“아이쿠, 잠깐만.”

할아버지가 다시 두 손으로 장난감을 만지자 몇 초 지나지 않아 흔들림이 약해졌다. 사실 소녀는 처음 그 장난감을 봤을 때부터 자기 혼자 만져보고 싶은 마음이 굴뚝같았지만 참고 있었다. 평소 게임 같은 걸 해보지 않았기 때문에 괜히 잘못 만졌다가 고장이 나면 어떡할까, 하는 걱정이 앞섰다. 그렇지만 할아버지가 장난감을 다루는 것을 옆에서 보고 나니까 이제 어떻게 해야 할지 대충은 감이 잡혔다.

"할아부지, 나도 게임을 할래. 이 장난감 재밌어 보여!"

"지수도 해볼래? 할애비가 옆에서 도와줄게요."

장난감을 건네는 할아버지의 입술이 무슨 이유인지 기괴하게 일그러졌다.

8장

석호는 있는 힘을 다해 3층 복도를 빠른 속도로 내달렸다. 맨발로 크록스를 신고 온종일 무리하게 돌아다닌 탓에 발바닥에서부터 격렬한 통증이 벌레처럼 다리를 타고 기어 올라왔지만 달리는 것을 멈출 수 없었다.

퇴근 시간이 임박해 그가 담당한 병동에서 일을 서둘러 처리해달라는 콜이 계속해서 걸려 왔다. 석호는 오후 여섯 시가 지나더라도 병동에서 일을 마무리할 테니 당분간은 전화를 자제해 달라고 요청했다. 만나려는 사람이 일찍 퇴근할지도 모른다는 조바심에 그 시각 전까지는 어떻게든 이번 사건을 매듭짓고 말겠다는 의지가 확고했다. 가슴속에서 소용돌이처럼 휘몰아치는 혼란과 두려움을 가까스로 억누르며 석호는 목적지에 가까워졌다.

지금부터 감수해야 할 위험은 보편적인 상식을 기준으로 했을 때는 단연코 모험에 가까웠다. 확실한 물증도 없이 이러한 무거운 의혹을 털어놓는 것만으로도 상대의 명예를 훼손할 가능성이 있고 자칫하면 일이 크게 번질 우려가 있었다. 그런데도 석호는 이번 도박에 자신의 모든 걸 베팅하리라고 각오했다. 심혈관 조영실의 문 앞에 도착한 석호는 심호흡한 뒤 앞으로 닥쳐올 시련에 자신을 내맡긴 채 떠밀리듯이 앞으로 나아갔다.

석호는 이런 감각이 낯설지 않다고 느꼈다. 작년에 박한나를 죽인 범인의 아지트를 알아냈을 때의 일이 섬광처럼 스쳐갔다. 모두가 자신을 범인으로 의심하는 가운데 석호는 누구보다 자기 자신이 결백하다는 것을 알았기에 경찰과는 다른 시각으로 사건에 접근할 수 있었다.

사건 당시 박한나의 연락을 받고 간 자신 외에는 누구도 해부학 교실이 있는 의학관에 접근하지 않았음을 확인했고, 흉기에서 떨어진 것으로 추정된 핏자국이 박한나의 반대편에서 발견된 거로 미루어 범인이 사건 이후 아직 의학관 내에 서식하고 있을지 모른다는 대담한 추측을 했다. 이틀 전 음료 자판기가 처참히 부서져 있었다는 점이 그의 가설에 힘을 실었고, 석호는 결국 지하 창고 벽면에 숨겨진 범인의 아지트에 접근하는 데 성공했다.

이번 사건의 해결도 그때와 유사하게 돌아가고 있다는 느낌이 강했다. 단서는 처음부터 눈앞에 있었고 발견이 늦어졌을 뿐이었다.

버튼을 누르고 내부로 들어간 석호를 맞이한 것은 텅 빈 스테이션과 실내의 공기를 차갑게 유지하는 에어컨 바람뿐이었다. 예상치 못한 적막한 분위기에 맥이 빠진 그는 무력감에 한숨을 내쉬었다. 두 개의 방에서 모두 시술이 진행 중이었다. 안에 있는 사람 중 그에게 눈길을 보내는 이는 하나도 없었다.

실내를 둘러보던 석호의 시선이 세면대 밑의 쓰레기통에 닿았다. 그는 그리로 다가가려다 말고 자기 행동이 상대에게 경계심을 심어줄 수 있다는 생각에 관두었다. 이제부터 시간은 그의 편이었다. 석호는 시술이 끝나기만을 기다릴 요량으로 빈 의자에 아무렇게나 앉았다.

장호영 교수가 유리 너머로 보였다. 온화함이라고는 찾아볼 수 없는 엄정한 두 눈은 모니터에서 한순간도 벗어나지 않았고, 사냥감을 노리는 하이에나의 그것처럼 잔혹하게 빛났다. 그 옆에서 순한 양처럼 고분고분하게 지시를 따르는 재욱의 모습이 석호의 눈에는 애처롭게까지 비쳤다.

어느 때보다도 그의 눈길을 오랫동안 사로잡은 것은 시술받는 환자였다. 의료진 앞에서 육체에 대한 통제력을 완벽히 상실한 그 환자는 오른쪽 대퇴동맥 부위를 제외한 모든 부위에 무균포가 덮인 채 미동도 없이 누워 있었다. 의료진의 자그마한 실수 하나로 돌이킬 수 없는 문제가 발생할 수 있고, 그로 인해 가족과 친구를 비롯한 소중한 이들과 다시는 만날 수 없게 될지 모른다는 불안을 온전히 혼자서 감내하고 있을 가엾은 환자.

의사를 꿈꾼 이후로 오랜 시간이 흐른 지금에서야 석호는 환자의 처지와 심정을 진심으로 공감했다. 수술실에서 실습 참관할 때면 그는 환자의 심장이나 폐 등의 장기가 아닌, 빠르고 정확한 움직임과 뛰어난 테크닉을 선보이는 교수의 손놀림만을 경외에 찬 눈빛으로 바라봤었다. 아침 회진 때 교수와 레지던트의 뒤에 붙어서 따라다닐 때면 통증을 호소하는 환자의 절박한 얼굴 대신 그들에게 따뜻한 위로의 말을 건네며 가슴에 청진기를 대는 교수를 보며 고개를 끄덕였었다.

환자에게 관심을 기울이고 정성을 다해 보살펴줘야 한다는 허울 좋은 말을 거리낌 없이 하면서도, 정작 자신은 단 한 번도 진정으로 그들의 편에 서본 적 없었다는 사실이 그의 마음에 어떤 것으로도 메워지지 않는 자책의 웅덩이를 형성했다.

“과장님, 수고하셨습니다!”

가까이에서 들려온 우렁찬 외침이 감상에 젖어 있던 석호의 머릿속을 헤집어놓았다. 무균 가운을 벗어 던지고 방에서 나오는 장호영 교수를 보고 석호는 반사적으로 자리에서 일어나 허리를 굽혔다. 장호영은 그와 아무 말도 섞고 싶지 않은 듯 불쾌한 표정으로 곁을 스쳐 지나갔다. 처량한 분위기 속에서 그에게 선뜻 말을 걸어온 이는 재욱이었다. 환자가 누워 있는 이동 침대를 간호사들과 함께 끌고 나오던 중에 그를 발견한 것이다.

"강석호, 거기서 뭐 하냐?"

"형한테 말씀드릴 게 있어서요."

"그래?"

재욱이 별다른 내색 없이 알았다는 듯 고개를 가볍게 끄덕였다. 문 앞까지 이동 침대를 옮기는 것을 도운 다음 재욱은 가운과 글러브를 벗고 소독약으로 손을 닦았다. 그가 돌아왔을 무렵 석호의 심장은 방망이질 치고 있었다. 땀으로 축축해진 손을 가운에 닦아낸 그가 입을 열려고 하기 직전에 재욱이 물꼬를 텄다.

"형한테 하고 싶은 말이랬냐?"

"네, 혹시 시간 되세요?"

"이제 다 끝나서. 말하고 싶은 게 뭔데?"

석호는 북받치는 감정을 억누르려고 숨을 크게 들이쉬었다. 시술이 끝난 방의 열린 문틈으로 모니터 기계음이 규칙적으로 들려왔다. 잡음 사이로 개구리처럼 펄떡펄떡 뛰고 있는 자신의 맥박 소리가 들리는 듯했다. 시시각각 마음속으로 파고드는 긴장감을 겨우 밀쳐낸 석호가 가까스로 입을 뗐다.

"오늘 말씀드렸던 심장 천공 문제 말인데요."

재욱이 무표정한 얼굴로 말했다.

"아직도 그 타령이냐?"

"원인을 알아냈어요."

"…."

석호의 입에서 튀어나온 한 문장이 허공에 울려 퍼지며 한동안 두 사람 사이를 떠돌아다녔다. 찰나였지만 재욱의 목울대가 미세하게 올라갔다 내려왔다. 석호는 마음을 굳히고 입을 열었다. 대학교에 입학한 뒤로 영원할 것만 같았던 선후배 관계가 회복할 수 없는 지경에 이르기 직전임을 석호는 본능적으로 감지했다.

"스텐트였어요."

"…."

검고 강렬한 재욱의 눈에서 부드럽고 인정 넘치던 원래 모습은 찾아볼 수 없었다. 그 안에서는 그를 알아 온 수년 동안 발현되지 않았던 분노와 경멸이 용솟음쳤다. 그러한 부정적인 감정들은 이제껏 극도의 교육과 체제하에서 교묘하게 만들어진 가면 뒤에서 조용히 숨죽이고 있었을 터였다. 그러나 그것이 싹을 트고 피비린내 나는 꽃을 피운 지금 석호는 위선의 실체를 인지하고 있었다. 감정을 배제한 무미건조한 말투로 재욱이 말을 이었다.

"다시 말해봐라. 뭐라고?"

"스텐트가 원인이었어요."

"이거 웃긴 놈이네."

술자리에서 재욱이 그런 말을 했다면 스스럼없이 건배하고 웃어넘길 수 있었겠지만, 지금의 그는 이전의 석호가 알던 온화한 선배가 아니었다.

"보자 보자 하니까. 그 말 하려고 여기 온 거냐? 그래서, 뭐 어쩌라고? 그래프트 수처 파열로 천공이 생겼으니까 과장님이 책임져라, 이 말이냐?"

석호가 흥분해서 격렬하게 맞받아치는 그에게 기세가 눌려 눈을 내리깔았다. 오전만 해도 다정하게 커피를 건네줬던 그가 백팔십도 돌변한 짐승 같은 모습이 석호의 가슴에 내재한 공포를 자극했다.

"어이, 강석호. 형이 그렇게 만만하게 보였냐? 대답해."

"그게 아니고…."

"그럼 뭔데?"

"교수님의 시술은 문제없었어요."

석호가 말을 이어갔다.

"범인은 따로 있었어요."

"그게 누군데?"

재욱의 거무튀튀한 얼굴에는 붉은빛이 어려 있었다. 표백제로도 지울 수 없을 것 같은 새빨간 분노의 기운에 주춤거리다 대답했다.

"형이요."

순간 죽음과도 같은 침묵이 흘렀다. 이대로 시간이 멈춰버린다면 얼마나 좋을까. 무지막지한 말을 내뱉은 석호는 헤아릴 수 없는 슬픔이 밀려와 한동안 아무 말도 할 수 없었다. 재욱은 뺨을 얻어맞기라도 한 듯 충격에 휩싸인 얼굴로 묵묵히 그의 눈을 응시했다.

문이 열리고 간호사 두 사람이 수다를 떨며 들어섰다. 환자를 옮기고 돌아오는 길에 자판기를 이용했는지 각자의 손에 음료수 캔이 쥐어져 있었다. 심리적인 압박을 강하게 받던 석호에게는 기적과도 같은 타이밍이었다. 심각한 얼굴로 대화하는 모습이 의아했던지 갸름한 얼굴형의 간호사가 재욱에게 말을 걸었다.

"욱 쌤, 인턴 보고 너무 뭐라 하지 마."

"그런 거 아냐."

털털한 말투였지만 재욱의 굳은 표정은 조금도 풀어지지 않았다. 호기심 어린 눈빛으로 그들을 바라보는 간호사들이 부담스러운 듯했다. 재욱이 따라오라는 말과 함께 석호의 팔을 툭 치고는 문으로 걸어갔다. 멀어져가는 그의 모습이 닫힌 문에 가려져 보이지 않게 되어서야 석호는 천천히 걸음을 옮겼다.

속닥거리는 간호사들의 따가운 시선을 뒤로하고 석호는 바깥으로 나왔다. 가장 먼저 눈에 달려든 건 그를 등지고 선 재욱의 뒷모습이었다. 로비와 2층의 전경을 감상하듯 난간에 두 팔을 얹은 재욱은 그를 돌아보지도 않고 싸늘하게 말했다.

"핸드폰 보자. 녹음하는지 봐야겠다."

"그런 건 걱정 안 하셔도 돼요."

조금의 망설임도 없이 석호가 앞으로 가 자신의 핸드폰을 내밀었다. 어플이 작동하지 않는 것을 확인한 재욱이 담담하게 말했다.

"그대로 주머니에 넣어."

"네."

처음부터 석호는 둘의 대화를 녹음할 생각이 없었다. 그런 비열한 방법을 써가면서까지 진실을 밝혀내는 것은 그의 취향과 거리가 멀었다. 그가 주머니에 핸드폰을 집어넣자 재욱이 기다렸다는 듯 재촉했다.

"말해볼까? 왜 그런 생각을 하게 됐는지."

"처음에는 별생각 없었어요."

복도 저편에서 외과 교수 하수현이 수술복 차림으로 걸어왔다. 석호가 재욱의 곁으로 천천히 걸어갔다. 그들의 대화를 다른 사람이 엿듣지 못하게 하기 위함이었다. 그가 옆으로 다가섰지만, 재욱은 아무런 반응을 보이지 않았다.

"여러 가지 가능성을 생각해봤어요. 형 말씀대로 스텐트 시술 후에 그래프트 수처 파열이 일어난 것일지도 모른다. 병동에서 누군가와 싸우는 과정에서 가슴에 타박상을 입었을지도 모른다. 이런 가능성 말이에요. 제가 중심정맥관을 제거하는 과정에서 실수를 한 건 맞지만, 아무리 생각해도 천공만큼은 제 잘못으로 생긴 게 아니었거든요."

"이거 순 뻔뻔한 놈이네."

재욱의 말투는 무덤덤했지만, 석호는 그의 말끝이 미세하게 떨리는 것을 놓치지 않았다.

"조금 전까지만 해도 생각 못 했어요. 알아낸 건 응급실에 근무하는 제 동기 덕분이었어요. 걔가 저보고 담배를 피우라고 했거든요."

"뭔 개소리냐?"

"제가 진상을 알아차린 건 걔가 라이터를 켰을 때였어요."

"라이터?"

"네, 그 소리를 듣는 순간 제가 한 가지 결정적인 단서를 놓쳤다는 걸 깨달았거든요."

"인마, 말을 할 때는 다른 사람이 이해되도록 해라."

재욱이 넌더리 난다는 표정으로 쏘아붙였다. 석호는 그의 난폭함에 눌리지 않고 꿋꿋이 말을 이어갔다.

"얼른 병실로 가서 환자분들에게 물어봤죠. 김창진 님이 돌아가시기 전에 라이터 켜는 것 같은 소리 들은 적 없냐고요. 그랬더니 한 분이 창문 닫히는 소리가 났다고 하셨어요. 다른 분들은 책이 떨어지는 소리, 뭔가 부러지는 소리가 들렸다고 하고요. 밥차가 돌기 전, 비슷한 시간대에요. 무슨 소리였는지 형은 안 궁금하세요?"

"하나도 안 궁금한데."

재욱의 옆모습에는 보는 이의 간담을 서늘하게 할 만큼 냉랭한 기운이 감돌았다. 그 차가운 얼굴에 반성이나 후회의 빛은 털끝만큼도 보이지 않았다.

"그 소리는 대체 뭐였을까요?"

"내가 알 게 뭐야."

"그건 김창진 님의 심장 안에서 폭발이 일어날 때 난 소리였어요. 정확히 말하면 일주일 전 설치했던 스텐트 내부에서 폭발이 일어난 거예요. 시술받았던 관상동맥의 한 부분이 완벽히 절단되어 있을 만했죠. 처치실로 옮겨졌을 때 심전도에 리듬이 나타났던 게 기적이었어요. 심장에 가해진 고강도의 충격이 전도계에 장애를 일으켜 심각한 부정맥을 유발했고,

그건 일반적인 심전도 변화와는 아주 다른 파괴적인 양상으로 나타났죠. 그 결과 주무시던 김창진 님은 끔찍한 고통 속에 신음조차 못 내고 죽어갔어요."

"…."

정면을 바라보는 재욱의 뺨이 경련이 온 듯 떨렸다. 난간을 붙든 두 손은 낭떠러지에 간신히 걸쳐진 듯 필사적이었다. 그가 돌변해서 자신을 공격할지 모른다는 두려움에 석호는 한발 뒤로 물러났다.

"최근에 순환기내과 교수님들이 담당한 환자들이 죽어 나갔다는 것을 레지던트 선생님께 들어서 알게 됐어요. 사흘 동안 병동에서 열다섯 명이 사망했는데 그중 여덟 명이 김유성, 장호영 두 교수님 환자라니 의심할 만하죠. 그래서 저는 교수님들에게 원한을 품은 누군가가 악의적으로 환자들에게 위해를 가한다고 가정했어요."

"억지 부리지 말자."

재욱의 목소리는 전보다 기세가 꺾여 있었다.

"저도 믿고 싶지 않았어요. 학생 때부터 믿고 따랐던 선배가 이런 일에 연루되어 있다고 생각하는 것만으로도 미칠 거 같았거든요. 그래서 제 생각이 잘못되었다고 말해주시길 바랐는데…."

"그러니까 내가 한 게 아니라고. 어처구니없어서 말 안 했는데 스텐트가 폭발했다니 그딴 말을 누가 믿겠냐? 징계위원회 때문에 네 입장이 곤란한 건 알겠지만 그렇다고 아무 죄도 없는 사람을 범인으로 몰아도 되는 거냐?"

"형이… 한 짓이 아니라고요? 가슴에 손을 얹고 그렇게 말할 수 있으세요?"

서글픈 마음을 감추지 못하고 석호가 따지듯이 묻자 재욱이 거칠게 돌아봤다.

"왜 네 마음대로 사람을 범죄자 취급하는지 이해가 안 간다. 내가 범인이라고 생각하는 이유나 들어보자."

"이번 사건의 범인을 특정 짓는 건 쉬웠어요. 순환기내과 교수님들에게 원한을 품을 만한 사람, 시술 전 심혈관 조영실에 들어가서 스텐트에 조작을 가할 기회가 있는 사람, 공학적인 지식에 바탕을 둔 기폭 장치로 살인 기계를 작동할 수 있는 사람, 입원 환자의 죽음으로 어떤 불이익도 받지 않는 사람. 이 모든 조건을 만족하는 사람은 단 한 명, 형뿐이었거든요. 기계공학과를 졸업하고 의대로 온 형한테 이 정도는 일도 아니었을 거예요. 그렇죠?"

"…."

숨죽이고 있던 재욱이 고개를 돌린 것은 잠시 후였다. 석호는 자신을 향한 재욱의 눈길에서 그가 알던 선배가 아닌 정체를 알 수 없는 괴물의 모습을 발견하고 온몸에 소름이

끼쳤다. 차재욱 선배의 가면을 쓴 괴물은 증오가 들끓는 눈빛으로 그의 몸통을 뚫을 것처럼 노려봤다.

"강석호, 형이 나름대로 사람 보는 눈은 있다고 자부해왔는데 착각이었다. 이때까지 널 잘못 본 거 같다. 오늘 네가 했던 무례한 말들, 오케스트라 애들은 물론이고 명성대학교병원 애들한테 알릴 생각이다. 내일 징계위원회와는 상관없이 강석호 너는 이제 이 병원에 못 남을 거다."

그에게 고정된 재욱의 눈빛에는 독기가 어려 있었다.

"정형외과? 그런 건 꿈도 꾸지 말고 군대 가서 머리나 식히고 와라. 펠로우 1년 차가 아무리 교수들 종이라고 해도 인턴 하나 날려버리는 건 일도 아니다. 증거도 없이 그딴 말한 거, 동아리 후배라도 용서 못 해준다."

"증거가 있다면요?"

한순간 재욱의 눈동자가 흔들렸다. 불안한 눈빛으로 그의 어깨 너머를 바라보던 재욱이 금세 당당한 표정으로 입을 열었다.

"보여줘 봐."

"형이 가지고 있잖아요. 가운 주머니에."

"…."

그때만큼 당황한 재욱의 얼굴을 일찍이 본 적 없었다. 두 팔과 고개를 아래로 늘어뜨린 재욱은 주머니에 손을 넣으려는 의지조차 없어 보였다.

"제 가설이 옳다면 증거는 틀림없이 형한테 남아 있을 거로 생각했어요. 살인 기계를 작동시킬 수 있는 것은 스위치 또는 버튼과 같은 형태로 어딘가에 있을 거고, 형이 병원에 있지 않더라도 의심받지 않고 그 무서운 계획을 실행하려고 몸에 가지고 다녔을 테니까요."

"흥미로운 생각인데."

재욱의 입가에 웃음기가 번졌지만, 석호가 보기에는 억지 미소 그 이상도 이하도 아니었다.

"지금도 형은 분명 가지고 있을 거예요. 아직 형이 달성하려는 목표에는 못 미쳤거든요."

"목표?"

"그동안 형은 장호영 교수님이나 김유성 교수님이 이상하게 생각하지 않도록 적절히 시간 간격을 유지하면서 살인 기계를 작동시켰어요. 담당 환자가 한꺼번에 사망하면 돌팔이가 아닌 이상 의심하고 부검을 신청했을 테니까요."

"…."

"형이 언제부터 그런 잔인한 계획을 구상했는지는 모르겠어요. 제가 내과를 돈 건 일주일 전부터였고 그동안 어떤 교수님 환자가 사망했는지 찾아본 적도 없으니까요."

타인의 시선이 신경 쓰이는지 주위를 둘러본 재욱이 아무도 없는 것을 확인하고 말했다.

"말 함부로 하지 마라. 어쨌든 나는 주머니에 있는 물건을 꺼낼 생각도 없고 그래야 하는 의무도 없다. 조금 있으면 난 퇴근하니까 너는 알아서 해라. 그럼 이만 간다."

그대로 돌아선 재욱이 서둘러 엘리베이터로 통하는 복도를 걸어가던 그때 석호가 단호하게 말했다.

"이제 저는 심혈관 조영실의 모든 CCTV를 확인할 생각이에요."

재욱의 걸음이 느려지더니 십여 미터 떨어진 곳에 이르러 걸음을 멈추고 돌아봤다. 가운 주머니에 손을 넣은 그는 가느다란 실 하나에 매달린 유리 조형물처럼 불안정해 보였다.

"제 생각이 맞는다면 오늘 돌아가신 분들을 죽인 기폭 장치는 심혈관 조영실 또는 화장실 쓰레기통에 있을 거예요. 그리고."

석호가 말을 이었다.

"스텐트 제품은 물론 시술에 쓰이는 기구들 모두가 무균적으로 밀봉된 상태로 보관되는 거로 알고 있어요. 스텐트 시술을 하기 직전에 그런 고난도의 조작을 하는 것은 불가능하니 형이 당직 근무를 하던 중 한가로운 시간대에 그곳에 들어가서 조작을 가했을 거라고, 저는 생각해요."

"미친놈."

분개한 어조로 내뱉는 재욱의 손은 여전히 주머니에 꽂혀 있었다.

"제가 미친놈인지 아닌지는 확인해 보면 알겠죠. 형이 가운 주머니에 있는 걸 보여주기 싫으시다면 어쩔 수 없네요."

석호는 그렇게 선언하고는 재욱을 등지고 심혈관 조영실로 향했다. 뒤에서 다급한 소리가 들려왔다.

"강석호, 네가 말한 게 이거냐?"

돌아본 석호의 눈이 재욱의 손바닥에 놓인 작은 물건을 포착했다. 거리가 멀어 자세한 구조까지는 알 수 없었지만, 짐작한 대로 네모난 몸체에 하나의 버튼이 박혀 있는 듯했다. 더 이상의 살인은 멈춰야 한다는 생각에 석호가 서둘러 달렸다. 그와의 거리가 3미터도 안 남았을 무렵 재욱이 소리 질렀다.

"멈춰!"

냉혹하고 비인간적인 목소리에 석호가 브레이크를 밟았다. 살인 기계의 버튼에 손가락을 가져간 재욱이 하얀 이빨을 드러내고 살벌한 웃음을 띠고 있었다.

"한 발짝만 더 오면 이 버튼 누를 거니까 알아서 처신해. 코드블루 터지면 괜히 힘만 빠지잖아. 내일 징계위원회 준비할 시간도 부족한데 말이야."

누군가 재욱의 뒤로 가서 저 끔찍한 물건을 빼내 줄 수만 있다면. 허황한 소망이라는 것은 알았지만 석호가 매달릴 수 있는 방법은 그것이 유일한 것 같았다. 완전범죄인 줄로만 알고 안심하고 있었을 재욱이 폭주한다면 돌이킬 수 없는 재앙이 명성대학교병원을 집어삼킬 게 분명했다. 최악의 경우 재욱의 집에 그가 설계한 살인 기계들이 여러 개 쌓여 있을지도 몰랐다. 어떻게 하면 폭주를 막을 수 있을까.

"형, 제발 무모한 짓 하지 마세요. 부탁이에요."

"그럼 네가 약속을 하나 해줘야겠는데. 쓰레기통이나 CCTV 뒤지지 않겠다고."

살기 어린 재욱의 눈빛은 누구도 그를 통제할 수 없음을 강조했다.

"형, 오늘 김창진 님 그리고 조향희 님 모두 형이 스텐트에 설치한 장치 때문에 돌아가셨어요. 내일 징계위원회에서 저는 제가 아는 범위에서 모두 말할 수밖에 없어요. 그러지 않으면 제가 징계받거든요."

조향희에게 비위관을 삽입하던 중에 들렸던 탁, 하는 소리 역시 스텐트 내부가 폭발할 때 났다는 걸 석호는 뒤늦게 알아차린 상태였다.

"조향희?"

재욱이 영문을 모르겠다는 듯 눈을 깜빡였다.

"네가 착각하는 게 있는데 조향희라는 환자는 형이랑 아무

상관 없다. 그건 네가 엘튜브를 무식하게 처넣어서 그렇게 된 거고."

"제가 분명히 들었어요. 살인 기계가 점화되는 소리를요."

"이렇게 된 마당에 거짓말해서 뭐 하겠냐. 오늘 사망한 이종분, 김창진 두 사람이 내 작품이거든. 조향희라는 분은 애초에 스텐트 시술도 받은 적 없고. 그런 기본적인 사실관계도 파악 안 한 거냐?"

"…."

기억의 지류를 거슬러 올라간 석호는 자신이 김창진의 의무기록만 확인했을 뿐 조향희의 기록은 찾아보지 않았음을 깨달았다. 재욱의 말대로 그녀는 애초에 스텐트 시술을 받은 적이 없을지도 모른다. 그렇다면 그분의 죽음은 역시 내 책임인 걸까. 괜스레 마음 한구석이 불편해졌다.

"지금 이 자리에서 결정해. 조향희 님이 네 미숙한 술기로 죽은 건 빼도 박도 못하는 사실이야. 그럼 내일 있을 징계위원회에서 처벌받는 건 어쩔 수 없는 거고, 한 명이냐 두 명이냐 하는 문제는 교수들한테 중요하지 않을 거 같은데. 안 그러냐?"

"제가 어떻게 하길 바라시는데요?"

"간단해. 여기 어제 시술받은 환자의 심장을 언제든지 망가뜨릴 수 있는 물건이 있어. 우리 두 사람이 교환을 통해

서로에게 중요한 가치를 지킬 수 있다고 생각하는데 넌 어떠냐?"

"교환이라면."

"집에 기폭 장치가 두 개 더 있거든. 오늘 김창진 님 사망 건만 네가 떠안고 가주면 집에 가서 전부 처분할게. 아니, 너한테 넘겨줄게. 네 선택 하나로 세 명의 환자들이 죽느냐 사느냐가 결정되는 셈이야."

모든 가식을 떨쳐버린 그의 얼굴에서는 짐작하기조차 어려운 악의가 꿈틀꿈틀 표피를 통해 스며 나왔다. 석호가 비참한 기분에 젖어 흐느끼듯 말했다.

"형, 그거… 아세요?"

"뭐."

"형 아니었으면… 저는 이 자리에 없었을 거예요."

"그게 무슨 생뚱맞은 소리냐?"

확연히 달라진 목소리 톤을 알아차렸는지 재욱이 가라앉은 목소리로 물었다.

"병방 때 저한테 해주신 말씀 기억하시는지 모르겠지만… 그때 저는 인턴 가서 고생하느니 먼저 공보의 가서 꿀이나 빨아야겠다고 마음 굳히고 있었어요. 그런 제 마음을 바꿔준 사람이… 바로 형이었어요."

"…."

석호의 눈가가 순식간에 촉촉해졌다.

"형이 그러셨잖아요. 앞으로 의사로서 발전하고 싶다면 조금이라도 일찍 병원에서 수련받아야 한다고요. 그래서 자꾸 저보고 인턴 들어오라고, 오면 잘해주겠다고 하셨잖아요. 솔직히 그때 저… 형한테 감동 받았어요."

"…."

고개를 떨어뜨린 재욱의 눈길이 신발 코에 고정되었다.

"명성재단의 다른 병원으로 갈 수도 있었지만, 병방 때 저희 맛있는 거 사주신 선배들, 특히 형이 여기서 자리 잡고 계시니까 친근하기도 하고 앞으로 수련해나가는 데 있어서 힘이 될 거라고 기대했어요. 왕고인 형의 존재가 저를 포함한 후배들한테 얼마나 큰 용기를 줬는지 형은 모르시겠죠."

"…."

"그런데 오늘 알게 된 형의 본모습은… 실망을 넘어서 최악이네요. 형이 말씀하셨죠. 환자한테 최선을 다해라. 선배고 교수고 간에 환자한테만 잘해라. 그런데 이게 뭐예요? 어떻게 형이 이러실 수가 있어요?"

그와 눈을 마주치지 않은 채 재욱이 딱딱하게 대답했다.

"네가 모르는 게 한 가지 있다. 장호영, 김유성 둘 다 교수라고 불릴 자격도 없는 새끼들이야."

"네?"

"그 인간들이 평소에 어떤 추악한 짓을 해왔는지, 아랫사람을 얼마나 가혹하게 대했는지 알면 너도 형 심정 이해할 거다. 시술 중에 환자한테 심각한 문제가 발생하면 펠로우인 나한테 모든 책임을 떠넘기고, 보호자 앞에서 날 면박주기 일쑤였어. 지금 나한테 걸려 있는 소송만 세 건이야, 씨발."

재욱이 주먹으로 난간을 쾅 내려쳤다. 거친 동작에서 그동안 억눌러왔던 두 교수에 대한 서러움과 분노가 고스란히 느껴졌다.

"소송이라고요?"

"그래, 지들 커리어에 조금의 흠집도 안 남도록 교수 새끼들은 교묘하게 간호사를 비롯한 직원들에게 말 맞추게 했고, 나 혼자 덤터기 쓴 거야. 시술하는 데는 CCTV도 없으니까 교수 지들한테는 천국이었겠지."

"보호자한테 솔직하게 말씀하셨어야죠."

"대학병원에서 교수가 얼마나 막강한 권력을 가졌는지 너도 알잖아. 사실대로 밝히는 순간 나는 펠로우를 더 하지도 못하고 앞으로 제대로 취업도 할 수 없는 운명이었어. 특히나 스태프를 꿈꾸는 나 같은 사람한테 교수는 하늘보다 높은 존재였어. 그 인간들이 죽으라고 하면 죽는시늉도 해야 했다."

재욱이 고개를 가로젓더니 말을 이었다.

"두 교수 모두 스텐트 시술의 권위자로 명성이 자자한 만큼 집착이 심했어. 자기들이 시술하는 도중에 환자에게 무슨 일이 일어나면 그걸 자기 잘못으로 생각하고 죄책감을 느끼기는커녕 옆에서 보조하는 나한테 모든 책임을 떠넘겼지. 그런 과정이 반복되면서 나도 인식하지 못하는 사이에 그 인간들에게 복수하려는 마음이 솟아난 거 같다. 그렇게 그 인간들이 시술한 환자들을 하나둘 죽이는 것이 내게 있어 서는 정의를 실현할 수 있는 유일한 방법이었어. 이제 너도 내 마음 이해하겠지?"

연민을 구하는 애처로운 눈으로 재욱이 그를 바라봤다.

"아니요, 형이 틀렸어요."

"뭐?"

단호한 부정을 예상하지 못한 듯 재욱이 눈을 깜빡였다.

"차라리 교수님들한테 주먹을 휘둘렀다면 저는 형을 참 멋진 사람이라고 생각하고 응원했을 거예요. 그런 폭력적인 행동이 잘못된 건 차치하고요. 하지만 형은 교수님들에게 직접 불만을 토로하는 대신 최악의 길을 선택했어요."

"최악?"

"형이 스텐트를 조작해서 환자들을 죽인 건 유아발상적이고 유치한 행위였어요. 싫어하는 아이의 장난감을 망가뜨리는 것과 다를 게 없죠."

"이 새끼가."

"막말로, 그렇게 한다고 해서 교수들이 눈 하나 깜빡하겠어요? 형은 그 사람들한테 어떤 데미지도 입히지 못했어요. 그걸 모르시겠어요?"

"…."

"아무 죄도 없는 환자들, 우리 병원을 믿고 찾아온 환자들을 볼모로 삼아서 그런 끔찍한 범죄를 저지른 게 형은 부끄럽지 않으세요? 정말 아무렇지도 않으세요? 그러고도 형이 의사라고 말할 수 있어요?"

혈류를 타고 흐르는 뜨거운 감정의 물결을 견디지 못하고 석호가 소리 질렀다. 재욱의 치기 어린 정의감으로 인해 불행한 죽음을 맞이한 환자들이 정확히 누구인지는 알 수 없었지만, 그들의 마지막이 어떤 사람도 경험해보지 못한, 짐작조차 어려운 끔찍한 고통으로 점철되었다는 데 생각이 미치자 그들을 그렇게 만든 사람이 자신인 것만 같은 죄책감이 들었다. 의료진에게서 최선의 진료를 받아 회복할 권리를 가진 그들이 엉뚱하게도 의료진의 갈등에 희생양이 되어 허무하게 세상을 떠나버린 것이다.

"강석호, 형이 잘못 생각했던 것 같다. 정말 미안하다."

미안하다는 말과 달리 그의 얼굴에는 무슨 수를 써서라도 불리한 상황을 벗어나려는 비열한 의지가 깃들어 있었다.

"그런 말은 저 말고 돌아가신 분들한테 하셔야죠."

"내가 요 며칠 동안 잠시 돌아버렸나 보다. 늦었지만 지금부터라도 이런 미친 짓 그만둘 테니까… 이번 한 번만 눈감아주면 안 되겠냐? 맞다, 내일 징계위원회에서 처벌 안 받도록 너한테 상황 좋게 만들어줄게. 시나리오 벌써 생각해 놨다."

오래전 사과나무 앞에서 이브를 유혹하던 뱀처럼 재욱이 그를 구슬렸다.

"일단 김창진 님의 경우에는 천공이 있었으니까 그래프트 수처 파열일 가능성이 다분하다는 의견서를 병원장님께 제출할 거야. 그리고 조향희 님의 경우는 그분 주치의한테 말해서 비위관이 직접적인 영향을 미친 게 아니고 또 다른 원인이 있었다는 식으로, 예를 들면 그분이 혼자서 물을 잘못 마셨다가 기도가 막혔다는 식으로 의견서 쓰도록 지시할게. 이래 봬도 내과 의국은 형이 쥐락펴락하니까, 형만 믿으면 돼. 징계위원회, 까짓거 걱정 안 해도 된다."

재욱의 눈빛에서 간절함이 묻어 나왔으나 석호에게는 추잡해 보일 뿐이었다.

"형 도움은 필요 없어요."

"아니, 왜…."

"교수님들은 저 혼자서도 설득할 수 있으니까요."

기가 막힌다는 듯 재욱이 헛웃음을 지었다. 그가 능글맞은 목소리로 말했다.

"네가 무슨 수로? 내가 그런 조작을 가했다고 해도 언제 그랬는지 오늘 안에 찾아낼 수 있다고 생각하냐? 일주일 전일 수도 있고 한 달 전일 수도 있는데. 징계위원회에서 증거도 없이 그딴 말 지껄였다가는 교수님들 폭발해서 그 자리에서 수련 취소될 거 같은데?"

"CCTV는 하나만 확인하면 되는걸요."

"그게 무슨 소리냐?"

석호가 허공의 한 지점을 향해 손가락을 뻗었다.

"저것 보세요."

그가 가리킨 쪽을 본 재욱의 입에서 아, 하는 탄식이 새어 나왔다. 출입문 위에 부착된 소형 CCTV의 빨간 불빛이 규칙적으로 점멸하고 있었다. 그들의 미래가 자신에게 달려 있다는 것을 아는지 모르는지 그것은 우직하게 눈앞에서 펼쳐지는 모든 일을 기록하는 중이었다.

"석호야, 형이 면목이 없다. 나잇값도 제대로 못 하는 형 살려준다는 생각으로 이번 한 번만 봐주면 안 되니? 아까도 말했듯이 지금도 소송 세 개가 걸려 있는데 이거까지 문제되면 정말 의사 생활 끝장나거든."

아무 말 없는 그의 앞에 재욱이 무릎 꿇었다. 화들짝 놀란 석호가 주변을 둘러봤지만, 다행히 본 사람은 없는 듯했다.

"이러지 마세요, 형."

재욱에게로 다가간 석호가 겨드랑이에 손을 넣어 일으켜 세우려 했지만, 재욱은 한사코 일어서기를 거부했다.

"석호야, 그래도 우리 오케스트라도 같이 했고 그동안 쌓아온 추억도 많잖아. 한순간의 분노에 휩쓸려서 몹쓸 짓 한 거 죽는 날까지 반성하고 또 반성하면서 살아갈 테니까 이번 한 번만 봐주라. 그래 주면 안 되겠냐?"

바닥에 떨어져 내리는 재욱의 눈물이 그의 말이 거짓이 아니라는 것을 대변했다. 그러나 석호는 그런 눈물 몇 방울로 이미 행해진 끔찍한 범죄의 흔적을 깨끗이 씻어내기는 불가능하다는 걸 알았다.

"형한테는 지금까지 반성할 기회가 많았어요. 처음 살인 기계의 버튼을 누른 형은 분명 환자가 정말로 사망했는지 확인해봤을 거예요. 그런데도 관두지 않았다는 건 형이 환자들의 죽음에 대해 한 번도 죄책감을 느껴본 적 없다는 뜻이겠죠."

"그건…."

"형은 억울하게 생각하실지 모르지만 제 눈에는 유영철이나 강호순 같은 살인마들보다 더 악질로 비쳐요."

재욱이 억울하다는 듯 얼굴을 찡그렸다.

"아무리 그래도 그놈들은…."

"적어도 그들은 자신을 믿고 온전히 몸을 맡긴 환자들을 살해하지는 않았잖아요."

"…."

"형이 이번 일로 처벌받기를 원하는 건 아니에요. 제가 뭐 경찰이나 검사도 아니고 저 자신을 스스로 정의로운 사람이라고 생각하지도 않으니까요."

"그럼…."

한순간이지만 재욱의 얼굴에 얼핏 희망의 기운이 어렸다. 그러나 다음에 이어진 석호의 요구에 다시 잿빛으로 물들었다.

"지금 형이 가야 할 곳은 장례식장이에요. 거기에서 형이 살해한 여러 환자의 보호자들이 눈물 흘리고 있을 거예요. 그분들 앞에 무릎 꿇고 용서를 구하세요. 본인이 스텐트에 그런 조작을 해서 죽음으로 몰아넣었다고 털어놓지 않아도 돼요. 대신 마음을 다해서 죄송하다고 말하세요. 그리고…."

석호가 목소리에 힘을 주어 말했다.

"오케스트라 후배들한테도 사과하세요. 그동안 형을 좋아하고 존경해온 많은 후배의 신뢰를 형은 무참히 짓밟았어요. 저는 이번 일에 대해서는 다른 애들한테 입도 뻥긋하지 않을 거예요. 한때 우러러봤던 형의 평판을 엉망으로 만들고 싶지 않거든요. 대신 형이 진심으로 후배들한테 미안해하는 모습을 두 눈으로 확인하고 싶어요. 제가 한 말, 이해하시죠?"

"…."

"저는 밀린 일이 많아서 이제 가봐야 해요. 올바른 선택하시길 바래요."

그 말만을 남기고 석호는 그의 곁을 스쳐 지나갔다. ㄱ자로 꺾이는 지점을 지나 복도를 걸어가다가 멈춰 뒤를 돌아봤지만, 재욱은 여전히 무릎 꿇은 채 바닥에서 일어나지 않았다. 몇몇 사람들이 노숙하는 걸인을 보는 듯 이상한 눈길을 던지며 복도를 오갔다. 재욱은 그런 것에 연연하지 않는 듯했다.

엘리베이터에 올라탄 석호는 착잡한 마음으로 12층 버튼을 눌렀다. 지그시 눈을 감고 벽에 기댄 석호는 오늘 밤은 어쩔 수 없이 병원에서 보내야 할지 모른다고 생각했다. 드레싱을 포함한 정규 업무를 마무리하는 데만도 두 시간이 넘게 걸릴 것 같았다. 징계위원회에 제출할 소명서를 작성해서 수련교육부장의 원내 메일로 보내려면 병원 컴퓨터로 작성하는 게 효율적이기는 했다.

석호는 자신이 병원에 남아 업무를 하는 동안 재욱이 그의 요구대로 해주기를 간절히 바랐다. 그가 장례식장에서 보호자들에게 무릎 꿇고 용서를 구하고, 후배들에게 진심으로 미안해하는 모습을 보여준다면 석호도 굳이 쓰레기통을 뒤지거나 CCTV 자료를 확보할 생각이 없었다.

조향희가 사망한 것이 비위관을 무리하게 삽입한 자신의 책임이라는 것이 분명해진 이제, 그가 징계위원회에서 어떤 수위든 간에 업무상 과실치사로 징계받는 것은 피할 수 없는 상황이었다. 그렇다면 굳이 재욱의 범죄를 교수들 앞에서 고발하는 것이 무슨 의미가 있을까 하는 생각이 들었다. 경찰이 의혹을 품고 수사해서 재욱이 범인이라는 사실을 알아낸다면 모를까, 그의 고발로 재욱이 처벌받는다 해도 전혀 기쁘거나 보람차지 않고 마음만 불편할 것 같았다. 그가 처벌받도록 하기보다는 진심으로 뉘우치고 남은 일생 다시는 범법 행위를 하지 않도록 기회를 주는 게 좋지 않을까. 그것이 석호가 나름대로 내린 결론이었다.

그러나.

드레싱 카트를 끌고 복도를 가로지르던 그때 원내 방송이 울려 퍼졌고, 석호는 자신이 중대한 착각을 했다는 걸 본능적으로 깨달았다.

– 코드블루, 코드블루. 1층 에스컬레이터, 1층 에스컬레이터. 코드블루, 코드블루. 1층 에스컬레이터, 1층 에스컬레이터.

석호는 복도 한가운데 드레싱 카트를 내던지고 전력을 다해 달리기 시작했다. 현장을 본 것은 아니지만 1층에 쓰러져 있는 사람이 누군지 알 것 같았다.

소녀는 어느 때보다 예민했다. 화면에서 쉴 새 없이 변하는 풍경에서 눈을 떼지 않는 한편 방향키를 누르는 것도 잊어서는 안 되었기 때문이다. 조금 전에는 볼이 가려운 나머지 장난감에서 손을 뗐고 그 바람에 비행기가 추락할 뻔했다. 할아버지가 가까스로 버튼을 누른 덕분에 땅바닥에 닿기 직전에 구출되었다. 소녀는 그때만큼 할아버지가 흥분한 모습을 본 적이 없었다.

'이상해, 이상해.'

조금 전 일그러진 얼굴도 그렇고, 고함을 지른 것도 그렇고 오늘따라 할아버지는 소녀가 알던 할아버지가 아닌 것 같았다. 이제 그만하고 싶은 마음에 장난감을 받지 않으려고 했지만, 할아버지는 소녀에게 아직 더 가지고 놀아야 한다고 말했다. 계속된 강요에 못 이긴 소녀는 결국 장난감을 다시 받아들었다.

화면 속에서는 많은 사람이 분주하게 움직였다. 똑같은 옷을 입은 그들이 누군지 처음에는 멀어서 몰랐지만, 이제는 환자라는 것을 알았다. 아까 전부터 옆에 앉은 할아버지는 손에 쥔 구깃구깃한 종이를 들여다보면서 얼굴을 찡그렸다 펴기를 반복했다. 할아버지는 병원에 있는 누군가를 찾는 눈치였다.

할아버지는 7층으로 가자고 재촉했다. 그 말대로 소녀는 서툴지만, 끈기 있게 버튼을 눌러서 마침내 창문을 통해 들어갔다. 비행기의 크기가 생각보다 작은지 들어가는 건 수월했다. 복도에는 폭삭 늙은 환자들이 작대기 같은 걸 끌고 돌아다니고 있었다. 할아버지는 잘했어요, 하고 머리를 부드럽게 쓰다듬어주었다.

“저기로 들어가면 돼요. 715라는 숫자 보이니?”

“응!”

“문 열릴 때까지 기다렸다가 천천히 가자꾸나.”

“지수만 믿어.”

안에 있는 것이 무엇일지 소녀는 감이 잡히지 않았다. 비행기가 아래로 떨어지지 않도록 버튼을 누르고 있던 그때, 가로막고 있던 문이 활짝 열렸다. 기다란 흉터가 얼굴에 있는, 무섭게 생긴 아저씨가 하품하며 밖으로 나왔다. 문이 닫히기 직전에야 소녀는 겨우 안으로 들어갔다. 할아버지의 숨소리는 평소보다 빨라졌다.

"이제 어디로 가면 돼?"

"앞으로 쭉 가서 오른쪽으로 가면 돼요."

"알았어."

짧은 시간이었지만 소녀는 장난감을 만지는 것에 능숙해져 있었다. 방향키를 눌러 앞으로 나아간 소녀는 할아버지가 말한 곳이 하얀 것으로 감싸여 있다는 것을 알아차렸다. 앞으로 갔다가는 부딪힐 것 같아서 멀뚱히 있자 할아버지가 손가락으로 화면의 한 부분을 가리켰다.

"여기 작은 틈으로 가볼까. 어려우면 할애비한테 말해요."

할아버지의 말대로 자세히 보니 정말로 틈이 있었다.

"아냐, 지수도 할 수 있어."

"그럼, 그럼."

의욕이 넘친 소녀는 버튼을 눌러 그곳으로 돌진했다. 화면이 흔들렸지만, 곧 어둠으로 들어갔고, 그제야 하얀 벽면과 그 아래로 침대에 누운 사람의 모습이 나타났다. 푸른색 반점이 이마를 뒤덮은 할아버지였다. 눈을 감고 규칙적으로 가슴이 오르내리는 걸 보면 자는 게 틀림없었다. 이불 위로 가지런히 놓인, 쭈글쭈글한 손과 뼈가 드러날 정도로 가는 팔. 소녀는 역시 저 할아버지에게는 병원이 어울리는 장소라고 생각했다.

"잘했다. 우리 지수, 지금부터 할애비 말대로 해야 한다?"

"응, 뭐 하면 돼?"

"저기 막대기에 걸려 있는 물통으로 가까이 가볼까?"

고개를 살며시 끄덕인 소녀에게 그 정도는 이제 간단했다. 화면의 네 모서리가 물통으로 가득 찰 정도로 접근하자 할아버지가 외쳤다.

"인제 그만. 잘했다. 잠시만 있어봐라. 할애비가 버튼 하나를 누를 거다."

뭐가 그렇게 웃긴 지 할아버지의 볼이 씰룩였다. 할아버지는 소녀가 쥔 장난감의 가장 구석에 있는 초록색 버튼을 조심스럽게 눌렀다.

"할아버지, 그 버튼은 뭐야?"

"이분한테 할애비가 선물을 주려는 거란다."

선물이 뭔지 궁금한 마음에 물어봐도 할아버지는 허허 웃기만 할 뿐 가르쳐주지 않았다. 삐친 소녀가 입술을 툭 내밀자 할아버지는 볼을 꼬집고는 장난감을 가져갔다. 능숙한 동작으로 버튼을 누르자 빠른 속도로 물통에서 멀어져갔다. 곧 할아버지의 모습은 어디론가 사라지고 여러 개의 침대가 놓인 병실의 전경이 나타났다.

"오늘 지수, 재밌었어요?"

"응, 담에도 해보고 싶어!"

"오냐, 기특하구나."

방을 나온 뒤로도 소녀는 할아버지가 말한 선물이 뭔지 곰곰이 생각해봤지만, 머리만 아플 뿐이었다. 침대에 누운 할아버지의 팔과 물통을 연결한 얇은 줄을 통해 아래로 떨어지던 투명한 액체가 떠올랐다.

'그게 선물이었을까?'

소녀는 그 액체가 틀림없이 솜사탕처럼 달콤했을 거라고 입맛을 다셨다.

9장

계단을 달려 내려가는 사이 죽음을 연상시키는 퀴퀴한 냄새가 콧속으로 스며들었다. 문득 석호는 이게 처음이 아니라는 사실을 알아차렸다. 박한나에게서 뜻하지 않은 문자를 받고 해부학 교실로 통하는 어두침침한 복도를 걸으며 석호는 뭔가 큰일이 일어난 듯한 예사롭지 않은 기분에 사로잡혔고, 결국 칠판 아래에서 X자로 난도질당한 그녀를 발견하고 말았다. 늪과도 같은 그날의 악몽에서 헤매는 동안 석호는 1층으로 통하는 마지막 계단에 이르렀다.

비상계단의 문을 박차고 나온 그는 숨을 헐떡이며 원무과를 통과했다. 전력으로 질주한 탓에 걸음을 내디딜 때마다 다리와 발의 통증은 심해졌다. 로비에는 비명과 고함이 뒤섞인 음성이 메아리쳤다. 1층과 2층을 연결하는 에스컬레이터, 1층과 지하 1층을 연결하는 에스컬레이터. 둘 중 어디로 가야 할지 결정하는 것은 어렵지 않았다. 오십여 명의 사람들이 환자, 보호자 할 것 없이 모여 있어 멀리서도 위치를 확인할 수 있었다. 나이 든 경비원 두 명이 현장에서 물러날 것을 고래고래 소리 질러도 사람들의 관심을 돌리기에는 역부족이었다. 점점 많은 사람이 몰려드는 바람에 석호는 그들이 둘러싼, 도움이 필요한 환자에게 다가가는 데 난항을 겪었다.

“이 병원 의삽니다. 비켜주세요.”

좁은 링 위에서 로얄럼블을 치르는 기분으로 석호는 군중들의 틈을 필사적으로 파고들었다. 얼핏 보니 그 말고도 심폐소생술을 위해 달려온 규민 역시 안쓰러운 얼굴로 사람들과 몸싸움을 하고 있었다. 제대로 된 응급 처치가 시행되고 있지 않은 게 아닐까, 하는 의문이 피어올랐다. 아무래도 내과 레지던트와 인턴 대다수가 8층 이상의 고층에서 근무를 하므로 1층에서 발생한 어레스트에 대한 대처는 늦을 수밖에 없었다. 그러나 그런 의문은 마지막 사람을 밀쳐내고 시야가 환해진 순간 말끔히 사라졌다.

의사 여섯 명과 간호사 두 명이 환자를 둘러싼 채 처치를 하고 있었다. 옆에는 어디서 갖춰온 건지 스트레처가 마련되어 있었다. 환자의 위에서 열정적으로 흉부를 압박하는 의사의 얼굴에 시선이 닿은 순간 석호는 경악했다. 이번 사건을 해결하는 데 결정적인 역할을 한 –물론 자신은 모르고 있겠지만– 기훈이 소매를 걷어붙인 채 심폐소생술을 하고 있었다.

의료진 가운데 내과 레지던트는 고작해야 형석 하나뿐이었고 나머지는 모두 응급의학과 레지던트와 인턴이었다. 병동이 아닌 로비에서 어레스트가 터진 만큼 가까운 응급실에서 근무하던 의료진이 달려온 듯했다. 진서와 민희, 규민을 비롯한 다른 내과 레지던트가 도착한 것은 꽤 시간이 지난 뒤였다. 모두 그처럼 한바탕 전쟁을 치르고 온 듯 가쁜 숨을 몰아쉬었다.

"어떻게 된 거예요?"

"왜 여기…."

"말도 안 돼."

다가선 내과 레지던트들이 저마다 충격에 휩싸여 말을 잇지 못했다. 석호는 환자에게 눈길이 가지 않도록 의식적으로 고개를 옆으로 기울였다. 불길한 예감이 현실로 닥쳐올 것이 극도로 두려웠고, 그런 상황을 마음의 준비 없이 받아들이기란 어려운 일이었기 때문이다. 하지만 의지와는 무관하게 귓속으로 들려온 재욱 형, 이라는 한마디로 석호는 예감이 틀리지 않았음을, 원치 않는 방식으로 알게 되었다. 절망적인 심정으로 고개를 돌린 그는 재욱의 비참한 몰골에 헛구역질을 했다.

아파트에서 떨어진 수박처럼 짓이겨진 재욱의 머리는 뇌가 적나라하게 드러나 있을 정도로 형체를 알아볼 수 없었다. 흘러나온 뇌수와 혈액은 과즙처럼 섞여 바닥을 드리운 채 점차 영역을 넓혀갔다. 그가 걸친 하얀 가운과 안쪽의 초록색 수술복에도 피가 묻어 있었다.

차마 그 끔찍한 광경을 볼 수 없어 석호는 손등으로 눈을 가린 채 앞으로 나아갔다. 평소 같으면 득달같이 달려들어 적극적으로 처치를 지시했을 내과 레지던트 모두 실어증에 걸린 듯 우두커니 서 있었다. 이 상황에서 그들이 할 수 있는 게 별로 없다는 것을, 그를 살릴 수 있는 마땅한 방법이 없다는 것을 이 자리에 있는 모두가 인지했다.

바닥과 충돌하는 과정에서 손상을 입은 늑골은 횡격막과 상호작용을 하지 못해 자발적인 호흡이 불가능할 터였다. 호흡 중추가 위치한 연수에서는 혈중 산소 농도의 결핍과 이산화탄소 농도의 급격한 증가로 인해 생명의 위험을 감지하고 호흡수를 증가시키기 위한 신호를 늑골과 횡격막으로 보낼 터였다. 그러한 신호의 전달은 마스크가 공급하는 산소를 무의미하게 만드는 악순환의 고리를 형성했다. 게다가 고층에서 떨어진 사람 대부분이 그렇듯 경추가 꺾여 기도가 정상적으로 확보되지 않아 산소 공급은 거의 불가능한 상태였다.

기도 삽관을 시도하던 응급의학과 4년 차 우도준이 고개를 가로젓자 곁에 있던 규민이 손을 바꿨다. 규민 역시 육안으로는 기도가 보이지 않는 듯 얼마 되지 않아 포기했다. 그러는 동안에도 심폐소생술은 계속 유지되었다. 자신의 독한 말로 인해 재욱이 자살했다는 죄책감에 석호는 흉부를 압박하는 인턴 광태의 곁에 멍하니 서 있었다. 충혈된 두 눈을 치켜뜬 채 규민이 주변을 돌아봤다.

"재욱이 형 추락하는 거 본 사람 있어요?"

"아무도 없어."

응급의학과 3년 차 최하성이 말했다. 그의 온몸은 수영장에 들어왔다 나온 것처럼 땀으로 적셔져 있었다.

"누가 민 게 분명해요."

"난간에 기대다가 사고 난 거 아닐까?"

"말도 안 돼요. 그런 실수할 형이 아닌데."

"상태 보니까 2층도 아니고 3층에서 떨어진 거 같은데."

그 이상은 뚜렷하게 들리지 않았다. 아니, 듣고 싶지 않았다. 한 걸음 뒤로 물러선 석호가 천천히 위를 올려다보자 3층 난간이 시야에 들어왔다. 조금 전까지 격렬한 논쟁을 벌였던 그곳은 바닥으로부터의 거리가 적어도 20미터는 돼 보였다. CCTV를 뒤져보지 않더라도 석호는 그곳에서 무슨 일이 일어난 건지 모두 알 것 같았다.

그가 떠난 뒤 재욱은 바닥에 무릎을 꿇은 채 생각에 잠긴다. 자신이 계획한 범죄를 동아리 후배에게 들켰다는 당혹스러움과 부끄러움, 범죄가 병원 사람 모두에게 알려질지 모른다는 두려움이 그를 덮친다. 그는 후배가 요구한 사항에 대해 생각해본다. 장례식장에 찾아가서 보호자들에게 용서를 구하고 오케스트라 후배들에게 사과의 문자를 보낸다면 정말 모든 일이 해결되는 걸까. 그런 생각에 잠겨 있던 그때 채찍으로 얻어맞은 것처럼 심장에 통증이 내달린다. 오직 교수에게 복수하려는 목적으로 죽였던 환자들이 마지막 순간에 느꼈을 고통. 자신의 잔혹한 행동으로 인해 그들이 감당해야 했던 고통.

죄책감에 시달리며 재욱은 천천히 바닥에서 몸을 일으켜 세운다. 수군거리며 그의 곁을 지나가는 다른 의료진의 시선을 알아차린다. 그는 자신의 범행이 이미 모두의 귀에 들어갔을 거라는 망상에 사로잡힌다. 더 이상 병원에 발을 붙이고 살기 어려울지 모른다. 의과대학에 입학한 뒤로 십여 년간 쌓아온 인생이 허물어진 이 순간 그에게서는 삶의 의욕이 사라진다. 안 그래도 자신에게 걸려 있는 세 건의 소송으로 야간 당직도 불사하며 벌어왔던 돈 대부분을 변호사 수임료와 벌금으로 날려야 하는 처지다. 게다가 두 교수가 담당한 환자에게 자신이 한 짓이 폭로되는 순간 의사 면허를 박탈당할지도 모른다.

이제 다 끝내버리고 싶다. 지긋지긋한 이번 생은 때려치우고 새로운 삶을 시작하고 싶다. 다음에 태어나서는 절대 의사 같은 건 하지 말아야겠다. 후회와 체념에 젖은 그는 난간을 붙든 두 손에 힘을 준 다음 힘껏 뛰어오른다. 매끄러운 콘크리트 바닥과 충돌하기 전 그에게는 마지막으로 약 2초의 시간이 주어진다. 그 짧은 시간 동안 어떤 생각을 했는지는 누구도 알 수 없을 것이다. 자살에 실패한 사람들의 말마따나 그가 살아왔던 인생의 모든 순간이 빨리 감기로 역재생된지도 모른다.

한 의사의 비참한 말로를 슬픈 눈으로 바라봤다. 석호가 주위의 소란스러운 분위기를 알아차린 건 잠시 후였다. 흐릿한 의식 사이로 다급한 목소리의 원내 방송이 울려 퍼지고 있었다.

– 코드블루, 코드블루. 7병동, 7병동. 코드블루, 코드블루. 7병동, 7병동.

잔인한 운명에 석호는 이를 악물었다. 하필 이런 때에 병동에서 코드블루가 터질 줄이야. 의료진 모두가 예상치 못한 또 다른 응급 상황에 어쩔 줄 모르는 눈치였다. 살벌한 침묵을 깨트린 건 도준이었다.

"내과 선생님들은 7층으로 가시죠. 여기는 저희가 마무리 하겠습니다. 응급실로 옮겨서 마저 처치하도록 하겠습니다."

"도준 쌤, 잘 부탁해요. 얘들아, 뛰어라."

형석이 재욱의 주위를 둘러싼 내과 레지던트들에게 지시를 내렸다. 모두가 혼잡한 군중을 뚫고 빠져나가는 동안에도 석호는 자리를 떠나지 않았다. 심폐소생술을 지시하다가 그의 존재를 알아차린 도준이 따지는 어조로 말했다.

"석호 선생님, 내과 인턴 아니에요?"

"…네, 맞습니다."

"안 따라가고 뭐 해요?"

"…."

뭐라고 대답해야 할지 망설이던 석호가 이내 마음을 굳히고 말했다.

"이곳에 남아서 돕고 싶습니다."

"아까 내 말 못 들었어요? 응급의학과가 커버할 테니까 7층으로 가라니까요. 도와주고 싶은 맘은 알겠는데 여기서 선생님이 할 일이 없어요. 손은 충분하거든요."

심폐소생술을 마치고 다음 사이클을 기다리던 기훈이 자신에게 맡기라는 듯 고개를 끄덕여 보였다. 무슨 수를 쓰든 반드시 살려내겠다는 책임감이 깃든 그들의 비장한 얼굴이 석호의 불안한 마음을 진정시켜주었다.

지금과 같은 상황에서 냉정을 되찾고 재욱의 소생에 기여한다는 게 어려운 일이라는 것을 석호는 알았다. 죄송하다는 말만 남기고 재욱의 곁을 떠나 엘리베이터로 걸음을 재촉했다. 핸드폰을 보니 이미 퇴근 시간인 오후 여섯 시가 훌쩍 넘었지만, 그렇다고 코드블루를 외면하고 자신에게 남은 일만 처리할 정도로 낯가죽이 두껍지는 않았다.

7층에 내리자마자 석호는 달음질해서 병동 출입문에 이르렀다. 건너편에서 이동 침대 하나가 거침없이 돌진해오는 걸 보고 식겁했다. 환자의 몸에 올라탄 윤수가 필사적으로 흉부를 압박했다. 양옆에서는 형석과 수정을 비롯한 내과 레지던트가 두 손으로 사이드레일을 붙든 채 달려왔다.

어설픈 자세의 종훈은 이동 속도에 발을 맞추지 못해 앰부백을 제대로 짜내지 못했다. 오늘 내내 환자로 가득 차 있던 중환자실에 자리가 생겨 그리로 옮겨 후속 처치를 할 모양이었다. 그 상황에서 석호가 도울 수 있는 방법은 하나뿐이었다. 지문 인식기에 석호가 검지를 가져가자 병동 출입문이 열렸고 그를 발견한 수정이 크게 소리 질렀다.

"빨리 엘리베이터 잡아요!"

그와의 거리는 고작 5미터에 불과했다. 석호는 자신이 달려왔던 방향으로 전력을 다해 뛰어갔다. 운이 좋게도 막 문이 닫히려는 엘리베이터를 잡고는 안의 환자들에게 숨을 헐떡이며 부탁했다.

"죄송한데 내려주시기 바랍니다. 급한 환자가 있어서요."

요란한 소리와 함께 등장한 의료진과 침대를 본 환자들이 투덜거리며 내렸다. 환자를 실은 침대가 들어서자 엘리베이터가 가득 차서 옆에 세 사람 정도만 탈 수 있는 공간이 남았다. 종훈이 환자의 머리맡에서 앰부백을 두 손으로 짰기에 그들 가운데 두 사람만이 더 들어갈 수 있었다.

"나랑 수정이가 갈 테니까 너희는 할 일 해라. 수고했어, 다들."

단호한 형석의 지시에 석호와 레지던트 일동이 고개 숙여 인사했다. 문이 닫히기 직전 땀을 뻘뻘 흘리는 종훈과 눈이 마주쳤다. 자신을 바라보는 그의 눈에 원망과 부러움이 섞인 듯해서 석호는 잘못을 저지른 기분이었다. 모두가 7층에서 환자의 소생에 집중하던 시간에 혼자 1층에 남아 어물쩍거렸으니 잘못이 전혀 없다고 할 수는 없었다.

엘리베이터 표시등의 숫자가 하나씩 내려가다가 중환자실이 위치한 3층에서 멈췄다. 긴장이 풀렸는지 곁에 있던 레지던트들이 안도의 한숨을 내쉬었다. 석호는 엘리베이터를 기다리는 그들의 곁에 머물기가 어색해서 계단으로 걸음을 옮겼다. 지금쯤이면 재욱의 운명이 결정되고도 충분한 시간이었다. 석호는 계단을 내려가다 걸음을 멈추고 생각에 잠겼다.

'나한테 형을 보러 갈 자격이 있기나 할까?'

이렇게 될 줄 알았다면 찾아가지 않고 익명의 형식을 빌려 내부 고발을 하는 편이 좋지 않았을까. 그랬다면 재욱이 압박감을 느낄지언정 목숨을 버리는 최악의 선택을 하지는 않았을지 모른다. 물론 그것은 결과론적인 생각일 뿐이고, 모든 결과가 나온 지금의 상황에서는 의미가 없는 가정이었다.

마음을 바꿔 12병동으로 간 석호는 미처 자신이 끝내놓지 못한 정규 인턴 잡을 최대한 빠른 속도로 처리해나갔다. 슬픔과 죄책감 속에 파묻혀 있기보다는 정신없이 일하며 시간을 흘려보내는 편이 낫다는 것을 작년의 경험을 통해 깨달았다. 그러나 12층에서의 일을 끝내고 10층으로 가기 위해 비상계단을 내려가던 그때, 도착한 문자를 별생각 없이 확인한 석호는 온몸에 힘이 빠져 발을 헛디디고 말았다.

여섯 계단을 굴러 바닥에 충돌한 그는 어쩐 일인지 사소한 고통조차 느낄 수 없었다. 통증 신호를 수용하는 대뇌 피질에 문제가 일어난 게 아니라면 방금 겪은 극도의 스트레스로 용량이 가득 차서 더 이상의 고통은 느낄 수 없게 돼버린 것인지도 몰랐다. 차가운 바닥에 드러누운 석호는 문자를 자세히 보기 위해 얼굴 위로 핸드폰을 들어 올렸다. 실낱같이 품고 있던 마지막 희망조차 앗아가 버리는 문자가 거짓말처럼 눈앞에 떠 있었다.

[명성대학교 의과대학 동문회 부고 안내]

35기 차재욱 동문 부고

망일: 2021년 7월 8일 (목)

발인: 2021년 7월 10일 (토) 오전 9시

빈소: 명성대학교병원 장례식장 5호실

연락처: 차현범, 011-7139-1802

삼가 고인의 명복을 빕니다.

조문이 어려우신 분은 동문회 경조비 계좌(희망은행 373-910004-67401, 한주섭)로 입금하여 주시면 소중히 전달해 드리겠습니다. (입금 시 기수/이름 기재)

조의금 확인은 동문회 밴드에서 가능합니다.

'무슨 일이지?'

소녀는 할아버지에게 안 좋은 일이 일어난 게 틀림없다고 생각했다. 저녁을 먹다가 핸드폰을 본 할아버지의 표정이 급격히 어두워졌기 때문이다. 무슨 문자냐고 물어봐도 할아버지는 별일 아니라며 제대로 알려주지 않았다. 애교를 섞어 마음을 돌리려고 노력했지만, 할아버지는 돌하르방처럼 꿈쩍도 안 했다.

식사를 마친 뒤 할아버지는 한숨을 내쉬며 방안을 서성였다. 안을 본 건 아니지만 소파에 누워 있어도 방안에서 발을 끄는 소리가 들려왔다. 불안한 마음에 텔레비전 볼륨을 낮추고 벽에다 귀를 대고 집중하자 할아버지가 누군가와 통화하는 목소리가 어렴풋이 들렸다. 정확하게 들은 건 아니지만 할아버지가 계속해서 같은 이름을 말하는 듯했다.

'강…석호?'

적어도 소녀의 귀에는 그렇게 들렸다. 할아버지와는 무슨 관계일까. 강석호라는 사람한테 무슨 안 좋은 일이 일어난 걸까. 걱정스러운 마음에 벽에다 귀를 쫑긋대고 집중하던 그때 기분 나쁜 단어가 들려왔다.

장례식.

그 세 글자를 듣는 순간 소녀에게는 작년의 우중충했던 경험이 떠올랐다. 엄마의 엄마, 그러니까 외할머니의 장례식에 따라갔던 소녀는 난생처음 보는 이상한 광경에 자신도 모르게 겁을 집어먹었다. 언제나 행복한 얼굴로 눈물 한 방울 보인 적 없던 엄마가 퉁퉁 부은 눈으로 쉴 새 없이 눈물을 흘리면서 엉엉 울었던 것이다. 아빠는 비교적 침착한 얼굴이었지만 평소와는 달리 칙칙하고 무거워서 말을 걸 수 없을 정도였다. 구석에 쪼그리고 앉은 채 소녀는 얼굴도 모르는 친척들이 와서 향을 피우고 이상한 울음소리를 내며 절하는 모습을 보다가 꾸벅꾸벅 졸았다.

'할아버지 친구분 장례식이구나.'

그제야 할아버지가 방안에서 불안하게 서성이는 이유를 명쾌하게 이해했다. 소녀는 강석호라는 할아버지가 불쌍하다고 생각했다. 곧 할아버지는 돌아가신 분에 대한 예의를 갖추기 위해 까만 양복을 입고 장례식장에 가겠구나, 하고 소녀는 추측했다.

건너편에서 발소리가 들려온 건 잠시 후였다. 예상대로 깔끔하게 차려입은 할아버지가 문을 열고 나왔을 때 소녀는 숲 속의 공주님처럼 소파에 다소곳이 누운 채 두 눈을 감고 있었다. 괜히 벽에 귀를 대고 엿듣고 있었다는 걸 들키고 싶지 않았다. 천천히 눈을 뜬 소녀가 짐짓 아무것도 모른다는 어조로 물었다.

"할아부지, 어디 가?"

"우리 지수, 오늘 밤은 할애비가 늦을 거 같아요."

할아버지는 소녀가 자는 줄 알았는지 놀란 눈치였다.

"어디 가는데?"

"장례식장에 가봐야 한단다."

"우와, 지수도 가보구 싶어!"

"허허, 지수가 가기에는 적당하지 않을 거 같구나."

"싫어, 싫어. 지수, 갈래!"

소녀가 떼를 쓰자 할아버지는 곤란한 표정으로 머리를 긁적였다. 이렇게 적극적으로 가려고 할 줄은 몰랐다는 반응이었다. 사실 소녀가 지금 장례식장에 따라가려고 하는 건 장례식장의 분위기를 마음에 들어 해서가 아니었다. 이번 기회에 할아버지의 친구들에 대해서 자세히 알아보고 싶은 마음이 굴뚝같았기 때문이다. 엄마, 아빠가 멀리 떠난 지금이 아니라면, 할아버지가 친구들과 놀 때의 색다른 모습을 못 볼지도 모른다. 그런 생각을 하자 꼭 따라가고 싶었다. 거기에 가서 강석호라는 할아버지의 영정 사진도 보고 싶고, 이제껏 몰랐던 여러 친구도 보고 싶었다.

“지수가 그렇게 보고 싶다면 어쩔 수 없지요.”

한숨을 내쉰 할아버지가 허락한 순간 소녀는 우와, 하고 소리 지르며 손뼉을 쳤다.

그로부터 이십 분 뒤, 소녀는 눈앞의 커다란 건물을 보며 웅장한 위용에 입을 쩍 벌렸다. 지난번에는 낮에 봐서 미처 알아차리지 못했는데, 어둑어둑한 밤을 배경으로 버티고 선 병원은 동화책에서 봤던 궁전처럼 마법 같은 일들이 그곳에서 벌어질 듯한 신비로운 분위기를 뿜어내고 있었다.

‘저기서 장례식을 하나 보다.’

신호등이 초록 불로 바뀌자 소녀는 한 손을 높이 든 채 좌우를 확인하며 걸어갔다.

10장

계단을 통해 2층 복도로 들어선 석호는 어느 때보다 긴장한 모습이 역력했다. 외래 진료가 끝난 뒤여서 복도에는 짙은 어둠이 드리워졌다. 몇몇 진료실에서 희미하게 새어 나오는 불빛이 아늑한 분위기를 조성했다. 천천히 걸음을 옮기며 석호는 시간 대부분을 병동에서 근무하느라 볼 기회가 없었던 외래의 야간 풍경을 눈에 담았다.

안과 외래의 대기석에는 응급실에서 막 올라온 젊은 남자가 눈을 감싸 쥔 채 옆의 친구에게 왜 의사가 안 오냐고 불평을 쏟아내는 중이었다. 성형외과 접수창구에서는 1년 차가 카메라를 조작하며 오늘 촬영한 환자의 사진을 컴퓨터로 옮기는 작업을 했다. 이비인후과 진료실에서는 2년 차인 동아리 선배가 컨퍼런스에서 남은 도시락을 홀로 먹고 있었다. 평소 같으면 신세 한탄도 하고 맛있는 것도 얻어먹었겠지만, 지금의 그에게 그런 행동은 사치스럽게 느껴질 뿐이었다. 모퉁이를 돈 석호는 산부인과 외래에서 흘러나온 불빛을 보고 심호흡을 했다.

30분 전 비서실로부터 걸려 온 전화가 발단이었다. 그 이후로 석호는 소명서를 작성하던 것을 관두고 새롭게 닥친 위기 상황을 어떻게 헤쳐 나갈지 머리를 싸매고 있었다. 비서실 전희주가 무심코 건넨 몇 마디 말은 석호를 공포의 물결에 휩쓸리게 했다.

병원장이 누구도 아닌 자신을 찾는다는 말을 들었을 때 처음에는 그것을 순순히 받아들이기 어려웠다. 오후에 자신이 병원장을 만나고 싶어 한다는 말을 들은 게 아닌지 물어봤지만, 놀랍게도 전희주는 휴가 중인 병원장에게 폐를 끼치기 싫어 연락하지 않았다고 분명히 밝혔다. 뭔가 오해가 있을 거로 생각한 석호는 병원장이 이 시간대에 자신을 만나려는 의도를 캐물었다. 전희주는 그것에 대해서는 자신도 아는 게 없다며 곤란해했다. 석호는 오후 여덟 시에 산부인과 외래 진료실에서 원장을 만나겠다는 약속을 잡은 뒤에야 통화를 마쳤다.

고민 끝에 석호는 두 가지 가능성을 떠올렸다. 그중 어느 하나가 현실로 다가온다고 해도 그는 병원장으로부터 엄청난 질책을 받는 것은 물론이고 최악의 경우 징계위원회가 열리기도 전에 수련이 중단될 수 있겠다는 생각이 들었다. 어디까지가 이성적인 추리이고 또 어디까지가 피해망상으로 인한 환상인지 혼란스러웠다. 석호는 산부인과 외래 앞에서 자신에게 들이닥칠 두 가지 상황에 대해 미리 정리했다.

첫 번째는 의무기록팀 박세준 기사가 병원장에게 그에 대한 사실을 알렸을 경우였다. 개인정보보호법에 의해 원칙적으로는 특정 환자의 의무기록을 열람한 의료진의 신상에 대해서는 누구도, 특히 그와 같은 일개 인턴이 알아낼 권리 따위는 없다. 박세준이 인턴에게 함부로 사적인 정보를 알려준 것에 대해 죄책감을 느끼고 보고했는지도 모른다.

두 번째는 조금 더 심각한 경우로 발전될 소지가 있었다. 오늘 사망한 재욱과 관련해 CCTV를 조사한 결과 복도에서 그와 설전을 벌이는 장면이 보고된 경우였다. 그렇지 않아도 징계 대상인 인턴이 이번에는 펠로우의 죽음과 연관되어 있다는 점은 그에게, 진실이 무엇인지와는 별개로 치명적으로 작용할 가능성이 허다했다.

두 가지 가능성 중에 하나를 선택할 기회가 있다면 석호는 단연 첫 번째 선택지를 고르고 싶었다. 개인정보보호법 위반을 했다고 해도 내일 있을 징계위원회를 준비할 목적으로 환자들에게 원한을 품은 의료진이 있는지 조사했다고 나름대로 대변할 수 있기 때문이었다.

오후 여덟 시가 가까워졌음을 확인한 석호는 산부인과 외래로 걸음을 옮겼다. 불빛이 새어 나오는 곳은 병원장의 진료실이었다. 걸어가던 그는 문득 누군가 자신을 지켜보고 있다는 걸 본능적으로 느끼고 방향을 틀었다. 예상대로 틈새가 살짝 벌어진 교수 휴게실의 문이 갑자기 덜컥 소리와 함께 닫혔다. 안에서 뭔가가 분주하게 쏘다니는 기운이 전해졌다.

조심스럽게 문을 열자 어둠 속에서 조그만 사람의 형체가 구석에 웅크린 모습이 눈에 들어왔다. 스위치를 켠 석호의 입가에 함박웃음이 떠올랐다. 귀여운 소녀가 두 손으로 눈을 가린 채 쪼그려 앉아 있었기 때문이다. 어두운 곳에 있다가 갑자기 불이 켜진 바람에 눈부신 모양이었다. 소녀가 앙증맞은 목소리로 말했다.

"이잇, 눈 아파."

"미안해."

이윽고 밝은 빛에 적응한 소녀가 서서히 두 손을 내렸지만, 여전히 두 눈은 찡그리고 있었다. 기껏해야 유치원생처럼 보이는 작은 키에 레이스가 달린 초록색 원피스, 뽀송뽀송한 얼굴과 한 줌도 안 되는 팔다리. 문득 그는 왜 소녀가 이런 곳에 있는 건지 궁금해졌다. 소아청소년과 환자라기에는 평상복 차림이었고 아파 보이지도 않았기 때문이다. 혹시 가족이 병원에 입원해 있는데 혼자 돌아다니다가 길을 잃고 여기까지 온 걸까. 석호는 걱정스러운 마음에 무릎을 굽히고 두 눈을 소녀의 눈높이에 맞췄다.

"안뇽."

원체 어린아이를 좋아하는 석호였다. 병동에서 근무하다가 아이들을 볼 때면 장난기가 발동해서 아기 말투로 말을 걸고는 했는데 이번에도 어김없이 평소 습관이 튀어나왔다. 소녀는 기대한 것과 다른 목소리가 나온 게 신기했는지 물끄러미 바라봤다. 이럴 때 어떻게 해야 하는지 석호는 잘 알고 있었다. 그는 익살스러운 표정으로 머리 위에 두 손을 얹고 검지를 뾰족하게 치켜들었다.

"어흥."

소녀의 반응은 폭발적이었다. 꺄악, 소리를 내지르고 깔깔 웃더니 콩콩 점프하면서 그를 향해 달려들었다.

"도깨비다, 도깨비!"

주먹을 마구 휘두르는 소녀의 일격에 한 대 얻어맞은 석호는 웃으면서 배를 움켜쥐었다. 겨우 소녀의 두 팔을 붙든 그가 메롱, 혀를 내밀고는 물었다.

"이름이 뭐야?"

"지수!"

"엄마, 아빠 어디 있어?"

"으응…?"

소녀는 잠시 생각하는 듯 고개를 갸웃하더니 대답했다.

"유럽에 있어."

"유럽?"

이번에는 석호가 고개를 갸웃할 차례였다. 도무지 소녀의 말이 이해되지 않았기 때문이다. 부모님이 유럽에 계시는데 왜 소녀는 이곳에 혼자 있는 걸까. 어떻게 할지 고민하는 석호와 달리 소녀는 아무 걱정도 없는 듯 다시 그에게 다가와서 두 손을 아무렇게나 휘둘렀다. 이 시간을 즐기는 듯했다.

추격전을 벌이던 그때였다. 드르륵, 하고 문이 열리는 소리가 난 것은. 고개를 돌린 석호의 입가에 떠올라 있던 미소가 순식간에 가라앉았다. 그와 소녀를 번갈아 쳐다본 병원장 조원기가 어이없다는 시선을 그에게 보냈다. 석호는 반사적으로 허리를 굽혀 깍듯하게 인사했다.

"원장님, 안녕하십니까."

다음 순간 소녀의 입에서 흘러나온 말에 석호는 완전히 허를 찔린 기분이었다.

"할아부지!"

아장아장 걸어가 팔 한쪽에 소녀가 매달리자 할아부지, 라고 불린 병원장은 한없이 자애로운 눈빛으로 소녀의 머리를 쓰다듬었다. 앙증맞은 소녀의 모습을 보며 석호는 어디에 눈을 둬야 할지 몰라 당황했다. 소녀에게서 몸을 떨어뜨린 조원기가 그에게로 관심을 돌렸다.

“강석호 선생?”

“네, 맞습니다.”

소녀는 왜인지 몰라도 그의 이름을 듣는 순간 잉, 하고 소리를 냈다.

“진료실로 들어가 있게. 곧 갈 테니.”

“네, 알겠습니다.”

휴게실을 나온 석호가 유일하게 불이 켜진 진료실로 걸음을 옮기는데 뒤에서 아까와는 달리 부드러운 톤의 목소리가 흘러나왔다.

“지수는 여기서 기다리면 돼요.”

“응!”

활기찬 대답에 석호는 작게 웃음을 터뜨렸다. 아무리 병원장이라 해도 역시 손녀 앞에서는 평범한 할아버지에 불과했다. 책상에 놓인 명패에는 산부인과 교수 조원기, 라는 문구가 새겨져 있었다. 그걸 바라보는데 문이 열리고 조원기가 들어섰다.

“그래, 자네. 어서 앉지.”

“네, 감사합니다.”

석호는 병원장이 자리에 앉기를 기다렸다가 맞은편의 의자에 앉았다. 조심스럽게 그를 살폈지만, 특별히 화가 나 있는 것 같지는 않아서 안도했다. 조원기가 그를 지그시 바라보다가 입을 열었다.

"강석호 선생, 우리 과 돌았었지?"

"네, 5월에 돌았습니다. 원장님 덕분에 많은 걸 배울 수 있었습니다."

"맘에도 없는 소리겠지만 고맙게 받겠네."

석호는 계속해서 아부를 이어 나갔다. 진심이든 아니든 일단은 병원장의 기분을 좋게 만드는 것이 앞으로 그의 입지에 유리하게 작용할 게 분명했다.

"아닙니다. 원장님께서 집도하시는 다빈치 수술을 보면서 원장님께 수술받는 환자들은 정말 운이 좋다고 생각했습니다."

"허허, 무슨."

말은 그렇게 했어도 조원기의 얼굴에는 흡족함이 떠올라 있었다. 그가 느끼기에도 멘트가 과했지만, 인생에서 한 번쯤 뻔뻔해져야 할 때가 있다면 바로 지금이라고 생각했다.

"그것 외에도 여러모로 배운 게 많습니다. 수술실에서 어떤 사소한 실수도 용납하지 않는 원장님의 냉철함에서 써전의 자세를 깨달았고, 한밤중에도 응급 환자가 발생하면 다른 교수님들과 달리 귀찮아하는 기색 없이 정성껏 진료하시는 원장님을 보며 앞으로 의사로서 어떤 마음가짐으로 살아야 하는지 되새겼습니다."

"아닐세, 그것보다 오늘 강석호 선생을 이리로 부른 이유 말이야. 무엇 때문이라고 생각하나?"

조원기는 빠른 속도로 얼굴에서 웃음기를 걷어내고 침착함을 되찾았다. 그가 석호를 뚫어져라 쳐다봤다. 눈빛에 기가 죽은 그는 눈길을 아래로 떨어뜨린 채 생각에 잠겼다. 이곳에 오기 전 그가 떠올린 두 가지 가능성 가운데 무엇을 말해야 할지 고민하다가 결국 백기를 들었다.

"잘 모르겠습니다."

"모른다?"

조원기의 기가 막힌다는 얼굴을 보며 석호는 자신의 아부가 큰 효과를 보지 못했다는 걸 인정해야 했다.

"강석호 선생, 거짓말하고 있구먼."

"네?"

그처럼 노골적인 단어가 나오리라고는 생각하지 못했기에 석호는 당혹스러움을 감출 수 없었다.

"그런 큰 사건을 겪고도 모른다는 게 말이 된다고 생각하나?"

"…."

더 이상 가만히 있다가는 끝까지 시치미를 떼는 게 된다. 석호는 어쩔 수 없이 입을 열었다.

"징계위원회 문제로 저를 부르신 거로 압니다."

돌아온 반응은 의외였다.

"아니, 아니야. 그건 내일 열리는 거니 그때 말하기로 하고. 오늘 나한테 문자가 한 통 들어왔거든. 잠깐 보자, 그때 시간이…."

핸드폰을 연 조원기는 글자가 잘 안 보이는 듯 미간을 찌푸렸다. 그가 고개를 끄덕였다.

"오후 여섯 시가 넘어서 왔었다네. 문자 보낸 사람은 차재욱 선생이고."

"차재욱 형이…."

"그래, 그러고 나서 부고 소식을 접했네. 그때 내 심정이 어땠겠나?"

"…."

재욱이 몸을 던지기 직전 병원장에게 문자를 남겼다는 사실이 그에게는 좀처럼 와 닿지 않았다. 마지막 순간 재욱이 그에게 문자를 남긴 특별한 이유가 있었을까. 병원장은 그가 생각에 잠길 틈을 주지 않고 말했다.

"차재욱 선생이 본인이 저지른 범행을 모두 자백했다네. 내일 징계위원회에서 다룰 예정이었던 두 환자. 그러니까 조향희 그리고… 김창진. 이분들을 살해했다고 하더군. 김창진 님의 경우에는 스텐트 안에 폭발 장치를 삽입하는 방식으로, 조향희 님의 경우에는 수액 팩을 조작하는 방식으로 말이야.

차재욱 선생이 문자로 신신당부를 했어. 강석호 선생이 의심받게 된 상황은 순전히 자기 탓이니 징계를 내리지 말아 달라고."

"아아…."

전혀 생각지도 못한 문자의 내용에 단단히 묶어두었던 감정의 끈이 풀려버렸다. 저 멀리서 떠오르는 태양에 사라지는 눈사람처럼, 석호는 의혹과 근심으로 얼어붙은 자신의 마음이 순식간에 녹아내리는 걸 느꼈다. 마지막 순간 재욱이 선택한 길이 그 누구를 위해서도 아닌, 후배인 그를 위해서였음을 알게 된 지금 석호의 가슴은 감동으로 벅차올랐다.

자살을 결심한 자신이 이대로 죽으면 후배는 누명을 벗지 못하고 병원에서 퇴출당한다는 것을 재욱은 누구보다 잘 알았다. 재욱은 원수와도 같은 후배에게 악몽을 선사하는 대신 그에게 마지막 선물을 남겨주었다. 자신이 하지도 않은 범행마저 덮어쓰고 떠나기 위해 병원장에게 문자를 보낸 것이다. 교수들은 자백이 이루어졌음에도 진실이 아님을 증명하기 위해 아까운 시간을 허비할 리는 없었다.

"강석호 선생, 그래서 내가 사람을 시켜 알아보라고 했단 말이지."

"…."

"나는 말이야, 자네가 차재욱 선생에게 무슨 수를 쓴 게 아닌가 생각했다네. 징계위원회가 다가오자 조급해진 나머지 선배인 그의 핸드폰을 이용해서 속임수를 쓰고 그를 난간에서 민 거라고 말이야. 정상적인 인간, 아니 의사라면 그런 잔인한 행동을 할 리가 없지 않나."

"네, 맞습니다."

"차재욱 선생을 나도 병동 오가면서 많이 봤었기 때문에 그 선생이 얼마나 책임감이 강하고 환자를 위하는지 알고 있단 말이야. 그런데 아무 이유도 없이 스텐트에 그런 장치를 했다? 이거, 도무지 말이 안 된다 이 말이지. 만일 그게 사실이라 해도 외부에 알려지면 우리 명성대학교병원의 위상이 땅바닥으로 떨어질 게 분명하고. 안 그런가?"

"네, 맞습니다."

"그래서 알아보라고 시켰네. 차재욱 선생이 죽기 전 무슨 일이 있었는지 말이야. 그런데… 자네 모습이 나온 거야. 강석호 선생과 얘기를 나누고 난 다음 무릎을 꿇고 있다가 나한테 문자를 보냈던 것이지. 아무래도 자네가 차재욱 선생의 범행을 인지해서 알렸고 그 때문에 자살을 결심한 거 같은데. 내 말이 맞는가?"

조원기는 양쪽 볼에 깊숙한 주름을 만들며 냉소적인 미소를 지었다. 그를 넌지시 바라보는 작고 일그러진 두 눈에는 모든 걸 안다는 자신감이 넘쳐흘렀다. 석호는 순순히 인정했다.

"원장님 말씀이 맞는 것 같습니다."

"그래, 그래. 이제 말이 통하는군. 내일 징계위원회에서 어쩔 수 없이 나는 이 문자를 공개할 수밖에 없게 됐어. 차재욱 선생의 유언이 담긴 이 문자를 다른 교수들도 알아야 할 거 같아서 말이야."

"네."

"그런데 한 가지 궁금한 것이 있네."

"말씀하십시오."

자리에서 일어난 병원장이 뒷짐을 지더니 세면대로 걸어갔다. 벽에 부착된 거울에 자기 얼굴을 비춰보며 말했다.

"도무지 이유를 모르겠단 말이지. 차재욱 선생이 문자에 왜 그런 일을 벌였는지 동기를 안 밝혔거든. CCTV에서도 자네 둘이 나눈 대화는 녹음돼있지 않았고. 강석호 선생, 가르쳐줄 수 있겠나? 나는 차재욱 선생이 환자들의 목숨을 노리는 미치광이라고 생각하지는 않는다네. 분명히 합당한 이유가 있었다고 생각하는데, 아는 바가 있나?"

"그건…."

순환기내과 교수들의 부당한 대우에 대해서 언급해야 할까. 고민하던 석호가 마음을 바꾸는 데는 오랜 시간이 걸리지 않았다. 선배의 죽음을 헛되이 하지 않으려면 두 교수의 이야기를 꺼내지 않을 수 없었다.

석호는 자신이 아는 범위 내에서 장호영과 김유성 교수가 스텐트 시술 과정에서 저지른 과실의 책임을 재욱에게 전가했고, 그 때문에 재욱이 세 건의 소송에 휘말려 있었다는 것을 언급했다. 이야기를 끝마친 석호는 틀림없이 병원장이 그 사실에 대해 격노할 것으로 생각했다. 그러나 그를 돌아본 조원기의 얼굴에서 화난 기색은 전혀 찾아볼 수 없었다. 오히려 지나치게 평온한 모습이 이미 그 일에 대해서 아는 눈치였다.

"그렇게 된 거였군."

고개를 끄덕이던 병원장의 입가에 미소가 떠올랐다. 문득 석호는 그가 자기 말을 제대로 이해하지 못한 게 아닌지 의심스러웠다.

"설마 했는데, 그것 때문이었구먼. 차재욱 선생, 그렇게 안 봤는데 참 속이 좁은 사람이었구먼."

"네?"

기가 막힌 나머지 석호가 그렇게 외쳤다. 그런 사건이 있었는데 어떻게 피해자인 재욱을 속 좁은 사람이라고 매도할 수 있을까. 그는 도무지 이해할 수 없었다. 석호의 반응이 탐탁지 않았는지 조원기가 돌아봤다. 산란기의 황소개구리처럼 양쪽 볼이 부풀어 있었다.

"스텐트 시술 중에 치명적인 문제가 몇 건 있었다는 것은 이미 보고받은 상태였다네. 법무팀 변호사, 여러 교수와 상의한 끝에 명성대학교병원의 미래를 위해서는 차재욱 선생이 수고해줄 필요가 있다는 결론을 내렸고, 모든 직원의 진술을 그쪽으로 짜 맞추었네. 그게 최선이었어. 자네도 알잖나. 우리 병원 순환기내과가 지역 사회를 넘어서서 국민들로부터 얼마나 큰 신뢰를 얻고 있는지 말이야. 차재욱 선생이 조금만 수고해줬다면 조만간 임상조교수 자리 정도는 마련해줄 수 있었는데, 그 선생 그릇이 그 정도밖에 안 될 줄은 몰랐어."

혀를 차는 그에게서 양심의 가책이라고는 조금도 느껴지지 않았다. 석호는 꼭대기까지 닿은 분노의 감정이 겉으로 드러나지 않도록 극도의 자제력을 발휘해야만 했다.

"강석호 선생은 그릇이 큰 의사가 되길 바라네. 대의를 위해서라면, 자신이 몸담은 조직을 위해서라면 자기 한 몸 정도는 희생할 줄 아는 그런 의사 말일세."

"…."

"이쯤 얘기했으면 이해했으리라고 믿네. 나는 5월이었나, 그때 강석호 선생을 보면서 충분히 좋은 의사가 될 수 있다는 인상을 받았어. 날 실망하게 하지 말게."

"…."

병원장이 헛기침하고는 의자로 돌아가 앉았다. 뭔가를 골

똘히 생각하던 그가 돌연 심각한 표정으로 말했다.

"강석호 선생, 한 가지 물어보고 싶은 게 있네. 자네는 어떻게 차재욱 선생이 이번 범죄와 연루되었다는 걸 알게 되었나? 개인적으로 그 점이 궁금했어. 결정적인 증거라도 얻은 건가?"

그의 눈빛에는 전에 보지 못한 강렬한 호기심이 어려 있었다. 석호는 더 이상 그와는 어떤 대화도 나누고 싶지 않았다. 그렇다고 질문을 완전히 무시할 용기는 없었다. 아무리 마음에 들지 않는다고 해도 내일 있을 징계위원회에서 석호의 운명을 쥔 사람은 그였기 때문이다. 그가 내일 다른 교수들 앞에서 재욱이 보낸 문자를 공개하지 않는다면 석호로서는 곤란한 처지에 빠질 게 분명했다.

그가 모든 사정을 차분히 설명하자 조원기는 눈을 감은 채 가만히 고개를 끄덕였다. 재욱이 조향희의 사건에 대해서 그에게 협상을 시도했다는 이야기는 일부러 하지 않았다. 마지막으로 재욱이 남겨준 선물을 제 발로 걷어찰 이유는 없었기 때문이다. 이대로 재욱의 책임으로 사건이 종결된다면 석호는 징계위원회를 더 이상 신경 쓰지 않아도 되었다.

"김창진 환자의 병실에서 단서를 찾았군그래."

조원기가 눈을 가늘게 뜨고는 심드렁한 목소리로 말했다.

"네, 그렇습니다."

"그렇다면 조향희 님의 경우는 어떻지? 그 환자는 강석호 선생이 비위관을 삽입하다가 기도 폐색이 된 게 아니었나?"

"그, 그건…."

석호가 당황해서 말을 더듬자 조원기의 두 눈에 기묘한 의혹이 떠올랐다.

"수액 팩을 조작했다는 차재욱 선생의 자백이 신빙성을 얻으려면 그 선생이 병실에 들어간 적이 있거나, 수액 팩을 보관하는 물품실에 들어간 적이 있어야 할 텐데 말이야."

"…."

"으음, 암만 생각해도 조향희 환자 케이스는 선생 잘못 같단 말이지."

"…."

"죽어가는 환자를 눈앞에 두고 호출 벨도 안 눌러 시간을 지체한 건 의사로서 직무 유기라네. 안 그런가?"

"죄송합니다."

정중하게 고개를 숙인 석호가 뭔가 이상하다는 것을 깨닫고 고개를 들었을 때 조원기의 얼굴은 사색이 되어 있었다. 그 역시 방금 자신이 한 말이 부자연스러웠음을 알아차린 듯했다. 상태가 악화한 조향희를 앞에 두고 넋이 나가서 호출 벨을 누르기까지 긴 시간을 날려버린 사실을 아는 이는 없을 터였다. 비위관을 삽입하기 전 커튼을 둘러쳐 놓아 병실 안의 누구도 그 장면을 볼 수 없었기 때문이다.

석호의 머릿속에 어떤 가능성이 불쑥 떠올랐다. 하지만 너무 비현실적이고 끔찍한 생각이어서 누구도 설득하기 어려울 것 같았다. 불현듯 석호는 잔혹한 음모와 속임수로 직조된 함정에 자신도 모르는 사이에 빠진 걸지도 모른다고 생각했다.

"원장님, 한 가지 여쭤봐도 되겠습니까?"

"말해보게."

창백해진 병원장의 얼굴에서 더 이상의 권위나 여유는 찾아볼 수 없었다. 석호는 그가 조금 전 자신이 저지른 말실수에 대해 혼자 곱씹어보고 있으리라 확신했다.

"이종분, 김창진, 조항희. 이 세 사람의 이름을 듣고 떠오르는 게 있으신지요."

"허허, 무슨 말을 하는지 모르겠구먼. 오늘 돌아가신 환자분들 아닌가."

"맞습니다. 하지만 그것보다 더 흥미로운 공통점이 있습니다."

"대체 그게 뭔가?"

"세 분 모두 원장님께서 며칠 전 의무기록을 열람한 환자들이라는 것이죠."

"…."

지금처럼 무서운 병원장의 얼굴은 처음이었다. 언젠가 제왕절개 수술을 하는 도중 환자의 마취가 풀리는 바람에 화가 머리끝까지 나서 마취통증의학과 레지던트에게 모스키토를 집어 던졌을 때도 이 정도는 아니었다. 폭력적인 행동 대신 속으로 분을 삭이는 듯 그의 얼굴은 붉으락푸르락했다.

"부인할 생각은 하지 마십시오. 의무기록팀 직원을 통해서 이미 확인한 사실이니까요."

"엄연한 개인정보보호법 위반이군 그래. 강석호 선생, 왜 그런 짓을 했나?"

"며칠 사이에 장호영 교수님의 환자가 지나칠 정도로 많이 죽었다는 사실에 착안했습니다. 의료진 가운데 원한을 품은 사람이 있을지 모른다는 생각에 요청한 건데 생각지도 못한 원장님 성함이 나온 겁니다."

"그래서, 그게 어쨌다는 건가?"

조원기가 어깨를 으쓱하며 콧방귀를 뀌었다. 터무니없는 말을 들었을 때 할 법한 행동이었지만, 석호는 그가 자기 행동을 의식적으로 통제하고 있다는 느낌을 지울 수 없었다.

"산부인과 교수님인 원장님께서 순환기내과 환자들의 의무기록을 열람한 것이 저로서는 이해하기가 어렵습니다."

"강석호 선생, 자네 보기보다 맹꽁이구먼. 병원에서 몇 달을 인턴으로 근무했다면 그 정도는 충분히 짐작할 거로 생각하네만. 나는 병원장으로서 이 병원에 입원한 환자들 하나하나에 관심을 기울일 권리와 의무가 있다네. 다른 교수들은 본인들이 맡은 환자, 그 좁은 영역만 신경 쓸지 몰라도 나는 다르다 이 말일세. 강석호 선생도 레지던트가 되면 다른 과 환자들은 어떤 질병을 앓고 있는지, 치료는 적절하게 되고 있는지, 그런 걸 살폈으면 하는 바람이네."

너무도 당당한 해명에 석호는 당혹스러웠다. 이런 식의 궤변으로 이 상황을 빠져나가리라고는 미처 예상하지 못했다.

"강석호 선생, 자네한테 참 섭섭해. 적어도 나는 선생한테 기회를 줬어. 생각해보게. 차재욱 선생이 나에게 보낸 문자 말일세. 내가 만약 이 문자를 받고도 가만히 있었다면 어떻게 됐을 것 같나? 내일 이 문자를 내가 공개하지 않는다면 선생은 징계를 피하기 쉽지 않을 걸세."

그가 잠시 말을 끊었다가 다시 이어갔다.

"그런데 강석호 선생이 나한테 어떻게 이럴 수 있느냐 이 말이야. 모름지기 사람은 자신에게 은혜를 베풀어준 이에게 발톱을 내밀지 말아야 하는 법일세. 그런데 선생은 내게 큰 실망을 안겨주었어. 넘지 말아야 할 선을 넘은 거지."

자기 말이 곧 법이라도 되는 듯이 말하는 건방진 말투를 석호는 참을 수 없었다.

"원장님, 지금 당장 의무기록팀 직원에게 연락해보면 알 수 있을 겁니다. 원장님께서 특정 교수의 환자들 기록만을 열람했다는 것을 말이죠.”

“그것이 자네 마음대로 될 거로 생각하나?”

기분 나쁜 미소를 띤 조원기가 핸드폰 버튼을 누르더니 귀에 가져갔다. 석호에게 눈길을 고정한 채 그가 위압적인 어조로 말했다.

“어, 나 조원기 원장인데 말이야. 강석호라는 인턴 선생, 참 문제가 많은 사람이더구먼.”

주먹을 불끈 쥔 석호의 손이 부르르 떨렸다. 감당하기 어려운 모멸감을 안겨준 병원장을 뚫어져라 노려봤다. 그는 아무런 내색도 하지 않고 능글맞은 미소를 지으며 말했다.

“이 선생이 병원 시스템을 멋대로 헤집어놓고 있어. 오늘 거기 근무하는 직원이 이 선생한테 마음대로 알려준 모양인데. 아… 박세준 계장이 그랬다고? 그래, 앞으로는 두 번 다시 이런 일 없도록 하게. 의무기록 열람자 명단을 유출하는 건 자네도 알다시피 심각한 범죄잖나. 강석호 선생이 또 연락하면 그냥 무시하면 되네. 내가 책임질 테니. 그래, 수고하게.”

전화를 끊은 조원기의 입이 양쪽 귀에 닿을 듯이 째졌다. 이 순간 석호는 그에게 대항하기에는 자신이 너무나도 무력한 존재라는 것을 느꼈다. 뭐가 그리 재미있는지 그의 입가에서는 잠시도 미소가 떠나지 않았다.

“자, 이제 어떻게 할 생각인가? 강석호 선생.”

“원장님, 그런 식으로 은폐하려 해도 거짓이 진실을 이길 수는 없는 법입니다.”

“허허, 내가 뭘 은폐하려 했단 말인가. 강석호 선생이 하려는 짓거리가 법을 어기는 일이어서 예방 조치를 한 것뿐일세. 그리고 펠로우 선생을 죽음으로 몰고 간 자네가 진실 타령하는 건 우스운 모양새가 아닐까? 나는 그렇게 생각한다네.”

“원장님께서 과연 그런 말씀을 하실 자격이 있는지 궁금합니다.”

“뭐?”

“조금 전만 해도 저는 이번 사건의 진실에 대해 미처 알아차리지 못했습니다. 하지만 이제 원장님이 어떤 방식으로 환자들을 죽였는지 알 것 같습니다.”

“방금 자네가 한 말이 어떤 의미인지 모르고 있나 본데 자네 큰 실수한 거야. 차재욱 선생한테는 그런 생떼가 통했을지 모르지만, 나한테는 어림도 없다네. 내일 아침이면 나는 강석호 선생을 인턴 수련 명단에서 제외할 걸세. 하지만 그 전에 기회를 한 번 주지. 왜 그런 생각을 하게 됐는지 합리적인 이유를 들어서 나를 설득한다면 넘어가 줄 수도 있네.

설득 못 하면 각오해야 할 거야."

단호한 그의 말에도 석호는 물러서지 않고 반격의 포문을 열었다.

"우선 오늘 원장님께서 저를 이곳에 부르신 이유는 차재욱 선생님 때문이 아니었습니다."

"그럼 내가 무엇 때문에 불렀겠나?"

"애초부터 원장님의 관심은 조향희 님에게 쏠려 있었습니다. 차재욱 선생님의 자백 문자를 보고도 조향희 님의 사망에 대해서만큼은 믿으려 하지 않으셨죠."

"그야 차재욱 선생이 그토록 어리석은 행동을 했을 거라는 생각을 안 했으니."

"글쎄요, 저라면 오히려 차재욱 선생님이 스텐트 내에 폭발 장치를 설치했다고 하는 쪽이 더 의심스러울 것 같습니다. 아무래도 지나치게 현실성이 결여된 독특한 방법이니까요."

조원기가 무심하게 말했다.

"그건 자네 생각일 뿐이지. 어쨌든 계속해보게."

"원장님은 조향희 님의 사망 경위에 대해 저한테 확인해 보고 싶었던 겁니다."

"내가 말인가?"

영문을 모르겠다는 듯 눈살을 찌푸리는 그의 자세는 어딘지 뻣뻣한 데가 있었다.

"네, 맞습니다. 원장님께서는 제가 그 점을 알아차렸는지 어떤지가 궁금해서 미칠 지경이셨을 겁니다."

"허허, 이제 정말 무슨 말을 하는지 모르겠구먼. 강석호 선생, 평소에 틈틈이 삼류 소설을 썼었나? 상당히 재미있는 스토리일세."

"조금 전 원장님께서 하신 실수, 내내 마음에 걸리셨을 겁니다. 하지만 이제 안 그러셔도 될 거 같습니다. 이미 저는 그 실수를 통해 베일 속에 감춰져 있던 진실을 캐냈으니까요."

도전적인 말투에 당황했는지 조원기가 그를 등지고 창밖을 응시했다. 아무것도 없는 어둠 속에서 반사되어 보이는 것은 석호와 본인 두 사람의 모습일 터였다.

"진실이라…. 참 그럴싸한 단어군. 그래, 내가 했다는 실수가 뭔가?"

"죽어가는 환자 앞에서 호출 벨도 누르지 않고 시간을 허비한 건 의사로서 직무 유기라고 말씀하셨죠."

"그랬었지."

알맞은 말을 찾느라 석호는 잠시 시간 간격을 두고 말했다.

"당시 저는 일부러 다른 환자들이 보지 못하도록 커튼으로 침대를 둘러친 상태였습니다. 조향희 님에게 이변이 일어난 직후 패닉 상태에 빠진 저는 한동안 아무것도 하지 못하고 시간을 흘려보냈습니다. 분명 의사로서 그런 행동은 부적절한 것임이 틀림없습니다. 그런데 여기서 한 가지 의문이 생깁니다. 원장님께서 이 사실을 어떻게 아느냐 하는 거죠."

"그거야, 빤한 거 아닌가. 인턴인 자네가 그 환자를 앞에 두고 쩔쩔매는 모습이 눈앞에 그려지거든."

"그런 식의 핑계는 대지 마십시오. 조금 전 그 말씀을 듣고 저는 한 가지 중대한 사실을 유추할 수 있었습니다. 바로 원장님께서 그 당시 현장에 계셨고 두 눈으로 제가 시술하는 장면을 보고 있었다는 걸요."

"하하, 강석호 선생 참 재밌는 사람이구만. 자네, 내가 오늘부터 휴가였다는 건 알고 있나? 오늘 그 시각에 난 집에 있었다네. 강석호 선생, 방금 그렇게 말했었지? 내가 여기 온 이유가 자네를 만나기 위해서라고. 그런데 어쩌지, 내 옷차림을 보면 알겠지만 나는 그저 차재욱 선생의 장례식에 참석하려고 온 것뿐이야. 자네를 만나는 건 그다음이었고."

가운 안에 감춰진 검은 정장을 보여주는 그의 두 눈이 살쾡이처럼 빛났다.

"물론 원장님께서는 그곳에 없으셨겠죠. 하지만 어디선가 틀림없이 제 행동 하나하나를 빠짐없이 보고 계셨을 겁니다."

어색한 웃음과 함께 조원기는 책상 위의 흐트러진 서류들을 모아 서랍에 넣었다. 석호에게는 그것이 불안한 마음을 감추려는 무의미한 행동처럼 보였다.

"무슨 수로 말인가?"

"다빈치 로봇 수술의 권위자이신 원장님께서 마음만 먹는다면 모습을 감쪽같이 감추고 병실 어디든 갈 수 있다는 것쯤은 조금만 생각해도 알 수 있습니다. 초소형 드론이나 그에 상응하는 것을 사용했다는 추측을 하기는 어렵지 않았습니다. 실제로 저는 드론 소리를 듣기도 했습니다. 귓가에서 윙윙거리는 것이 그때는 단순히 이명이라고 생각했지만요."

석호는 얼마 전 뉴스에서 보았던 초소형 드론을 생생히 기억했다. 미국의 유명 회사에서 만들어진 손가락 크기의 드론이 국내에 활발하게 수입되고 있다는 뉴스였다. 하늘을 날아다녀도 눈에 잘 들어오지 않고, 유심히 본다고 해도 날벌레와 구분이 안 될 정도로 정밀하게 만들어진 기계라는 광고로 드론 마니아들 사이에서 인기라고 했다. 다만 해외에서 그것을 이용해 다른 집을 염탐한다거나, 공격하는 등의 비양심적인 행위가 늘어나니 우리나라에서도 그 점을 예방할 필요가 있다는 식으로 마무리되었다.

조원기는 팔짱을 낀 채 의미를 짐작할 수 없는 미소를 지었다.

"강석호 선생, 아무래도 보청기를 껴야겠어. 드론이 무슨 말인가?"

그때였다. 끼이익, 하고 문이 열리더니 조금 전의 소녀가 고개를 빼꼼 내밀었다. 호기심으로 가득 찬 말똥말똥한 눈이 두 사람을 번갈아 봤다.

"오잉? 왜 둘이서 그러고 있어?"

"지수야, 착하지. 할애비가 나갈 때까지 얌전히 기다리고 있어요."

조원기는 한순간에 권위적인 병원장에서 온순한 노인으로 변신했다. 소녀가 돼지코를 만들며 고개를 홱 돌렸다.

"흥, 심심하단 말이야."

"지수야, 얼른."

소녀의 입이 삐죽 튀어나왔다.

"할아부지는 맨날 그래. 재밌는 건 혼자서만 하구. 비행기도 그렇고…."

"조지수!"

벼락같은 고함에 소녀의 눈에 금방 눈물이 차올랐다. 엉엉 우는 소녀에게 조원기가 다가가서 엉덩이를 토닥거렸다. 석호는 소녀의 말속에 병원장의 뇌관을 건드린 게 있다고 판단했다. 비행기. 문제의 단어는 그게 분명했다. 석호가 소녀에게 다가가서 부드럽게 말했다.

"우리 공주님, 비행기가 뭔지 알려줄래?"

울상이던 소녀가 고개를 힘차게 끄덕였다. 아는 것이 나와서 반가운지 입꼬리가 올라갔다. 조금 전의 눈물은 일종의 속임수였던 모양이다.

"응응, 지수 알아. 엄청 작아서 창문 틈으로도 갈 수 있어. 나는 오늘 처음 해봤는데 재밌었어. 병원 구경도 해보구."

"지수야, 그만 집에 가자꾸나."

"싫어, 싫어. 안 갈 거야."

조원기가 소녀의 입을 막고 번쩍 들어 올렸다. 소녀가 꽥 고함을 지르는 사이에 기회를 틈타서 석호가 두 번째 질문을 던졌다.

"우와 재밌었겠다. 그걸로 병원에서 뭐 했는데?"

소녀가 공중에서 발을 구르며 떼를 썼다. 할아버지에게 가로막혀 입을 못 여는 것이 분한 눈치였다. 조원기도 발버둥을 치는 소녀가 버거웠는지 낑낑거렸다. 석호가 어린아이들에게 잘 먹히는 애절한 눈빛으로 한 번 더 물었다.

"제발, 오빠한테 알려주면 안 돼?"

"으…읍."

그때였다. 조원기가 비명을 지른 것과 동시에 소녀가 두 발로 바닥에 착지했다. 손가락을 물렸는지 다른 손으로 감싼 그가 나이에 걸맞지 않게 앓는 소리를 냈다. 석호가 소녀와 눈높이를 맞추기 위해 무릎을 꿇었다. 소녀는 헉헉거리면서도 방긋 웃었다. 이제나마 답을 알려줄 수 있어 기쁜 눈치였다.

"선물을 줬어. 물통에다가 달콤한 걸 섞어 줬어."

"알려줘서 고마워."

석호는 치밀어 오르는 역겨움에 병원장을 올려다봤다. 아픈 손을 주머니에 넣은 채 그가 의자로 터덜터덜 걸어가 걸터앉았다. 이제 노력해봐야 소용없다는 걸 아는 듯 시무룩해 보였다.

"원장님, 이 아이가 말한 선물이란 건 약물이겠죠? 비행기는 드론이고요."

"…."

그의 침묵보다 유력한 증거는 없었다. 부쩍 말수가 줄어든 조원기의 반응이 석호에게 확신을 안겨주었다. 그는 곁에서 쫑알거리며 장난치는 소녀를 내버려 두고 책상 앞으로 걸어갔다.

"비위관을 삽입하던 당시 저는 뭔가가 부딪힌 듯 둔탁한 소리를 들었습니다. 그때는 그게 무슨 소리인지 알지 못했습니다. 하지만 이제는 알 것 같습니다. 그건 바로 원장님께서 조종하시던 드론이 벽과 충돌할 때 난 소리였습니다."

"…."

조원기는 책상에 놓인 고무줄 하나를 손에 감고 늘렸다 줄였다 장난을 치고 있었다. 석호에게는 그것이 심하게 요동치는 마음을 숨기려는 애먼 행동처럼 보였다.

"살인사건의 경우 범인이 피해자를 칼로 찌르는 장면이 CCTV에 찍혀야만 범죄가 성립하는 게 아닙니다. 현장에 피해자의 시체가 있고, 지문이 묻은 흉기가 남아 있으면 그것만으로도 그 사람의 범행을 입증할 증거로 채택됩니다. 이번 사건은 조금 전 드론에 대한 손녀분의 진술 외에도 유력한 정황 증거가 네 가지나 됩니다. 첫째, 원장님께서는 순환기내과 교수님 두 분이 담당한 입원 환자들의 의무기록을 열람하셨습니다. 둘째, 원장님께서는 현장에 있지 않고서는 결코 알 수 없는 사실을 알고 계셨습니다. 셋째, 저는 시술을 하는 도중 뭔가가 벽에 부딪히는 소리를 들었습니다. 넷째, 원장님께서는 두 교수님에게 악감정을 가지고 계셨습니다."

그의 마지막 말에 조원기가 매서운 눈길로 올려다봤다.

"잠깐만. 내가 장호영, 김유성 두 교수에게 악감정이 있었다니? 자네는 무슨 근거로 그런 말을 하는 건가?"

"저는 원장님과 두 교수님 사이에 어떤 일이 있었는지 자세한 내막은 알지 못합니다. 하지만 원장님께서 순환기내과 환자들의 의무기록을 열람했다는 것 자체가 두 교수님에게 악감정을 품고 있었다는 증거가 된다고 생각합니다. 물론 원장님께서 살인 충동 때문에 그런 짓을 했을지도 모르지만, 그 가능성은 떨어진다고 생각합니다. 제가 본 원장님은 수술실을 제외하면 어디에서나 감정을 극도로 통제하는 능력이 뛰어나셨습니다. 그런 원장님께서 합리적인 동기 없이, 그저 살인 충동으로 그런 위험한 행동을 하셨다고는 생각할 수 없습니다."

"방금 자네가 제시한 근거들은 모두 의혹만 있을 뿐 실체도, 알맹이도 없는 내용이야. 어떤 녀석이 저 귀여운 아이가 말하는 동화 속 이야기를 곧이곧대로 믿겠나? 안 그런가?"

소녀가 부루퉁해져서 제자리에서 콩콩 뛰었다.

"지수, 정말 봤단 말이야! 할아부지랑 같이 게임을 했잖아!"

조원기가 들은 체도 않고 말을 이었다.

"내가 거기서 본 듯이 말했다는 것도 결국은 자네 말일 뿐이고, 소리를 들었다는 것도 자네 말일 뿐이고, 악감정을 품었다는 것도 주관적이거든. 내가 그 교수들의 환자에 평소 관심이 있었다고 하면 반박할 수 있겠나, 자네는? 강석호 선생, 그런 미숙한 논리로 나를 어떻게 할 수 있을 거로 생각했다면 큰 오산일세. 그 누구도 병원장인 나의 말보다 인턴인 자네의 진술을 믿지 않을 거라는 건, 자네도 잘 알지 않나? 자네가 하려는 싸움은 처음부터 무모한 것이었어."

이 상황에서 석호가 선택할 방법은 하나뿐이었다.

"그렇다면 지금 당장 경찰을 불러도 괜찮겠습니까?"

"왜 쓸데없는 의혹으로 우리 병원을 시끄럽게 하는 건지 모르겠군."

"결국 제 손에 있는 건 정황 증거일 뿐이니 좀 더 직접적인 증거들을 밝혀내기 위해서는 경찰의 힘을 빌려야 하기 때문입니다. 우선, 의무기록팀을 통해 원장님께서 그동안 열람하신 환자들의 정보를 획득할 것입니다. 틀림없이 그 환자들 가운데 일부가 어떤 이유로든 사망했을 겁니다. 그런 다음 오늘 조향희 님이 사망한 시각에 원장님께서 어디에 계셨는지 알아낼 겁니다. 그곳에서 초소형 드론을 조종하고 있었을 테니 금방 발견할 수 있겠죠. 조종기는 아마 집안 서랍 구석에 보관되어 있을 테고, 숨겨진 드론에는 치명적인 약물을 주사할 수 있는 실린지가 장착되어 있을 겁니다. 증거는 더 구할 수 있습니다. 조향희 님이 사망할 무렵 병실 복도의 CCTV를 꼼꼼하게 살펴보면 분명 드론의 움직임을 포착할 수 있을 겁니다. 열린 창문을 통해 들어왔을 경우를 포함해서요. 또한 드론 회사의 원칙상 원장님의 드론에는 위치추적 시스템이 내장되어 있을 겁니다. 그렇다면 게임은 한 방에 끝나는 거죠. 아, 물론 조향희 님은 아직 안치실에 계시니 샘플을 얻어 약물 검사도 해볼 수 있겠죠. 그럼 이제 전화를 걸도록 하겠습니다."

말을 끝맺자마자 석호는 핸드폰을 주머니에서 꺼내고 버튼을 누르기 시작했다.

1을 눌렀을 때 병원장의 두 눈이 그의 핸드폰에 고정되었다.

다시 1을 눌렀을 때 그는 의자에서 몸을 일으켰다.

마지막으로 2를 눌렀을 때 그는 무섭도록 민첩하게 석호를 향해 다가왔다. 통화 버튼을 누르고 귀에 가져가는데 조원기가 핸드폰을 쥔 그의 손을 양손으로 감쌌다.

"자네, 그만하게. 이러지 말고 대화로 해결하지."

무슨 일이십니까, 하는 에너지 넘치는 목소리가 핸드폰 너머에서 들려왔지만, 석호는 거기에 대답하지 않고 속삭였다.

"알겠으니까 이거 놓으시죠."

"그래, 고맙네."

조원기가 두 손을 내려놓은 것과 동시에 석호는 종료 버튼을 눌렀다. 그 모습을 확인한 조원기가 안도의 한숨을 내쉬었다. 그의 넓은 이마에 이슬처럼 맺힌 무수한 땀방울이 지금 얼마나 긴장하고 있는지 알려주었다.

"싸우지 마!"

소녀는 덩치 큰 성인들의 육탄전에 겁을 집어먹은 듯 눈을 글썽거렸다.

"강석호 선생, 정말 고맙네. 이 은혜 꼭 잊지 않겠네. 나한테 바라는 게 있다면 뭐든지 말해주게. 내가 할 수 있는 선에서 전폭적인 지원을 약속하지."

아무렇지도 않게 분노를 표출하던 병원장과 같은 사람이 맞나 싶었다. 땀을 닦아내는 그는 이제 자신의 죄가 만천하에 드러날 것을 두려워하는 고분고분한 노인으로 돌아와 있었다. 석호는 가만히 고개를 저었다.

"없습니다, 아무것도."

병원장은 당황한 눈치였다.

"그러지 말고 말만 하게. 자네 같은 의사가 이 병원에 있다는 것만으로도 나는 참 다행이라고 생각한다네."

"바라는 건 없습니다. 다만 원장님께서 왜 그런 일을 벌이셨는지 이유가 궁금합니다."

그때 소녀가 끼어들었다. 어느새 의자로 다가가서는 조원기의 옷소매를 잡아당기고 있었다.

"할아부지, 무슨 잘못 했어? 지수 궁금해."

"이 아이를 내보내고 말하겠네."

조원기는 나가지 않으려 떼를 쓰는 소녀를 방밖에 두고는 문을 잠갔다. 똑똑 노크 소리가 한동안 들려오더니 시간이 지나자 제풀에 지쳤는지 멈췄다. 자리로 돌아온 그가 흐트러진 셔츠를 똑바로 하고는 그에게 손짓했다.

"자네도 거기에 앉지 그래?"

"아닙니다. 얼른 말씀하시죠."

"장호영, 그 인간이 말이야. 자꾸만 내 자리를 노리지 않나. 대한민국 의학자 상 한 번 운 좋게 받더니 눈에 뵈는 게 없어졌단 말이지. 강석호 선생, 자네도 알겠지만, 이 거대한 대학병원을 운영하는 데 있어 중요한 것은 인간에 대한 통찰력과 사람의 마음을 움직이는 능력일세. 그런데 꼴통 같은 녀석들이 나를 쫓아내려고 달라붙은 게 바로 장호영이었단 말이야."

격분한 표정으로 조원기가 불을 뿜었다. 그는 내내 쥐고 있던 고무줄을 한순간 힘을 주어 끊어버렸다. 숨어 있던 분노가 튕겨 나가서 진료실 안의 공기를 뒤흔들었다.

"사람은 분수를 알아야 하는 법일세. 태어날 때부터 놀 수 있는 그릇이 정해져 있는데 그걸 뛰어넘으려고 하면 하늘에서 가만히 있겠나? 아니지, 천벌을 내릴 걸세. 장호영은 스스로 물러날 수 있었음에도 비행기 띄우는 작자들을 등에 업고 감히 이 조원기한테 도전해온 거야. 아주 무모한 도전이었지. 이번에 나는 하늘을 대신해서 그자에게 벼락을 내린 거야."

조원기는 더 이상 악의를 숨기려고도 하지 않았다. 적나라하게 까발리는 그의 속내는 석호처럼 평균적인 삶을 지향해온 이에게는 너무나 잔인하게 다가왔다.

"원장님, 저는 도무지… 이해가 되지 않습니다. 그 교수님들의 환자를 죽이는 게 원장님께 무슨 이득이 되는 건지. 병원 이미지에 마이너스만 되는 게 아닌지…."

"강석호 선생은 수학에 약하구먼. 셈을 못 한다면 개원가로 가는 것을 개인적으로 추천하는 바일세. 대학병원은 계산 잘하는 사람이 아니면 피라미드 끄트머리에서 허우적거리다가 인생을 마감하는 곳이거든."

조원기가 손가락 하나를 들어 올렸다.

"자네는 하나만 알고 둘은 모르는 타입일세. 내가 설명을 해주지. 순환기내과 과장이 장호영이란 말일세. 그런데 그 과 환자들이 죽어 나가면 누가 제일 큰 타격을 받겠나? 병원 이미지의 손실은 물론 있겠지만 그 정도는 각오한 게임 아니겠나. 플러스마이너스를 철저히 따져본 결과, 열 명 정도면 적당하겠더군. 장호영의 실력을 문제 삼아서 교수 회의에 회부하려고 한 내 아이디어를 자네는 어떻게 생각하나?"

석호는 자신의 눈앞에 있는 추잡한 노인의 얼굴을 물끄러미 바라봤다. 삼 년 전 병원장에 취임해 모든 의료진의 존경을 한 몸에 받던 그에게 이런 악한 면모가 숨겨져 있을 거라고 누가 생각이나 할까. 석호는 압도적인 두려움에 휩싸여 아무 말도 하지 못했다. 조원기가 뜬금없이 비정상적인 목소리로 웃음을 터뜨리며 손뼉을 치더니 자리에서 일어났다. 석호는 조금 전의 폭로가 그의 머리를 돌아버리게 만든 것은 아닌지 궁금했다.

"이런 이야기는 인턴인 자네에게는 재미없겠지. 지금 자네가 관심 있는 건 내일 있을 징계위원회에서 무사히 살아남는 거겠지. 안 그런가?"

"…네, 그렇습니다."

"그래, 일단 징계위원회는 병원장 직권으로 취소하도록 하지. 차재욱 선생이 자백한 이상 병원 측에서도 그 문자를 증거로 내세워서 대응할 걸세. 환자 측에서 우리 병원을 고소하더라도 강석호 선생은 걱정할 거 하나도 없네. 나 조원기가 법무팀 변호사와 최선을 다해 선생에게는 피해가 가지 않도록 할 테니까. 이제 우리 두 사람은 자웅동체나 다름없다네."

"그 말을 제가 어떻게 믿죠?"

석호는 이런 타협을 하는 자신이 혐오스러웠지만 어쩔 수 없었다. 병원에서 살아남기 위해서는 이것이 최선의 길이라는 직감이 들었다.

"응? 그래, 녹음하면 되겠군. 자네, 얼른 녹음하게. 내가 다시 말하지."

핸드폰을 꺼내든 석호는 녹음 버튼을 눌렀고 조원기는 조금 전에 했던 말을 반복했다.

“이제 녹음을 중단하겠습니다.”

핸드폰을 가운 주머니에 집어넣은 석호는 말은 그렇게 했지만, 사실은 버튼을 끄지 않은 상태였다. 다음에 일어날 사태에 대비해 자기방어의 수단을 마련해놓으려면 녹음을 해두는 게 유리하다는 판단이었다. 어쨌든 더는 인턴 수련이 중단될 것을 걱정하지 않아도 된다고 생각하자 마음이 편해진 게 사실이었다.

“강석호 선생은 무슨 과를 하고 싶나? 수술에 관심이 많은 것 같던데.”

“저는 정형외과에 지원할 예정입니다.”

“그래, 요즘 정형외과만큼 전망이 좋은 과도 없지. 자네는 분명 좋은 써전이 될 걸세.”

“그런데 이번 일로 그 과에 들어가는 건 어렵게 됐습니다.”

조원기가 의아한 얼굴로 그를 돌아봤다.

“그게 무슨 말인가?”

“오늘 수련교육부장님과의 면담에서 제가 내일 있을 징계위원회를 위해 독자적으로 이번 사건을 조사하겠다고 말했고, 그것이 교수님의 기분을 몹시 상하게 한 것 같습니다. 아무래도 그런 점들이 면접에서 영향력이 있을 것이고 또.”

조원기가 그의 말을 끊고 끼어들었다.

“걱정하지 말게. 수련교육부장이 지금, 오태준이었나? 오태준이한테 내가 잘 말해두지. 아니다, 지금 바로 전화하지."

"그러실 필요는…."

"아냐, 생각날 때 해야지."

추진력이 남다르기로 소문이 자자한 그였다. 조원기가 핸드폰을 꺼내 들더니 어디론가 전화를 걸었다.

"아, 오태준이. 나, 조원기인데 말이야. 그래, 강석호 선생 있잖나. 어떻게 생각하나?"

석호는 자신도 모르게 침을 삼켰다. 레지던트 선발권의 지분 일부를 가진 오태준 교수의 입에서 어떤 말이 나올지는 충분히 예상되었다. 그것이 맞아떨어졌는지 조원기가 무안한 표정으로 그를 바라봤다. 그래, 하고 조심스럽게 말하는 모습이 오태준이 그에 대한 폭언을 내뱉는 듯했다. 그러나 다음에 튀어나온 말에 석호는 눈을 휘둥그렇게 떴다.

"자네, 당장 내일 강석호 선생에게 사과하게. 그 선생은 이번 사건과 아무 관련이 없었다네. 그저 운이 좋지 않아서 불운한 사고에 휘말렸던 것뿐일세. 그래, 범인은 순환기내과 차재욱 선생이었어. 내일 징계위원회는 열리지 않을 예정이고. 그래, 강석호 선생이 아니었다네. 내가 오늘 만나보니까 이 선생처럼 환자에 대한 사명감이 투철하고 업무 능력이 뛰어난 인턴 선생은 없는 거 같던데."

조원기가 넌지시 시선을 던졌다. 자신도 모르게 침을 꿀꺽 삼키는 석호를 바라보며 그가 씨익 웃더니 대화를 이어 나갔다.

“허허, 오태준이. 지금 이 자리에서 하나 약속해주게. 강석호 선생을 정형외과 레지던트로 선발되도록 힘써주겠다고 말이야. 뭐? 아니, 그런 뜻이 아니고 자네 정도면 충분히 그럴 만한 힘이 있잖나. 자네 별명이 마당발 아닌가. 거기 박영훈이랑 류영민이한테 잘만 이야기해주면 얼마든지 방법이 있을 거 아닌가. 면접 점수에서 차등을 두는 방식으로 말이야.”

지나치게 직설적이고 과감한 병원장의 말에 석호는 어쩔 줄 몰라 두 손을 앞으로 가지런히 모았다. 어느새 둘의 관계는 역전되어 있었다. 이 모든 대화 내용은 녹음되는 상태였고, 이대로만 간다면 정형외과 레지던트 선발에서 다른 인턴들에 비해 엄청난 메리트를 안고 가는 것이었기에 그는 설렐 수밖에 없었다. 그런데 상황이 생각보다 수월하지 않은 듯했다.

“어허, 오태준이. 난 자네가 사람 보는 눈이 있다고 생각했는데 아닌 모양이구먼. 쯧쯧, 내년에 고세환 그 양반 퇴임하면 자네를 밀어주려 했는데 안 되겠네그려. 내일 당장 내년에 정교수로 여기 올 사람을 찾아봐야겠어. 이봐, 아산병원 정형외과 부교수 중에 명성대학교 출신이 있다는 건 아나? 조만간 그 사람 한 번 만나봐야 할 것 같아. 그래도 자네 생각해서 밥 사겠다는 걸 거절했는데, 이제 그럴 필요가 없으니.”

병원장이 표정 변화도 없이 술술 말을 내뱉었다. 그 모습에서 석호는 대학병원의 민낯을 볼 수 있었다. 공정, 정의, 평등. 사회에서 널리 통용되는 단어들은 대학병원에서만큼은 어떤 의미도 가지지 못하고 무시되기 일쑤였다.

언젠가 석호는 동문회 회식에서 한 선배의 탄식을 들은 적이 있었다. 명성대학교 의과대학을 수석으로 졸업하고 피부과에 지원했던 그 선배는 자신의 탈락이 부당한 것이었다며 속상해했다. 성적이 최하위권인 타 의과대학 출신이 오직 한 자리밖에 없는 피부과에 합격했는데 알고 보니 피부과 과장의 지인 아들이라는 것이었다. 선발 전형에 의혹을 제기한 선배가 수련환경평가위원회를 통해 확인한 결과, 다섯 명의 교수가 채점하는 면접에서 자신은 모든 교수로부터 20점보다도 낮은 점수를 받았고 합격한 사람은 모두로부터 만점을 받았다.

당시에는 그런 일이 부당하다는 생각에 반드시 개선되어야 한다고 생각했었다. 그랬던 석호가 지금은 자신을 선발할 것을 강요하는 병원장의 말을 아무런 제지 없이 가만히 듣고만 있었다. 그에게는 자신에게 굴러 넘어오기 직전인 엄청난 행운을 굳이 제 발로 차낼 마음이 없었다. 박봉의 월급을 받으면서 밤새도록 당직을 서고 교수와 레지던트, 간호사들의 불평을 들으면서도 뛰쳐나가지 않고 버틴 것은 결국 레지던트가 되고야 말겠다는 목표 하나를 위해서였기 때문이다.

"그래, 잘 생각했어. 다음에 술 한 번 사지."

통화를 마무리한 조원기가 그에게로 돌아서더니 여유로운 미소를 입가에 지었다.

"자네, 이제 걱정 안 해도 되네. 오태준이가 팍팍 밀어준다고 약속했으니 말이야."

"…감사합니다."

속물적이라는 생각이 일순 들었지만, 석호는 예의를 차려서 허리를 굽혔다.

"그럴 필요 없네. 내가 도와줄 수 있는 방법이 있어서 천만다행이야. 아니면 내가 자네에게 평생 마음의 빚을 지고 살 뻔했으니 말이야. 자네, 내년에 주치의 되면 산부인과에 컨설트 쓸 일도 많을 텐데 걱정 안 해도 돼서 좋겠어."

조원기는 이미 그가 정형외과 레지던트로 선발되는 것을 기정사실로 여겼다.

"감사합니다."

석호는 다시 한번 고개를 숙였다. 조원기가 흡족한 웃음과 함께 격려하듯 그의 어깨에 손을 얹었다. 마치 오랜 친구를 대하듯 하는 동작에 석호는 미묘한 기분을 느꼈다.

"그럼 이제 차재욱 선생 장례식에 가볼까 하는데, 자네도 같이 갈 텐가?"

"아닙니다. 저는 숙소에 가서 옷을 갈아입고 갈까 합니다."

"그래, 그런 옷차림으로 나타나서는 안 되지. 강석호 선생, 아니지 대 명성대학교병원 정형외과 차기 1년 차 선생. 가운이 더러운데 언제 한 번 세탁하지 그러나."

고개를 숙인 석호의 눈에 하얀 가운 위에 덕지덕지 붙은 온갖 더러운 자국들이 들어왔다. 채혈하다가 묻은 피, 도뇨관을 빼다가 튄 소변, 식사하다가 떨어뜨린 국물 등 바쁘다는 핑계로 두 달간 세탁을 미뤄온 가운에는 차마 눈뜨고 볼 수 없을 만큼 더러운 이물질의 흔적이 고스란히 남아 있었다. 이제껏 정신없이 일하느라 미처 외관에는 신경을 못 쓴 탓이었다. 석호가 가볍게 웃어 보였다.

"네, 조만간 세탁소에 맡기도록 하겠습니다."

"그래, 그래. 의사에게는 청결이 필수지. 아까도 말했듯이 자네 같은 의사들이 우리 병원에 많아져야 한다고 나는 생각한다네. 의사로서의 사명감, 환자에 대한 책임감, 다른 의료진과의 협력 같은 것이 요즘처럼 개인주의가 팽배한 젊은 의사들에게는 부족하단 말이야. 그렇게 자질이 안 되는 의사들이 나중에는 의료 윤리를 망각한 괴물이 되기 십상이고. 그런 의사들은 웬만하면 우리 명성대학교병원에 안 왔으면 좋겠네, 허허."

조원기는 뒷짐을 진 채 고고한 자세로 걸어 나갔다. 그의 등짝을 바라보던 석호가 작은 목소리로 중얼거렸다.

"괴물은 당신입니다."

에필로그

유독 길고 잔혹했던 하루가 끝나고 7월 9일로 날짜가 바뀐 지금, 석호의 손바닥에는 이름을 알지 못하는 환자 세 사람의 생사를 결정지을 수 있는 위험한 장난감이 놓여 있었다. 스위치를 누르는 순간 숙소에서 삼백 미터 떨어진 명성대학교병원의 고요한 밤은 코드블루를 알리는 원내 방송으로 산산조각이 난다. 내과 의국에서 쪽잠을 자던 당직 레지던트와 인턴 당직실에 있던 윤수 역시 병동으로 달려간다. 깊은 잠에 빠져 있던 환자들은 또 하나의 생명이 사그라들고 있음을 깨닫고 불안에 몸을 떨며 잠을 설칠 것이다. 그가 마음만 먹는다면 5분도 채 되지 않아 코드블루 방송이 두 번 더 병원에 울려 퍼지는, 그야말로 지옥도를 연출시킬 수도 있었다.

스위치에 손가락을 살며시 가져간 석호는 최면에 걸린 듯 그것을 누르려다 간신히 정신 차리고 장난감을 바닥에 내려놓았다. 이 순간 석호는 죽음을 관장하는 신이 된 기분에 휩싸여 좀처럼 도취한 마음을 진정시키지 못했다. 재욱이 어째서 죄책감을 느끼지 못하고 계속해서 무고한 환자들을 죽였는지 어렴풋이 이해했다.

이 가벼운 장난감에 부착된 조그만 스위치에는 생명의 존엄성을 인지하게 하는 어떤 특성도 내재하여 있지 않았다. 그것을 누르는 순간 극심한 고통을 느끼는 환자들의 얼굴을 확인할 수 있는 장치가 있었다면, 재욱은 그런 잔혹한 행동을 조기에 중단했을지도 모른다. 마음 같아서는 최대한 빨리 그 장치의 부품을 모조리 해체하고 더는 살상이 일어나지 못하게 방지하고 싶었지만, 석호는 차마 그 위험한 장난감을 만질 용기가 솟구치지 않았다. 괜히 잘못 건드렸다가 무슨 일이 터질지 모르기에 그가 할 수 있는 최선은 그저 가만히 놔두는 것이었다.

어젯밤 장례식장에 들른 석호는 빈소에서 눈물을 쏟아내는 재욱의 부모님에게 양해를 구해 재욱이 죽는 순간 걸치고 있었던 가운에서 위험한 장난감을 꺼냈다. 의료진 정보 조회를 통해 재욱이 살던 원룸의 주소를 알아낸 석호는 관리인에게 사정을 설명하고 발인 전에 유품이 될 만한 것들을 꺼내오고 싶다고 부탁했다. 관리인의 마스터키를 통해 방 안으로 들어간 그가 또 다른 장난감을 발견하는 데는 오랜 시간이 필요하지 않았다. 열 평도 안 되는 좁은 공간 대부분을 차지한 커다란 책상 한복판에 그것이 동그마니 놓여 있었다. 의자에 앉아 그것을 조심스럽게 어루만지는데 씁쓸한 미소가 입가에 번졌다.

이 의자에 앉아 장난감을 바라보며 두 교수에 대한 원한을 키워온 재욱의 모습을 상상하기는 어렵지 않았다. 살인 계획을 처음 세웠을 때만 해도 재욱은 어떤 참혹한 미래가 자신을 기다리고 있는지 생각조차 못 했으리라. 막막한 기분에 석호는 깊은 한숨을 내뱉었다. 자신이 눈치가 빨라 조금만 일찍 재욱의 위험한 계획을 알아차렸다면 이런 식으로 일이 커지지는 않았을 거로 생각하자 죄책감이 밀려와서 괴로웠다.

'담배나 피워야겠다.'

금연한 지도 어느덧 석 달이 넘었지만, 오늘은 더 이상 참기가 힘들었다. 대학병원에 입사한 뒤로 애써 외면하고 감춰왔던 부정적인 감정들이 세차게 펌프질하는 심장의 힘으로 온몸에 퍼져나갔다.

슬픔, 외로움, 분노, 좌절감, 죄책감, 고단함, 무력감. 그 외에도 이름 붙이기 어려운 수많은 감정이 각각의 농도는 다르지만, 혈액에 녹아들어 위력을 떨쳤다. 좌심실에서 대동맥으로, 대동맥에서 온몸의 모세혈관으로, 모세혈관에서 대정맥으로, 대정맥에서 우심방으로, 우심방에서 우심실로, 우심실에서 폐동맥으로, 폐동맥에서 폐로, 폐에서 폐정맥으로, 폐정맥에서 좌심방으로, 좌심방에서 다시 좌심실로 이어지는 무한한 순환의 고리를 거치며 그 감정들은 극한의 농도에 이르렀다. 이대로 방치했다가는 혈관을 뚫고 온몸을 잠식해버릴 것이라는 두려움에 생명의 위협을 느꼈다.

석호는 슬리퍼를 신고 인턴 숙소를 빠져나왔다. 기훈에게서 훔친 라이터를 손에 쥔 채 석호는 근처 편의점으로 가서 담배를 샀다. 벤치는 밤늦게부터 추적추적 내리는 빗물로 적셔져 있었다. 걸터앉은 석호는 문득 생각난 것이 있어서 카카오톡을 열어 재욱의 프로필을 확인했다.

심혈관 조영실을 배경으로 한 사진 속에서 재욱은 어느 때보다 밝고 풋풋한 미소를 띤 채 한쪽 팔을 들어 올려 파이팅 자세를 취하고 있었다. 그의 곁에 나란히 선 순환기내과 장호영, 김유성 교수 역시 같은 자세를 취했는데, 의아하게도 평소에는 엄숙하기 그지없는 얼굴에 사람 좋아 보이는 미소가 떠올라 있었다. 재욱이 펠로우 1년 차로 들어왔던 올해 초, 기념으로 교수들과 단체로 촬영한 사진이었다.

초심을 잃지 말자.

프로필에 적힌 짧은 문구가 석호의 마음을 울적하게 만들었다. 저 때만 해도 자신에게 어떤 불행이 닥칠지 몰랐을 재욱을 떠올리자 지나치게 우울해진 나머지 그는 자기 삶을 비추는 불빛이 이대로 꺼져도 좋다고 생각했다. 앉은 자리에서 담배 한 갑을 다 피운 석호는 불현듯 재욱이 하늘 어디에선가 자신을 바라보는 듯한 기묘한 기분에 휩싸였다. 그에게 어떻게 마음을 전해야 할지 한동안 망설이다가 마침내 입을 열었다. 최대한 조심스럽게, 그러면서도 그가 들을 수 있을 만큼 크게, 석호가 외쳤다.

"형…. 행복하세요. 행복해야 해요. 거기서는 꼭… 행복해야 해요."

잠시 후, 번개 모양의 불빛이 검푸른 하늘을 수놓더니 천둥소리가 울려 퍼졌다. 그 소리는 생전 재욱의 목소리처럼 낮고 굵었다.

어쩌면 재욱이 자기 말을 들었을지도 모른다고, 석호는 생각했다.

작가의 말

주의 – 스포일러가 될 수 있으니 작품을 다 읽고 봐주시기 바랍니다.

『위험한 장난감』을 읽고 아래와 같은 의문을 품는 분들이 계실 겁니다.

‘정말 이런 방법으로 사람을 죽이는 게 가능해?’

그에 대한 제 대답은 노코멘트인 점 양해 부탁드립니다. 의사인 저로서는 상당히 난처할 수밖에 없는데요. 네, 라고 확답하면 제가 실제로 그런 실험을 해봤다는 오해를 살뿐더러 윤리적으로 비판 받을 소지가 있기 때문입니다. 아니요, 라고 대답하기도 어려운 게 지금도 어디선가 이런 범행이 일어나고 있을지도 모르는 거라서요.

이번 작품에서 특이한 부분이 있다면 표지입니다. 병원과 환자들을 가지고 노는 귀여운 소녀. 그 첫인상에 현혹된다면 마지막 장에 이르기까지 상당한 혼란을 느끼시리라 생각합니다. 스포일러 표시를 해도 작가의 말부터 읽으시는 분들이 계셔서 말을 줄입니다만, 더 알고 싶으시다면 '훈제청어'를 검색해보시기 바랍니다. 추리소설을 많이 읽으시는 분들이라면 잘 아시겠지만요.

아울러 제 소설을 읽고 대학병원에 가는 것이 두려워진 분들께는 미리 사과의 말씀을 드립니다. 극적인 재미를 위해 변형 가공된 의료진의 모습을 너무 진지하게 받아들이지 말아 주시면 감사하겠습니다. 제가 만나온 의사, 간호사 선생님들의 대다수는 환자에 대한 희생정신이 강한 분들이니까요. 착한 사람들만 나오는 소설은 아시다시피 재미없지 않습니까.

『위험한 장난감』은 두 번째 장편소설이지만, 구상한 시점으로는 『차가운 숨결』보다 몇 개월 앞섭니다. 대학병원에서 인턴 수료를 앞둔 시기였는데요, 주말에 도서관에서 시간을 보내다가 떠올린 허무맹랑한 발상이 씨앗이 되어 결국은 긴 분량의 장편소설이 완성되었습니다.

귀여운 소녀가 나무 막대를 쓰러뜨리면 환자들이 차례로 죽는다는 이미지는 떠오른 순간부터 제 마음을 강하게 사로

잡았습니다. 탈고하면서 세부적인 사항이나 해결 방식은 많은 부침을 겪었지만, 그날 떠올린 심플하고도 강렬한 이미지는 끝까지 유지되었고, 그것이 이 작품을 대학병원을 배경으로 한 다른 작품들과 차별화하는 지점이라 생각합니다.

참고로 저는 올해 공중보건의사 복무를 마치고 5월부터 내과 레지던트 근무를 시작합니다. 글을 쓸 시간은 전보다 줄게 되어서 아쉽습니다만, 그만큼 현장에서 소중한 경험을 많이 하게 될 테니 장기적인 관점에서는 더 좋은 소설을 쓸 수 있지 않을까 긍정적으로 생각해봅니다.

『위험한 장난감』의 출간을 결정하고 전폭적으로 도와주신 몽실북스 주연지 대표님, 박영심 편집자님께 이 자리를 빌어 감사의 말씀드립니다. 언제나 곁에서 힘이 되어주시는 한국추리작가협회 선후배 작가님들, 라이팅클럽 문우님들도 모두 감사합니다. 이 책을 읽으신 독자분들께도 감사하다는 말씀을 드리며 다음에는 더욱 수준 높은 작품으로 돌아올 것을 약속드립니다.

2022년 3월

박상민

위험한 장난감

1판 1쇄 인쇄 2022년 03월 28일
1판 1쇄 발행 2022년 04월 04일

지은이 · 박상민
발행인 · 주연지

편집인 · 석창진 **편집** · 박영심
디자인 · 김지영 **일러스트** · 백진연 이찬영
마케팅 · 허은정

펴낸곳 · 몽실북스 **출판등록** · 2015년 5월 20일(제2015 - 000025호)
주소 · 서울 관악구 난향7길52
전화 · 02-592-8969 **팩스** · 02-6008-8970
이메일 · mongsilbooks@naver.com
네이버 포스트 · post.naver.com/mongsilbooks_kr
인스타그램 · instagram.com/mongsilbooks

ISBN 979-11-89178-58-1 (03810)